KB062197

하늘빛과 저녁놀, 그 속에서 땀 흘리고 일하던 아이들
더러는 굶기도 하며 가난까지도 끌어안았던 아이들,
그 꿋꿋함과 진실한 태도를 마음에 새기며

• 1958년부터 1978년까지 이오덕이 가르친 아이들 이야기글 •

읽어 두기

1. 이 책은 《우리도 크면 농부가 되겠지》《방학이 몇 밤 남았나》《꿀밤 줍기》《내가 어서 커야지》 (보리)를 합쳐 새로 고쳐 펴냈습니다.

2. 이 책에 실린 글들은 그때 아이들이 쓴 그대로 두었습니다. 아이들이 모두 저마다 다르게 쓰고 말을 했던 사투리도 아이들이 쓴 그대로 두고 글 밑에 비슷한 뜻이나 다른 표현을 달아 놓았습니다. 아이들이 얼른 알 수 없는 어려운 말은 쉬운 풀이말을 달아 놓았습니다.

3. 띄어쓰기는 지금 표기법에 맞게 바로잡았습니다.

4. 이 책에 나오는 학교의 정식 이름은 문경 김룡초등학교, 상주 공검초등학교, 상주 청리초등학교, 안동 길산초등학교, 안동 임동동부초등학교 대곡분교장입니다.

5. 이 책에 나오는 그림은 이오덕 선생님이 가르친 아이들이 그린 것입니다. 어떤 그림에서 한 부분만을 따로 떼 내어 쓰기도 하고, 떼 낸 부분을 모아 쓰기도 했습니다. 그림을 그린 아이들 학교와 이름은 정확히 알 수 없는 경우가 많아 모두 써넣지 않았습니다. 그린 분들에게 허락을 얻지 못한 점 이해해 주시면 좋겠습니다.

이오덕의 글쓰기 교육 9

아이들 이야기글 모음

우리도 크면
농부가 되겠지

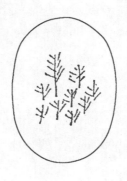

이오덕 엮음

 양철북

어린이들에게

이 책은 어린이 여러분들이 훌륭한 글을 쓰는 공부에 참고가 되도록 하려고 만든 것입니다. 훌륭한 글이란 정직하게 쓴 글, 사람답게 느끼고 생각하고 행한 것을 쓴 글입니다. 여기 실린 글을 읽으면 아마 여러분들은 '이런 얘기도 글이 되는구나. 나도 내가 겪은 것을 한번 쓰고 싶다'고 느끼게 될 것입니다. 그리고 글이란 잘 먹고 잘 입고 논 얘기보다도 일하고 괴로워한 것을 쓴 것이 훨씬 재미있고 감동을 주게 된다는 것을 생각하게 될 것이고, 한편 남들에게 보이기 위해 꾸며 만든 글, 글짓기 대회나 백일장에 당선되고 신문 잡지에 실리는 대부분의 글들이 얼마나 거짓된 글인가 하는 것도 깨닫게 될 것입니다.

여기에 나온 글들은 내가 약 20년 동안 학급담임으로서 국어 시간에, 또는 클럽 활동 글짓기부에서 지도하여 모은 작품이 대부분입니다. 글을 쓴 때는 작품 끝마다 표시되어 있습니다. 이 작품들이 우리 농촌의 생활을 충분하지는 못하지만 그래도 대강은 보여 주고 있다고 생각합니다.

농촌 어린이들이 가난과 일에 시달리는 사정은 시대에 따라 정도의 차이는 있을 것이지만 그 생활의 근본 모습은 다름이 없으며, 무엇보다 도시를 그리워하고 농촌의 생활을 부끄럽게 여기고 있는 점은 몇십 년 전이나 지금이나 조금도 다름없고, 오히려 갈수록 더 심각해지고 있습니다.

나는 농촌 어린이들이 도시 생활을 부러워하지 말고 농촌에서 사람답게 살아가 줄 것을 바라고, 또 도시 어린이들은 농촌을 참되게 알아서 바르게 살아가 주었으면 합니다.

이 책에는 섭섭하게도 바닷가나 섬에서 살아가는 어린이들의 글을 싣지 못했습니다만, 어촌의 어린이들도 농촌 어린이와 같은 위치에서 살아가는 만큼 여기 실린 작품들을 친밀한 느낌으로 읽게 되리라 믿습니다.

이 책을 읽는 모든 어린이들이 글을 쓰는 공부를 통해서 세상을 진실하게 살아가는 태도를 몸에 붙여 준다면 얼마나 좋을까 생각합니다.

선생님과 부모님들께

작품을 감상하기 편리하도록 하기 위해 봄, 여름, 가을, 겨울 네 편으로 나누고, 같은 계절에서도 대체로 쓰인 날짜와 글의 내용을 봐서 때를 따라 엮어 놓았습니다. 그러니 '차례'를 보고 그때그때 적당한 제목을 읽어 주거나 읽힐 수 있습니다. 제목이나 내용이 비슷한 것이면 아주 딴 계절에 쓰인 것이 아닌 한 될 수 있는 대로 한자리에 모아 둔 것도 감상 지도하는 데 편의를 위해서 한 것입니다.

글쓰기를 하려고 하는 어린이가 어떤 남의 작품을 읽고 배워야 하는 것은 글쓴이의 정직성과 진실성입니다. 결코 남의 글을 흉내 내어서는 안 됩니다. 본받아 쓸 모범문이란 절대로 없어야 하며, 어떤 글이라도 자기 자신을 찾아 가지는 일에 도움을 준다는 데서만 뜻이 있습니다.

아무것도 아닌 일상의 조그만 일이라도 자기 자신의 일을 자기의 말로 쓰고 싶어 하게 되면 훌륭한 지도가 이뤄질 것입니다.

서툴게 쓴 짤막한 한 줄의 글이 상을 탄 백 줄의 글보다 가치가 있을 수 있다는 것을 믿어 주시기 바랍니다.

1978년 11월 이오덕

차례

초판 머리말

우리도 크면 농부가 되겠지

방학이 몇 밤 남았나

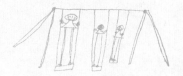

3부 가을

꿀밤 줍기

4부 겨울

내가 어서 커야지

우리도 크면 농부가 되겠지

·1장· 풀잎들이 소복히 올라옵니다

할아버지와 참꽃

임도순 공검 2학년

학교에서 공부를 마치고 집에 가니 나뭇군들이 우리 집 마당으로 지나갑니다. 나뭇군들이 지나가는데 언듯 보니 나뭇군 지개에 활짝 핀 참꽃(진달래꽃)이 꽂혔습니다. 그래서 나는 "벌써 참꽃이 피었네" 하고 말하니 내 동생이 방에서 울다가 갑자기 나옵니다. 내 동생이 나오더니 참꽃이 나뭇군 지개에 꽂혀 있으니까 막 돌라 합니다. 그래 노인 한 분이 지개를 내루더니 "아가야, 참꽃 빼 가지고 가거라" 하셨습니다. 나하고 내 동생 젖먹이하고 나뭇군한테 가서 내가 활짝 핀 참꽃 두 송이를 빼 주니 그 나뭇군이 "야야, 아기 참꽃 더 빼 주어라" 하셨습니다. 그래 나는 세 송이를 빼 주었습니다. 그래 나뭇군이 있다가 "너는 왜 그래 빼 주나?" 하면서 지개에 꽂은 참꽃을 다 빼 주면서 "나는 집에 가도 어린아이들도 없다" 하셨습니다. 그래 나뭇군은 그만 집에 가셨습니다. 나는 그 할아버지가 우리 할아버지만침 고마웠습니다. 왜 그런가 하면, 우는 아이를 달래서 그럽니다. (1959. 2. 27.)

할미꽃

어제 학교에서 돌아와서 점심을 먹고 나물을 뜯으러 가니까 우리 큰
엄마 무덤 앞에 할미꽃이 예쁘게 피어 있습니다. 그걸 보다가 내비
두고(내버려 두고) 딴 데 가서 나물을 뜯어 가지고 와서 집에 갖다 놓고
다시 우리 큰엄마 무덤 앞에 가서 할미꽃을 자세히 들여다보니까 하
얀 털이 보얗게 묻어 있습니다. 그것을 우리 아기가 꺾을라 하길레
내가 못 꺾구로(꺾게) 하니까 웁니다. 그 할미꽃이 하도 사랑스러워서
안 꺾고 집에 돌아와서 아기를 달래 놓고 놀로를 갔습니다. 놀로를
갔다가 집에 돌아오니까 우리 아기가 업어 달라고 합니다. 나는 또
우리 아기를 업고 우리 큰엄마 무덤 앞에 가서 아기를 달개 가지고
(달래 가지고) 집에 왔습니다. (1959. 2. 27.)

나물 캐기

이동자 공검 2학년

어제저녁때 나물 캐러 가서 밭둑에서 나물을 캐고 있는데 난데없는
꿩 한 마리가 포르르 하고 깊은 산속으로 날아 들어갔습니다. 나물
바구니를 옆에 차고 논둑으로 지나서 밭둑에서 나물을 뜯어 나가는
데 손바닥만 한 나생이가 있어서 뜯고 나니 조그마한 구디시가 새파
랗게 돋아나서 있습니다. 내가 그 구디시는 뜯도 안 하고 큰 것만 뜯
고 나생이도 큰 것만 뜯었습니다. 그래 뜯다가 보니까 한 바가지가
되어서 또 동생 나물을 뜯어 주었습니다. 그래 또 밭에 가서 벌그닥
지를 뜯고 또 영잎 진 것도 뜯고 나니 동생 바가지에도 한 바가지가
되어서 집으로 올라 하니 또 나생이가 있어서 그것을 뜯고 집으로
돌아오는 길에 마음이 기뻤습니다. (1959. 2. 27.)

---

* 나생이, 구디시, 벌그닥지: 모두 봄에 나는 나물 이름.
* 영잎: 시들어 마른 겉잎.

나물 뜯기

김진순 공검 2학년

나물 뜯으러 가니 노랑 꽃 빨강 꽃이 피어서 퍽 기뻤습니다. 하매(벌써) 봄이 왔구나 하고 봄노래를 힘차게 부르며 나물을 뜯으니까 재미가 나서 나물을 뜯다가 보니 해가 졌습니다. 나물도 뜯지 못하고 할미꽃만 꺾어 가지고 한 대래끼 채워 가지고 집에 돌아와서 다듬다가 할미꽃이 나오니까 내 동생들은 "아이구 할미 나오셨다"고 말하며 좋다고 하면서 서로 더 많이 할라고 싸웁니다. 나는 "그걸 갖고 싸우나?" 하고 소리를 질렀습니다. 나는 할미꽃으로 할아버지 사깟(삿갓) 쓰고 가는 것과 할머니 물 버지기 이고 가는 것과 아이들 손목 잡고 모자 쓰고 학교에 가는 것과 모두 다 장난감을 만들어 놓고 보니 참 기뻤습니다. 봄은 참 즐거운 봄이라고 해서 좋아 어쩔 줄을 몰랐습니다. (1959. 3.)

* 대래끼: 다래끼. 아가리가 좁고 바닥이 넓은 바구니.
* 버지기: 둥글넓적하고 아가리가 넓게 벌어진 질그릇.

풀잎

임도순 공검 2학년

어느 일요일 날 밖에 나가 놀다가 밭둑에서 풀잎을 보았습니다. 한자리에 노란 풀잎들이 소복히 돋아 올라옵니다. 노란 풀잎들은 이제 봄이라고 올라옵니다. 노란 풀잎은 아기처럼 부드럽고 작았습니다. 나는 풀잎을 만져 주었습니다. 풀잎들은 좋다고 웃는 것 같습니다. 그래 나는 그것을 보고 참 기뻤습니다. (1959. 3. 16.)

버들피리

김순규 길산 6학년

요사이 우리 학교 아이들이 버들피리를 만들어서 부는 것을 볼 때가
있다. 나도 그것을 불어 보기는 했지만 인제는 불기가 싫다. 어떤 아
이들은 버들피리를 꺾어 보고 물이 올랐다고 하면서 그것을 잘 튼다.
나는 작년에 소꼴을 하러 가서 버들강아지에 달려 있는 촉을 손으로
훑어서 꼴 다라키에 넣고 남은 가지를 꺾어서 아무리 틀어도 되지
않고 껍질이 째졌다. 다른 여자아이들은 버들피리를 잘 트는 아이도
있다.

우리는 보통 버들피리라 하지 않고 '홀테이'라고 말한다. 그걸 틀어
서 껍질을 고이 벗겨서 불 곳을 칼로 조금 벗겨서 입에 대고 "냉냉
페쭝"을 여러 번 하고 난 뒤 불면 소리가 날 때도 있고 잘 못하면 안
날 때도 있다. (1978. 3.)

* 다라키: 다래끼. 아가리가 좁고 바닥이 넓은 바구니.

새끼

김석님 공검 2학년

우리는 날이 좋으나 비가 오나 만날 새끼를 꼽니다. 할머니는 방애(방애)를 쓸어 넣다가 방애에 치었는데 새끼를 꼬니 새끼가 꼴꼴꼴꼴 해집니다. 할머니는 새끼를 꼬지 말고 아이나 보라 해도 한 파람이라도 더 꼴라고 애를 씁니다. 그래도 자꾸 꼬지 마라 하면 "한 파람이라도 이 나는 대로 까야지(까야지). 그래야 가마니를 한 잎이라도 더 치지"라고 말씀하셨습니다. 그래서 나는 아기를 업고 할머니는 새끼를 꼬시고, 나는 아기를 업다가 학교 갈라고 하면 아기는 내 두째 동생이 보고 할머니는 바쁘나 안 바쁘나 오빠하고 새끼를 까서 오늘도 날이 궂어서 가마니를 칩니다. 그래서 새끼는 만날 까야 합니다. (1959. 3. 7.)

거름과 보리

김석님 공검 2학년

우리는 날씨가 좋아도 가마니를 쳐야 합니다. 왜 그러냐 하면 거름을 사서 보리를 가꾸어 먹어야 합니다. 거름을 안 하면 곡식이 잘 안되어서 보리 대공이가 크다가 안 커서 보리알이 여물지 않습니다. 그냥 뺏짝 말라서 타작을 하면 다 나가고 여물은 것은 절반도 안 되지요. 그래서 쌀 날 동안 우째 먹고 살아 나갈 생각을 하니 기가 맥힙니다. 쌀 날 동안에 모지라면 팔아서도(사서도) 먹어야 하는데 돈이 없습니다. 거름을 주어서 어지리라도 가까서(가꿔서) 쌀 날 동안에 다 자라도록 해서 먹어야지, 보리는 밭하고 똑같이 있는데 우째야 저 보리를 얼른 가꾸어 먹나, 지꾸석(집구석)은 다 저질고 거름은 못 하고 우째야한단 말이냐 하시고 할머니가 걱정을 하시면서도 새끼를 꼬십니다. 그래서 보리는 잘 가꿀라고 애를 씁니다. (1959. 3. 7.)

* 대공이: 대궁이. 대. 줄기.
* 어지리: 변변치 못한 것을 말하는 듯함.

29

원숙이의 전학

김미영 길산 6학년

새 학년 새 선생님을 맞이했는데 원숙이는 전학을 간다 했다. 원숙이는 여기를 떠나 대구로 간단다. 여기서는 아주 멀다. 원숙이는 왜 우리 길산 학교를 떠날라고 하나.

원숙이가 간다니 선생님들도 섭섭해하시는 것 같다.

원숙이는 원래 우리보다 더 산골인 곳에서 일만 하다가 이제 큰마음 먹고 대구로 간다. 원숙이는 몹씨 안타까운 모양이다.

아래(그저께)는 우리들에게 공책을 한 권씩 사 주었다. 나는 원숙이의 조그만 정성이 큰 정성보다 더욱더 고마웠다. 그 공책 한 권은 우리들이 공부를 더욱 열심히 하여 훌륭한 사람이 되어라는 뜻이었다.

원숙아! 너가 가거든 이 시골 학교를 잊지 말아라. 너는 대구로 가면 건강한 몸으로 공부 더욱 잘해서 훌륭한 사람 되어라. (1978. 3.)

보리밭

이이교 공검 2학년

아침에 어머니께서 보리밭 매러 가자고 하십니다. 그래 나는 "오늘 오후에 학교 가는걸" 하니까 어머니는 그러면 나 혼자 보리밭을 매겠네, 하시면서 밭매러 가시는 것을 보니 기맥혔습니다. 나는 생으로 (마음에도 없이) 이런 말 하는 것이 아닙니다. 우리 어머니는 날마다 울지 않으면 걱정을 하십니다. 걱정을 하는 것은 내가 있는데도 걱정은 하시지만 우는 것은 내가 있는 데서 울지 않습니다. 내가 있는 데서 울면 걱정할까 봐 그렇겠지요. 또 어머니는 보리밭 매러 가서 울 것이라고 나는 생각합니다. 내가 어머니와 같이 보리밭 매러 갈라 해도 밭을 매다가 오면 학교 갈 아이들이 다 갔을가 봐 어머니 걱정하시는 것을 보면서도 가지 못합니다. 할 수 없는 일이라고 나는 생각합니다. (1959. 3. 17.)

보리밭

김후남 대곡분교 2학년

나는 어머니하고 보리밭을 매러 갔습니다. 밭을 매다가 아가가 울어서 어머니가 "아가 보로 가거라" 합니다. 나는 "예" 하고 갔습니다. 가서 보니 자꾸 웁니다. "어머니 가셔요." "오냐." "어머니 빨리 가셔요." "어머니, 아가가 자꾸 울어요." 아가가 오줌을 쌌습니다. 어머니가 기저구를 한데 내놨습니다. "인지는 안 운다. 니가 봐라." "예, 보지요." 어머니는 어두울 때까지 밭을 자꾸 매다가 손이 부풀었습니다. (1968. 4. 9.)

산밭

김원자 길산 6학년

나는 어제 산밭에 가서 고추를 심는데 재미가 있었습니다. 아버지께서는 구멍을 뚫었고, 나는 물을 주고, 동생은 고추를 낳았습니다(놓았습니다).

나는 고추를 다 심고 비누리(비닐)를 덮었습니다. 점심을 먹고, 고추모를 뽑아서 산으로 가서 심었습니다. 한참 심다가 아이들 소리가 났습니다. 나는 소리 난 곳으로 보니까 지양 아이들이 우리 학교로 가고 있었습니다. 내가 자세히 들어 보니까 가면서 별별 욕을 다 하고 갔습니다.

또 심다가 후평 아이들이 쇠꼴을 하러 왔는데 소나무를 꺾어 송구를 빼껴(벗겨) 먹었습니다. 나는 소나무를 꺾지 말라고 그래도 여전히 꺾고만 있었습니다. 한참 있다가 보니까 어디론가 가 버리고 말았습니다. (1976. 4. 29.)

* 송구: 송기. 소나무 속껍질. 그냥 먹기도 하고 떡을 만들거나 죽을 쑤어 먹기도 함.

돌나물 걷기

한동순 대곡분교 3학년

나는 어제 점심을 먹고 가두둘 돌나물 걷으러 백 밑에 갔습니다. 그
뚝에는 돌나물이 줄로 가며 있습니다. 돌나물을 걷는데 경희네 아버
지가 나보고 거 보리밭 밟지 마라 하고 괭이를 가지고 툭툭 돌에 대
고 쳐박습니다. 나는 툭툭 할 때 참 무서웠습니다. 그래서 내 동생 후
불이하고 그 우에 은자네 밭에 가서 걷었습니다. 한참 걷다니 순교하
고 언니하고 산나물을 하로 옵니다. 은자네 밭둑의 돌나물이 하도 자
라 가지고 순교네 논뚝에 가서 걷었습니다. 이번에는 천희가 가두둘
에서 내려옵니다. 후불이는 돌나물을 걷다가 저쪽 동산에 살구꽃이
있으니 동순아, 저 참꽃(진달래꽃) 봐라 합니다. 나는 저거 참꽃 아니다
했습니다. 그래 순교네 아이들이 아래 백 밑에 갈 때 우리는 돌나물
을 다 걷고 왔습니다. 오다니 경자네 큰아배가 나를 보고 니 누 딸이
로? 합니다. 나는 아무 말도 안 하고 돌나물 바구니를 가지고 집으로
돌아왔습니다. (1970. 4. 27.)

고추 심기

김원탁 길산 3학년

나는 어제 산으로 가서 고추를 심었습니다. 아버지가 물을 안 준다고
하였습니다. 그래서 누나는 고추를 심고 아버지는 고추를 묻고 나는
흙을 떠 벘습니다(부었습니다). 한참 붓다가 물이 나서 나는 흙을 걷어
가지고 고추를 묻었습니다. 나는 나오니까 바지에 흙이 묻어 있었습
니다. 한참 심다가 아버지가 고추 모가 남는다고 하였습니다. 고추를
다 심고 나는 발을 씻을라고 하였습니다. 그러나 아버지가 발을 씻지
마라고 하였습니다. 고추 죽었는 데 더 심는다고 발을 씻지 마라 합
니다. 나는 아버지 말씀을 듣고 발을 안 씻었습니다. 조금 있으니까
아버지가 고추 모둘리라고(죽은 데 심으라고) 하였습니다. 한참 모둘리다
가 모둘리기가 싫었습니다. 그러나 다 모둘리고 나서 집으로 오면서
나비를 히아리면서(헤아리면서) 왔습니다. 노란 나비 흰나비 모두 10마
리가 날아다녔습니다. (1976. 5. 3.)

담배 심기

우경숙 길산 3학년

어제는 일요일이어서 담배를 심으로 갔다. 아버지는 지게에 담배를 얹어 가지고 지고 가셨다. 어머니는 물동우(물동이)를 이고 가셨다. 나는 수대(대야)에 물을 담아 가지고 가는데, 나는 짧은 옷을 입어서 좀 추웠다. 그래도 나는 좀 참고 밭까지 갔다. 우리 밭은 각골재 우에 있다. 밭 옆에는 높은 산이 빙 둘러 가며 많이 있다. 밭에 가서 아버지는 구덩이를 파시고 나는 담배를 구덩이에 한 개씩 놓고 어머니는 물을 구덩이에 붓고 흙을 묻었다. 자꾸 여러 골을 하니까 춥지도 않고 도로 덥기만 하여서 옷을 벗어 버렸다. 그때 뻐꾹새가 뻐꾹 하고 울었다. 마음이 좋았다.

나는 옷을 벗고 담배를 심으니까 시원했다. 한참 심고 보니 물이 없었다. 아버지께서 물을 지로(지러, 길러) 가셨다. 그래서 나는 담배를 묻고 심었다. 담배를 다 심고 집으로 갈 때는 좋았다. 올라올 때는 다리가 아프고 가기도 싫었는데 인제 내려갈 때는 가기가 참 좋았다.

(1977. 5.)

담배 심기

권순교 대곡분교 2학년

우리는 담배를 심었습니다. 할아버지가 "날이 꾸무리할 때 숭구면(심으면) 잘 큰다" 하여서 내가 "담배도 쪼매는데(쪼그만한데) 하마(벌써) 숭굴라고요?" 하니, 할머니는 "그래도 숭거야 한다" 합니다. 그래 모두 점심을 먹고 담배를 뽑는데, 할아버지는 두 묶음 뽑았습니다. 할머니는 한 묶음 뽑고, 아버지는 세 묶음 뽑았습니다. 어머니는 두 묶음 뽑았습니다. 아버지가 나는 못 뽑는다고 해서 안 뽑았습니다. 나는 동생을 보았습니다. 내 동생은 젖이 먹구 져서(싫어서) 울었습니다. 달개도(달래어도) 안 되고 자꾸 웁니다. 나도 눈물이 나서 동생을 업고 가두둘 가서 동생을 젖을 먹여 가지고 왔습니다. (1969. 5. 25.)

---

* 날이 꾸무리하다: 날이 잔뜩 찌푸리고 흐리다. 흐려서 어둑어둑하다.

우리 어머니

이인숙 길산 6학년

아래께(저번 날) 소풍을 가는데 우리 어머니는 못 가셨다. 방구들 놓는
사람이 와서 방구들을 놓기 때문이다. 다른 어머니들은 모두 소풍을
따라오시는데 우리 어머니만은 안 따라오시니 내 마음은 더욱 좋지
않았다. 소풍을 갔다가 집에 와서 보니 어머니는 땀을 흘리면서 흙
이랑 돌이랑 나르신다. 그래서 나는 어머니를 도와드렸다. 어머니는
"얘야, 나둬라" 하시며 나를 말리셨다. 그리시고, 어머니는 또 계속
일을 하신다. 내가 방을 보니 온통 검정 수라장이 되었다. 그래도 어
머니는 거기서 일을 열심히 하고 계신다. (1976. 5. 10.)

어머니 아버지께 바라는 것

권기업 길산 4학년

내가 바라는 것은 소꼴을 비라고 하지 않는 것. 그리고 한창 놀 때 심부름을 시키지 않으면 얼마나 좋을까. 우리 아버지는 신을 살 때 검정 고무신만 사 줄라 하고 운동화는 돈이 비싸다고 잘 사 주지 않는다. 또 옷을 사 주셔요 하면 돈이 없다고 사 주지 않는다. 과자 같은 것 사 먹을라고 돈을 달라고 하면 돈이 없다고 사 주지 않는다. 우리 어머니는 좁쌀과 쌀을 씻어서 밥을 하기 때문에 이밥을 해 먹자고 하면 쌀이 어디 있나 하고, 먹기 싫으면 가라고 한다. 우리 어머니는 저녁때에 국수를 자주 하여 나는 국수를 하면 화를 내고 국수를 먹지 않고 밥만 먹는다. 내가 낚시를 할라고 낚시를 사 달라고 하면 사 주지 않는다. 사 주면 얼마나 좋을까. (1978. 4.)

---

* 이밥: 입쌀밥. 입쌀은 멥쌀을 보리쌀 따위의 잡곡이나 찹쌀에 상대하여 이르는 말.

아버지 어머니께

권은주 길산 3학년

아버지 어머니, 저는 모두 풍족합니다. 그러나 단 한 가지 잠을 많이 자게 해 주셨으면 고맙겠습니다. 잠을 많이 자려고 하는 것은 공부 때문이라고 볼 수 있습니다. 잠을 적게 자면 공부 시간에 하품이 자꾸 나오고 졸리기 때문이어요. 아버지 어머니는 물론 이해해 주실 줄 알아요. 그래야 공부 시간을 졸지 않고 똑똑하게 배울 수 있거든요. 아버지 그리고 어머니, 제가 공부를 열심히 하는 것을 바래지 않아요? 그러니 잠을 많이 자게 해 주셨으면 좋겠어요. (1978. 4.)

* 이 어린이의 아버지는 공무원임.

쇠죽솥에 불 때기

이숙재 대곡분교 3학년

나는 아침에 쇠죽솥에 불을 땠습니다. 불을 때 놓고 솥에 물을 넣었습니다. 그래서 솥뚜껑을 닫아 놓고 또 불을 넣었습니다. 불을 자꾸 자꾸 넣었습니다. 김이 나도 자꾸 넣었습니다. 김이 많이 날 때 솥을 열고 쇠죽 딱때기(작대기) 가지고 눌렀습니다. 다 눌리고 뚜껑을 닫았습니다. 그래서 내가 어머니보고 쇠죽솥에 불을 다 땠다 하니 안주도(아직도) 안 된다 합니다. "내가 아지 뭐, 엄마가 아나?" 하니 어머니가 "그러면 내가 아지" 합니다. 나는 방으로 들어왔습니다. (1970. 5. 3.)

점심 하기

어제 내하고 언니하고 점심을 하였습니다. 밥은 조밥을 잦혀 놓고 국을 끓이는데 불이 타지 않고 피 피 하니 언니는 속이 상해 가지고 불을 끌어내어서 한데 내버린다. 내가 하도 우스워서 웃으니 언니도 따라 웃고, 어머니도 방에서 듣고 할머니하고 허허 웃었다. 또 언니는 엄마가 웃는다고 사무(사뭇) 국을 안 끓인다. 오늘은 뭐 잘하는 척하고 주껬다(지껄였다). 그래서 내가 가서 불을 여니(넣으니) 잘 탔습니다. 조금 있다니 물이 설설 끓어서, 언니가 나와서 밀가루를 떠내서 버글그려(버무려) 가주고 옇고 조금 놔두었다. 퍼 가주 가서 뜨는데 내 동생은 지 먼저 안 준다고 국을 언니 발에 부었습니다. 그래 언니가 동생을 때렸습니다. 그래 내가 떠서 모두 주고 나도 떠서 먹었습니다.

(1970. 5. 4.)

저녁밥 짓기

김미영 길산 6학년

어머니와 아버지는 담배 심으로 가시고 내가 저녁밥을 지었다. 쌀을
앉힐 때였다. 다른 날보다 쌀이 많은 것 같았다. 그래서 물 붓기가 어
려워 물을 조금 붓고 불을 넣었다.

아무리 불을 넣어도 김만 나고 넘지는 않았다. 불을 자꾸자꾸 넣었
다. 그때 밥 타는 냄새가 났다. 얼른 솥을 열어 보았다. 쐬, 하고 김이
오른 뒤에는 밥은 익지도 않고 물은 하나도 없었다. 화근내(탄내)도
많이 났다. 그래서 건몸이 달아 거들거들 물을 두 바가치 넣었다. 첫
번에는 부어도 물이 없어지더니 두 번째는 물이 솥에 괴었다.

안 되면 안 되고 하면서 자꾸자꾸 불을 넣었다. 조금 있으니 좀 넘었
다. 그제서야 마음이 조금 놓였다. 그렇지만 밥은 많이 질었다.

그런데 어머니한테 꾸중을 듣지 않았다. 한 번 실수도 있겠지 하면서
꾸중을 하시지 않았다. 이제부터는 실수를 하지 않겠다고 마음먹었
다. (1978. 5.)

우리 집

김경화 대곡분교 3학년

우리 집은 옛날 집입니다. 그래서 끄실었기(그을었기) 때문에 보기가
싫었습니다. 그래서 나는 보기가 좋도록 할라고 꽃동산을 만들라 하
니 아버지께서는 못 만들게 합니다. 그래 나는 집이 보기 싫은데 꽃
동산이라도 만들어 놓고 보기 좋게 한다고 하니, 그러면 내년에 해라
하고 말씀하셨습니다. 그래도 나는 말을 안 듣고 자꾸 파니 아버지께
서 나를 보고 꾸지람을 했습니다. 그래도 나는 꾸지람을 들어 가며
꽃동산을 만들었습니다. 만들면 파 재껴 뿐다고 합니다. 그래서 나는
그마 메꽜습니다(메웠습니다). (1968. 5. 18.)

구름은 흘러도

이이교 공검 2학년

학교에서 선생님이 《구름은 흘러도》라는 책을 읽어 주셨습니다. 가만히 들어 보니까 안말숙이가 남의 집에 갔는데 그 주인집 식구가 4사람 있는데 안말숙이가 그 집에 갔으니까 다섯입니다. 그래 그 집에는 어린 아기가 둘이 있는데 주인은 어디 나가시려고 하다가 말숙이한테 아이를 잘 보고 밖에 내보내지 말아라고 하시면서 나가셨습니다. 그래 아기는 자꾸 밖에 나갈라 하고 또 한 아기는 말숙이를 차고 해서 말숙이는 달래다 못해서 그만 반대로 제가 울어 버렸습니다. 말숙이는 저의 아버지도 안 계시고 어머니도 말숙이가 어렸을 때 돌아가신 모양입니다. 말숙이가 남의 집에 가서 아기를 못 달래서 울 적에도 아버지 어머니 생각이 났을 겁니다. 저의 언니는 멀리 남의 집에 아기 보아주러 가고 저의 큰오빠는 일자리를 구하지 못해 어디를 가셨는지 모르지만 작은오빠는 아마 도회지에 일자리를 구하러 가다가 전보가 왔는데 구리간(감옥) 생활을 하고 있답니다. 선생님이 읽어 주시는 것을 들어 보니까 참 불쌍합니다. (1959. 3. 12.)

강물

김미영 길산 5학년

강물이 고요하게 참 잘 내려가다가 비가 오니 흙물이 되어 불은 물이 막 들이 솟고 있는 걸 보니 참 신기하다. 강물을 한참 바라보니 가에는 파도가 철석철석거리며 자꾸만 흔들리고, 복판에는 물이 올라갔다 내려갔다 울퉁불퉁거리니 어디서 떠내려왔는지 딸따리(끌신) 한 째기(짝)가 흑세를 타고 내려간다. 그것을 보니 자꾸만 생각난다. 저 강물이 저렇게 많이 불었다가 줄면 그렇게 더러운 것 다 쓸어가 버리지 않겠나. 그렇지만 쓸어 주는 물은 고맙지만 또 어떤 물은 무엇이 탐이 나서 그런지 공들여 쌓아 놓은 길도 막 파 가니 물은 홍수가 날까 바(봐) 겁이 난다. 어떤 때는 물이 줄고 난 다음에 보면 머(뭐)라도 꼭 길가에 한 무데기 띠어 놓고 가는 수가 많다. 물은 안 그렇게 하면 못 가는가 바. (1977. 4.)

* 딸따리: 끌신. 뒤축은 없고 발의 앞부분만 꿰어 만든 신.
* 흑세: 차나 그네나 물결 같은 것을 타고 흔들리며 갈 때의 유쾌한 기분. 호사, 호시, 호세.

46

소

이이교 공검 2학년

우리는 어제 낮에 소를 팔았는데 그래도 내일 소를 몰고 간다 하면서 소는 아직 우리 집에 있습니다. 소를 팔았다는 소리를 들어 보니 참 소가 불쌍해서 나는 이 소가 혹시나 다른 이가 몰고 가서 잡지나 않을까 이런 생각을 하니까 소가 참 불쌍했습니다. 잡지는 않겠지만 그래도 우리 집에 있는 것보다 더 일을 많이 할 것입니다. 왜 그런가 하니 우리는 농사가 작기 때문에 그럴 것입니다. 우리는 소를 왜 팔까요. 소가 하도 오래되어서 팔았답니다. 그래서 어제 소를 판 돈으로 오빠가 오늘 또다시 사러 갔습니다. 오늘 바람이 이렇게 부는데도 나중에 갈라 하면 바쁘다고 바람이 불고 춥더라도 애를 먹고 갔습니다. 아침 일찍 학교에 가는 아이들보다 먼저 갔습니다. 내가 학교에 갔다 와도 상주 장에 가신 오빠가 돌아오시지 않았습니다. 저녁이 되어도 돌아오시지 않았습니다. 어두워도 돌아오시지 않았습니다. 우리가 판 소값은 8만 5천 환이랍니다. (1959. 3. 12.)

토끼

안화숙 길산 6학년

어저께 담배 심고 와서 토끼 있는 데 가 보니 토끼풀이 없었다. 많이
뜯어 와서 토끼집에 넣고 나니 언니가 떡을 해 놓았다고 했다. 떡을
먹을 때 뭐가 찍찍 했다. 가 보니 개가 토끼를 물고 가려고 하였다.
빨리 가서 보니 문을 열어서 입을 넣고 물었다. 한 마리는 영영 죽었
다. 한 마리는 그냥 있고 그만 힘이 하나도 없었다. 두 다리를 펴고
엉엉 우다니까 고모가 화숙이 아기 때 보고 처음 보았다면서 울자리
라고 했다. 동생은 자꾸 나를 놀리고 있다. 그만 더 높이 울었다. 토
끼값도 안 주고 이거 뭐야 울고 있으니 언니가 "그만 울어, 내가 사
줄게" 한다. 할아버지 친구들은 웃기만 하셨다.

두 다리를 펴고 울다니까 할매가 "왜 우노?" 한다. 언니가 토끼 죽었
다고 운다 했다. 할매가 "토끼 병이 나면 안동 병원에 데리고 가지,
아니면 널(棺)을 사서 거기 넣고 묻어 주든지" 했다. 서러워서 더 높
이 우니까 엄마가 오면서 "싸웠나?" 했다. 나는 아무 말도 하지 않고
울기만 하였다. 엄마 하는 말이 "내가 죽어도 이렇게 슬프게 안 울
거야" 했다. 그만 방에 가서 누웠다. 아지매와 엄마가 자꾸 불러도 잔
다고 가지 않았다. "화숙아 울지 마라, 내가 사 줄게" 했다.

자고 나니 눈이 벗다(부었다). 토끼 한 번 만져 보고 냇가에 갖다 고이
묻어 주었다. 아버지가 오더니 "너 선생님한테 물어보고 토끼 새끼

있거든 사 준다"고 하였다. 밤에 토끼 생각을 하니 잠이 오지 않았다.

개 죽이 번다(죽여 버린다). 아침에 속으로 개를 보고 빨리 토끼 물어내

하면서 돌 뭉치 가지고 개를 때렸다. (1976. 5.)

쥐 새끼

김석님 공검 2학년

아래(그저께) 아침에 쥐 새끼가 한 마리 죽었습니다. 그래 내가 "참, 쥐 꼬랑대기 끊어 가지고 오라 하는데 석철아 칼 가자와. 쥐가 마루 천장에서 니쩌(떨어져) 죽었다." 그런데 할아버지가 터르기(털) 안 난 거는 안됐다고 말씀하셨습니다. 그래 또 어머니가 쥐 터르기 안 났는가 아랫방에서 가마니를 치시며 물어서 "안 났어요" 하니 터르기 안 난 거는 약 된단다 그래서(고 해서) 나는 내 마음에 "쥐들이 먹을 것이 없어서 먹을 것을 찾으러 가다가 서로 갈라고 떠다밀어서 그만 니쪘는가 부다"고 생각하였습니다. 그래서 땅을 파고 묻어 주었습니다. 오늘은 그것이 생각나서 공부가 잘되지 않고 집에 와서 그것을 씁니다. 쥐 새끼가 발간 기 입 주디(주둥이)는 하얀 눈 같았습니다. 그 쥐는 하도 먹을 것이 없어서 쏘대다가(싸돌아다니다가) 그만 어지러워서 땅에 떨어져서 죽었는가 부다. (1959. 3. 4.)

까재 잡기

이위직 대곡분교 3학년

나는 어제 저녁을 먹고 동생하고 불을 들고 밖에 가서 까재(가재)를 잡았습니다. 나는 까재를 한 마리 잡아 가지고 주전자에 넣었습니다. 나는 까재를 한참 잡다가 불이 꺼져서 까재를 많이 잡지 못하고 집으로 돌아왔습니다. 어머니께서 많이 잡았다고 하였습니다. (1968. 5. 11.)

도방구 귀신 놀이

김인원 길산 3학년

어제는 학교에서 도방구 귀신 놀이를 하였습니다. 많은 아이들과 운동장에 있는 미끄럼틀에서 놀았습니다. 술래는 호채가 되었습니다. 나는 첨에 술래가 되게 가를 때에는 내 몸이 흔들흔들하였습니다. 호채는 겨우 호인이를 때렸습니다. 기석이가 배구 꼴대 위로 가면 술래다, 하고 이쪽 미끄럼틀은 나만 다니지 딴 사람은 다니지 마, 하고 말하였습니다. 호인이와 해일이가 서로 톡딱톡딱하며 서로 술래가 안 될라고 했습니다. 그러나 술래는 해일이가 되었습니다. 또 기석이가 말했습니다. 이쪽으로 오면 꼴밤 한 대 맞는다 했을 때 해일이가 기석이 있는 쪽으로 갔습니다. 기석이가 해일이한테 꼴밤을 주었습니다. 그래서 술래는 기석이가 되었습니다. 기석이는 에헴, 하고 갈 때 이제는 마음대로 다녀 낸다 하고 말했습니다. 나는 그런 줄 알고 내려가서 꼴밤을 맞고 올라왔습니다. 나는 술래가 기석이였는데 벌써 선진이가 되어 있었습니다. 기석이가 엎드려 있을 때 선진이가 기석이를 때려 기석이는 저쪽에서 올라오는 줄 알고 나는 이쪽으로 내려오다가 술래가 되었습니다. 해일이가 기주를 때렸을 때 기주는 해일이를 때려 놓고 나는 안 해, 하고 말했습니다. 해일이는 안 돼, 안 돼 하고 나도 안 해 하고 말했을 때 기석이는 나는 한다, 싸와 줘 싸와 줘, 하고 여러 동무들은 다 안 한다고 했습니다. 그래서 나도 안 했습니다. 해일이는 애가 많이 달았을 것입니다. 해일이는 기석이를 붙잡으로 쫓아다녔습니다. 그러나 해일이는 못 붙잡았습니다. 우리는 돌 위에 앉아서 시킨 웃었습니다. 해일이는 갔습니다. 어제는 재미있게 놀았습니다. (1976. 5. 3.)

놀러는 싫어

이이교 공검 2학년

낮이 되어도 놀러 가기는 싫고 밤이 되어도 놀러 가기는 싫습니다. 나는 언제든지 우리 집에만 있고 싶고 남의 집에는 가기가 싫어졌습니다. 우리 집에는 얼마든지 있어도 싫어지지는 않을 것 같습니다. 그러나 아이들이 자꾸 불러서 어떨 적에는 가고 어떨 적에는 가지 않았습니다. 나는 놀러 가기 싫은데 가는 것도 동무들이 하도 불러서 할 수 없이 갑니다. 나는 집에서 아기나 보아주고 싶어도 우리 집에서는 어쩐지 그렇게 놀러 가라고 합니다.

요새는 놀러 한 번도 나가지 않을 것 같습니다. 한데(바깥에) 나가는 것은 학교 가는 것뿐이라고 나는 생각합니다. 학교는 가고 싶어도 놀러는 가기 싫어졌습니다. 내가 이렇게 놀러를 안 가서 안 되지 이렇게 생각을 해도 나는 내 마음이 다시 돌아오지 않았습니다. 내 마음을 다시 고칠 수는 없을까 이렇게 생각해도 나는 웬일인지 모르겠습니다. (1959. 3. 11.)

꾸지람

이용대 대곡분교 3학년

아버지는 일군(일꾼)들보고 꾸지람을 하신다. 어디 가셨다가도 일군
들이 일을 해 놓으면 오셔서 꾸지람만 합니다. 어머니는 그래서 어떨
때는 아버지보고 야단을 친다. 글때(그때, 그 언젠가)에도 일군들이 논을
갈아 놓으니 잘못 갈았다고 꾸지람을 했습니다. 울타리 해 놓은 것도
두 거풀(겹)로 했다고 머라 카셨습니다(꾸중하셨습니다). (1970. 5.)

· 2장 · 하마 감꽃이 피었네

고마운 아이

남경자 대곡분교 3학년

벌써 아침부터 저녁까지 비가 왔습니다. 학교 갈 때는 비가 쪼매 오디(오더니), 학교 시간 마치고 집에 올 때는 비가 막 쏟아졌습니다. 큰일 났습니다. 큰 아이들은 다 건너갔습니다. 딴 아이는 다 건너갔는데 규필이가 한 번 건너가 보디(보더니) 날 데릴로 왔습니다. 규필이가 가자 해서 안 간다 하니, 안 가면 어앨래 하면서 자꾸 가자 합니다. 규필이가 내 손 붙잡고 건너왔습니다. 규필이 아니랬으면 내가 건너가다가 빠졌는동 모른다. 필이가 참 고맙다. (1969. 5. 19.)

미운 사람

권상출 대곡분교 3학년

내가 이전에 아침에 본교 아이들하고 고두말 내려오니, 재흠이가 자전거에 올라타고 있을 때에 노숙이가 날 보고 "니 재흠이 있는데 이겨 내나?" 그래서 내가 "저매(저까짓 것) 있는데 저까 바(질까 봐)" 하니 재흠이가 "까부나?" 해서 내가 "까분다. 우앨 챔이로(어쩔 참이라)" 하니 "때릴라고 그런다. 왜" 해서 내가 때릴라 하고 내가 재흠이 다리를 쥐고 태기재쳐 부니 재흠이가 돌자갈 있는 데 픽 엎어져서 내가 재흠이 배 우에 걸타고 앉아서 막 기때기(귀때기)를 때리며 이기나 지나 하며 자꾸 때리니 재흠이가 몰라 몰라 해서 내가 모른다 하면 때린다면서 자꾸 때리니 복남이네 아버지가 말려서 내가 나주니(놓아주니) 재흠이가 일나(일어나) 가지고 돌미(돌멩이) 가지고 때리 분다 해서 내가 막 쫓게 내려가니 재범이가 나를 발질로 집어 차서 내가 넘어졌다가 다시 일나 가지고 쫓게 내려갔다가 내가 되돌아서서 주먹으로 싸우니 내가 기때기를 두 찰(차례) 맞고 학교로 쫓겨 왔습니다.

(1969. 5. 19.)

꼴

이성윤 대곡분교 3학년

아버지께서 "니 오늘 점심 먹고 용국이 있는 데 지게 좀 달라고 해서
꼴 한 짐 비래(베어라)" 합니다. 그래서 나는 점심 먹고 꼴 비로 봉답에
갔습니다. 봉답에는 꼴도 많고 해서 좋았습니다. 꼴을 한 짐 비 가주
고 오다가 쉴라고 하는데 그마 거랑(내)에 처박았습니다. 그때 들에
가는 사람들이 많아서 부끄러웠습니다. (1969. 5. 25.)

종판에 물 들어 나르기

권종진 대곡분교 3학년

아버지는 종판에 가서 담배를 뽑아서 오십 개끔(오십 개씩) 묶었습니다. 나와 대현이는 배초와 부리(상추)에 물을 주었습니다. 한 동이를 다 조도(줘도) 부리에 주지 않았습니다. 그래서 또 한 동이 반쯤 주다가 아버지가 대현이와 종진이는 물 두 동이 채와 나라 그래서(채워 놓으라고 해서) 열심히 떠다 날랐습니다. 수대(대야)로 네 번 떠다 나르니 팔이 아파서 쉬고 또 네 번 하니 한거가(한가득이) 되고 남았습니다. 그래서 모판에 물을 주고 배추에 물을 주었습니다. (1969. 5. 25.)

서숙 묻기

김대현 대곡분교 3학년

나는 덕골로 아버지, 어머니, 누나와 서숙(조)을 갈로 갔습니다. 아버지는 소부쟁기를 지고, 누나는 등지리에 서숙을 담아 가지고 이고 갔습니다. 어머니하고 나하고는 빈 걸로 갔습니다. 다 가서 아버지는 소부쟁기로 골을 타고, 어머니는 서숙씨를 옇고(넣고), 누나하고 나하고는 괭이로 묻었습니다. 서숙을 묻다가 더워서 옷을 벗어 놓고 자꾸 웃었습니다. 땀이 얼마나 나는지, 소나무 밑에 쉬면서 또 웃었습니다. 어머니는 서숙씨를 다 놓고, 빈 밭에도 갈아서 예팥 등지리를 가지고 옇었습니다(넣었습니다). 다 옇고 아래 밀밭에 또 서숙을 여서, 아래 밭은 아버지가 묻었습니다. 다 묻고 내가 소를 몰고 더구먹까지 올라와서 어머니가 몰아다 주었습니다. 누나는 등지리를 가지고 집으로 갔습니다. (1969. 5. 31.)

* 소부쟁기: '소부'는 '쟁기'를 뜻하는 경상도 사투리.
* 등지리: 둥주리. 짚으로 바구니처럼 엮어 만든 그릇.
* 예팥: 팥의 한 가지.

고추밭 매기

정창교 대곡분교 3학년

내가 고추밭을 맸습니다. 아버지하고 누나하고 나하고 맸습니다. 고추씨가 단(빽빽하게 난) 데도 있고 안 단 데도 있었습니다. 기심(김, 잡풀)이 많았습니다. 내가 비가 오면 고추가 좋겠다 하니 누나가 가문다 합니다. 아버지는 매 놓면 꽁(꿩)이 와서 고추를 쫏겠다 합니다. 고추가 잘되면 팔아서 옷 사 주까 합니다. 고추밭 빨리 매라고 합니다. 매다니 밥 먹어라고 합니다. 보리밥을 먹었습니다. (1970. 5. 25.)

여러 가지 한 일

김숙자 대곡분교 2학년

내 동생하고 나하고 오늘 아침을 먹고 딸기를 따로 가는데, 나는 양
지기를 가지고 내 동생은 바가지를 가지고 갔습니다.

들에 가니 참새가 우리 모자리 논에 들어가서 나락을 꺼내 먹었습니
다. 그래 참새를 쫓였습니다. 그리고 논에 개구리도 있는 것을 쫓였
습니다. 그런데 딸기가 없어서 찔레꽃을 땄습니다. 어디서 호호느 배
쫑 하고 새가 웁니다. 찔레꽃만 한 양지기(양재기) 해 가지고 왔습니다.
집에 와서 점심을 한다고 시작하였습니다. 나는 보리쌀 건져 났는 거
가지고 솥에 여(넣어) 가지고 식은 밥 있는 거 여 가지고 불을 여 가지
고 다 잦혔습니다. 내가 불을 여 가면서 부리(상추)를 따듬어 주니 내
동생이 씨로(씻으러) 갔습니다. 그래 씨 왔는데 내가 마늘 잎사귀하고
부리하고 그래 두 가지 싸래(썰어) 가지고 무쳤습니다. 장물하고 고춧
가루하고 그래 무쳐 가지고 내하고 언니하고 오빠하고 동생하고 어
머니하고 그래 먹었습니다.

점심을 먹고 지르무재에 가서 고추밭을 매기 시작하였습니다. 고추
밭에 까치바늘이 한 불(덩어리) 있습니다. 고추밭 머래기(머리)에 가니
살구나무가 있는데 살구나무 위에는 뻐꾹새가 웁니다. 그래 나는 한
골 매고 꼴을 하고, 어머니는 열아홉 골 매고, 오빠는 열여덟 골 맸
고, 나는 꼴을 자꾸자꾸 하였습니다. 자꾸 하니 많아져서 인제 놔두

고 소를 멕였습니다(먹였습니다). (1969. 6. 7.)

조 방아 찧기

김용팔 대곡분교 3학년

점심을 먹고 어머니와 같이 조 방아를 찧었습니다. 옆집 나무로 만든 방아에 찧었습니다. 어머니께서 방아를 찧다가 방아를 놓고 조를 보시고 덜 찧겠다고 하셨습니다. 어머니께서 웅달나무는 잘 찧기지 않는다고 하셨습니다. 나는 "왜 안 찧겨요?" 하고 "종순네 집에 가요" 하니 "찧다가 어예 가노?" 하셔서 그대로 찧었습니다. 한참 찧다가 나는 다리가 아팠습니다. 어머니께서 "그만 찧고 놀다가 찧어라" 해서 놀다가 찧었습니다. (1968. 6.)

산나물

김숙자 대곡분교 2학년

나물을 하러 갔습니다. 나하고 은자하고 종희하고 선자하고 우리 언니하고 보자 나물을 하러 갔습니다. 종희하고 언니하고 잘합니다. 우리는 반 대래끼 할 따네(동안에) 하마(벌써) 한 대래끼 합니다. 그래서 하마 가(그 아이)들은 비아(비워) 놓는데 종희가 숙자야 비우로 가자, 또 선자야 비우로 가자, 은자야 비우로 가자 해서 비우로 갔습니다.

산에 가서 나물을 하니까 참 재미가 있고 송구도 꺾어 먹으니 참 달고 맛이 있습니다. 그래서 인지는 송구만 꺾어 먹지 말고 벗떡 두 대래끼 하면 되는데, 벗떡 한 대래끼 해 가지고 비아 놓고 버떡 꼭꼭 눌러 한 대래끼 해 가지고 송구나 두나 꺾어 가지고 집에 가자, 그래, 이래서 나물을 다 했습니다. 송구를 나는 한 개 꺾었고, 종희는 여섯 개 꺾었고, 우리 언니는 두 개 꺾고, 은자는 세 개 꺾고, 선자는 네 개, 그래 송구는 종희가 갤(제일) 많이 꺾었는데, 내가 다리에 끌채(긁혀) 가지고 피가 났습니다. 그래도 산에 댕기개네 아픈 줄을 모릅니다. 그래 집에 올 때 보니 언니가 갤 많이 하고 고담에는 선자고, 고담에는 종희고, 고담에는 은자고, 고담에는 내가 갤 쪼매 했습니다. 집에 오다가 산에서 뱀을 보았습니다. (1969. 6. 2.)

* 송구: 송기. 소나무 속껍질. 그냥 먹기도 하고 떡을 만들거나 죽을 쑤어 먹음.
* 버떡: 벗떡. 퍼떡. 퍼뜩. 빨리.

산추 캐기

정부교 대곡분교 3학년

나는 소를 미겠습니다(먹였습니다). 동생하고 소를 미기다니 할머니가
불렀습니다. 그래 나는 머 할라고요 그리까내(그러니까) 다라기 가지고
가라 하였습니다. 다라기 머 할라고 가지고 가라고요 하니 다라기 가
(가지고) 가서 산추(삽주) 뿌리 좀 캐라 하고 그랬습니다. 말라고요(뭐 하
려고요) 하니 아버지 약을 해 줄라고 한다 하였습니다. 나는 다라기를
가지고 산으로 갔습니다. 가니 산추 뿌라기가 많이 있습니다. 동생하
고 많이 캤습니다. 동생이 거작(그쪽)에 나갔습니다. 동생이 나를 보
고 불렀습니다. 나는 와 하고 갔습니다. 동생이 야, 여기 참 많다 많
아, 해서 내가 가서 보니 많았습니다. 내가 할머니요 많네요, 하니 할
머니가 많으면 많이 캐라 하였습니다. 산추를 많이 캐 가지고 왔습니
다. (1968. 6. 8.)

장에 가기

김수미 길산 2학년

나는 어머니하고 장에 갔습니다. 쌀을 자루에 5되 이고 갔습니다. 어머니는 한 말을 가주(가지고) 갔습니다. 길이 없었습니다. 4번을 쉬었습니다. 임동 가서는 쌀을 팔았습니다. 장을 봤습니다. 다 보고 난 뒤에 점심을 먹었습니다. 점심은 빵을 100원어치 어머니하고 먹었습니다. 먹고 집으로 왔습니다. 논에 치는 약하고 기름 한 병하고 가지고 왔습니다. 집에 올 때는 2번 쉬고 계속 왔습니다. 집에 오니 한나절 조금 넘었습니다. 그래서 배가 고팠습니다. 보리를 빘습니다(벴습니다). 그래서 저물었습니다. (1978. 6. 5.)

* 글쓴이는 부모가 없는 어린이로 남의 집에 와 있으며, 이 글에 나타난 집에서 장까지의 거리는 30리가 넘고 험한 산길이다. 이날도 학교에 못 가고 시장에 갔던 것이다.

설거지

마경자 김룡 6학년

아침을 먹고 나서 어머니께서 설거지를 하라고 하셨다. 나는 그릇을
오봉(쟁반)에 얼른 담아서 부엌으로 나갔더니 암탉이 부엌의 나무를
흔들어 놓았다. 나는 닭을 쫓았다. 그리고 큰 솥을 씻을라고 하니까
위에서 끄럼(끄시럼, 그을음)이 널쩌서(떨어져서) 큰 솥에 가라앉았다. 나는
그것을 건져서 버렸다. 그 큰 솥을 억지로 다 씻어 놓고 그릇을 씻었
다. 한창 씻는데 어디서 부스럭하는 소리가 나서 뒤를 보니 쥐가 나
무 기둥을 타고 올라갔다. 그 쥐 때문에 깜짝 놀랐다. 설거지를 다 하
고 나오려고 하는데 바람이 불어서 내 눈에 흙이 들어가서 눈을 뜰
수가 없었다. 나는 눈을 자꾸 비볐더니 눈을 더 뜰 수 있었다. 그 길
로 나가서 봉당과 마당을 쓸었다. (1972. 5. 22.)

설거지

장재희 김룡 6학년

아침을 먹었습니다. 어머니는 잔심부름을 하시느라고 아침도 못 잡
수시었습니다. 나는 눌은밥을 긁었습니다. 어머니께서는 눌은밥을
달라고 하셨습니다. 나는 눌은밥을 긁어 가지고 어머니를 드렸습니
다. 어머니께서는 언니에게 오늘 눌은밥은 꼬소하다고 하셨습니다.
나는 그릇을 씻어 가지고 힝글라고(헹구려고) 어머니가 길어다 놓으신
맑은 물을 떠 놓았습니다. 그릇을 씻어 가지고 맑은 물에 놓고 또 씻
어 가지고 맑은 물에 놓고 자꾸만 그래다니까 그릇을 다 씻었습니다.
나는 찬장을 닦고 그릇을 힝거 가지고 잔 그릇을 따로 엎어 놓고 큰
그릇도 따로 엎어 놓고 숟갈도 힝거 가지고 숟갈 통에 넣고 절(젓가락)
도 힝거 가지고 절 통에 넣어 놓고 숟갈로 솥을 씻고 바가지로 물을
퍼내고 맑은 물을 붓고 행주로 솥을 두르고 또 바가지로 물을 퍼내
고 행주를 가지고 솥을 닦았습니다. 그러고 나서 솥뚜껑을 씻어 가지
고 솥을 덮고 부엌 바닥을 쓸고 방으로 와서 방을 쓸고 마루로 나와
마루를 쓸고 걸레를 가지고 냇가로 가서 걸레를 빨아 가지고 왔습니
다. 걸레를 빨아 가지고 오다니까 선생님께서 월요일이나 화요일에
학력 경쟁 시험을 친다고 하신 것이 생각났습니다. 나는 집으로 와서
방과 마루를 닦고 시험공부를 했습니다. (1972. 5. 22.)

설거지

강재순 청리 3학년

어제저녁에 저녁을 먹고 설거지를 하니 어머니 밥 먹는 생각이 난다.
어머니는 아기를 안고 저녁을 먹는데 나는 아기를 바야(봐야) 하겠다
고 생각하다가 "어머니, 내가 아기 보까요?" 하니 어머니가 설거지
나 하라 하며 머라(뭐라, 꾸중) 한다. 그래 솥을 씻고 또 그릇도 씻고 나
서 상도 닦고 샘에 가서 물을 한 바게쓰 들고 오니 어머니가 "머라
하면 물을 한 바게쓰 들고 오고 안 머라 하면 조금밖에 안 들고 오
나?" 하며 막 머라 한다. 그래 부애가 나서 안 마또(아무 말도) 안 하고
또 내 동생이 밥 먹은 그릇을 씻었다. 씻고 나서도 어머니가 막 머라 한
다. 그래 나는 더 부애가 났다. 그래 안 마또 안 하고 일기를 쓰고 누
워 잤다. (1963. 6. 7.)

빨래

김후남 대곡분교 3학년

오늘 아침을 먹고 나와 순희와 빨래를 했습니다. 내가 두 가지 빨 동안에 순희는 한 가지밖에 못 빨았습니다. 내가 일곱 가지, 순희가 여섯 가지 빨 때, 또 순희네 새형님과 순희네 어머니와 빨래를 한 버지기, 한 세숫대씩 가지고 와서, 나는 우리 것을 다 빨고 순희네 것을 빨아 주었습니다. 20가지 빨아 주고 내가 발을 씻으니 순희네 새형님과 순희 어머니가 고맙다 합니다. "고맙기는 뭐 고마워요" 하니 "그머(그럼) 그클(그렇게) 빨아 주었는 게 고맙지" 해서 나는 또 자꾸 "고맙기는 머 고마" 하고 우리 빨래를 머리에 이고 가다가 돌에 받혔는동 엎어졌습니다. 엎어져서 일나 가지고 다시 빨로 가니, 맹(여전히) 순희네 어머니와 순희네 새형님이 빨고 있는데, 내가 씻으니 순희네 새형님이 "왜 아깨 빨아 놓고 또 나오나?" 해서 내가, 가다가 엎어져서 가새로(가서러, 헹구러) 나왔다 하니 "어디 안 다쳤나?" 하는 것을 안 다쳤다 하니 "안 다쳤으니 다행이다" 합니다. 나는 고마 벗덕 빨아 놓고 손발을 씻어 가지고 바지(울타리)에 빨래를 널어놓고 집으로 돌아왔습니다. (1969. 5. 25.)

* 버지기: 둥글넓적하고 아가리가 넓게 벌어진 질그릇.
* 벗덕: 벗떡. 버떡. 퍼떡. 퍼뜩. 빨리.

밥 쏟은 일

오늘 아침에 일어나서 세수를 하고 낯을 딲고 나서 둘레판을 펴고 어머니가 밥을 퍼 들룬는(들여놓는) 것을 반(판, 상)에 얹을라 하다가 밥을 쏟았습니다. 어머니가 홀추리(회초리)로 나를 때립니다. 나는 그래서 상방으로 쫓겨 갔습니다. 어머니는 나를 따라오다가 그냥 나를 놔두고 밥을 쓸어 담으로 갔습니다. 나는 또 안방으로 어머니를 따라갔습니다. "마러(뭐하러) 오노. 오늘 아침밥 먹지 마라" 합니다. 나는 그래도 밥을 먹고 책보를 가지고 학교로 왔습니다. (1970. 6. 1.)

오늘 아침

김선모 대곡분교 3학년

나는 집 대문을 나와 용모야, 하고 불러 보니 대답이 없습니다. 그래서 여물간 옆에 숨어 있었습니다. 용모가 책보를 가방같이 해 가지고 미술지를 들고 내려옵니다. 풀 가랑잎 썩었는 거 와 보고 선모 봐래이 하고 돌을 쥐고 때립니다. 내가 돌 날아오는 것 보고 일부로 아고야, 하니 용모가 <u>흐흐흐흐</u> 하며 웃습니다. 용모와 같이 영숙이네 집 있는 데 와 가지고 뒤를 보니 성배네 아이들이 옵니다. 용모하고 준모네 집에 숨어 있다가 유이! 하고 놀리고 모두 정답게 갔습니다.

(1970. 6. 1.)

오늘 아침

안승만 길산 6학년

학교에 갔다. 아이들이 벌써 많이 와 있었다. 교문에 들어서니 아이들이 축구를 하고 있었다. 나는 가방을 수원이한테 맡기고 얼른 운동장으로 뛰어갔다. 5, 6학년 축구 시합을 하고 있었다. 어서 빨리하고 싶었지만 나와 편을 가를 사람이 없었다. 마침내 호진이가 있어서 호진아 빨리 오라고 하였다. 그러나 아이들은 편이 안 된다고 한다. 그래서 나는 욕을 하였다. "개새끼" 해 버렸다. 우리 6학년이 5학년한테 지고 있었으나 나는 못 하고 멍하니 서 있었다. 남구가 마침내 승만아 축구 해라고 하였다. 그래서 하려고 하니 종을 쳤다. 축구를 하고 싶었지만 할 수 없이 모였다. 운동장에 모이니 교장 선생님이 돌을 주워 오라고 하였다.

교문을 나서며부터는 이야기가 떠들썩하였다. 축구 이야기며 레슬링 이야기를 하고 있었다. 기석이가 김일이와 일본 사람 도전자와 한 것이 김일이가 이겼다고 한다. 우선 나의 기분은 좋았지만 다음 말이 나오기를 기다렸다. 김일이의 헤이딩은 한 번만 받으면 상대방이 비틀비틀거린다고 해서 나는 신기하기만 하였다. 어찌하여서라도 일본 사람한테는 이겨야 한다는 생각 때문에 더욱더 신기했다.

우리 나라 선수와 영국 선수. 축구에서는 우리 나라는 매우 신사적으로 한다고 한다. 영국 선수한테 3:0으로 졌지만 신사적으로 한다는 것을 나는 우리 나라의 자랑거리로 생각했다. 기석이의 이야기는 매우 재미있었다. 우리는 돌을 주워 오면서 축구 레슬링 이야기를 거듭하였다. (1976. 6. 7.)

오늘 아침

안병훈 길산 2학년

오늘 아침에 일어나 낯을 씻었다. 낯을 씻을라 카이개네(하니까) 어머니가 야야 밥 먹어라 그래서 밥을 먹었습니다. 먹고 나서 시간표를 딱 보니까 도덕 체육 국어 산수 그래 들었다. 그리고 책을 모두 가방에 넣 가지고 나와서 갈라 카이개네 아기가 안녕 하고 웃었습니다. 나도 안녕 하고 학교에 다녀오구마 하고 또 갈라 카이개네 어머니가 갔다 얼른 온네 해서 예 하고 학교에 왔습니다. 그리고 학교에 오니까 아이들이 많이 나와서 놀았습니다. 신발을 신발통에 넣었습니다. 교실 문 앞에서 안녕 하고 들어왔습니다. 업이가 내보고 지각이대이 하고 말하였습니다. (1976. 6. 7.)

감꽃

하마(벌써) 감꽃이 피었네. 아침에 우리 개가 감나무 밑에 있다가 감
꽃이 우수수 떨어지면 막 달아납니다. 이리 갔다 저리 갔다 합니다.
개가 앞발을 들고 막 쫓아갑니다. 멍멍멍 하고 달아납니다. 감꽃을
한 개 물고 달아나고, 또 한 개 물고 달아납니다. 나는 감꽃을 주워
가지고 골고리를 만들었습니다. 골고리를 두 개 만들었습니다. 한 개
는 종숙이 주고 한 개는 내 하고 점심을 먹고 개밥을 주고 조금 있다
니 제흠이가 왔습니다. 감꽃을 주어(주워) 갔습니다. (1968. 6. 8.)

감꽃

남경자 대곡분교 2학년

감꽃이 피었네. 감꽃은 노랗습니다. 감꽃은 예쁜 꽃입니다. 이화와 내와 감꽃을 주었습니다(주웠습니다). 감꽃을 주으니까 무슨 새소리가 들려왔습니다. 아, 새소리도 곱다 하며 말했습니다. 새소리를 듣고 나서 감꽃을 많이 주으면서 노래를 불렀습니다. 감꽃을 주워서 집으로 돌아왔습니다. (1968. 6. 8.)

· 3장 · 우리도 크면 농부가 되겠지

날씨 일기

청리 3학년 1반(3·4분단)

4월 11일 목요일
오늘 학교서 공부 한 시간 마치고 난깨 하늘에 구름이 하나도 없었
습니다. 날씨도 맑고 따뜻하고 참 좋았습니다. 운동장에 뛰놀던 아이
들도 좋아합니다. (박희복)

4월 12일 금요일
오늘은 구름이 때때로 낍니다. 아이들이 비가 오겠다 합니다. 나도
참말로 오겠다고 말했습니다. 구름이 자꾸 낍니다. (남경삼)
아침에는 구름이지만 조금 있으니까 빛이 납니다. 그래 또 조금 있으
니까 날씨가 흐립니다. 바람은 안 붑니다. (정명옥)

4월 13일 토요일
오늘은 비가 온다. 비를 맞으며 학교에 갔다. 학교에 온깨 비가 더 많
이 온다. 구름도 많이 끼이고 날씨도 어둡다. 산에 심은 나무도 잘 자
라나겠다. (박희복)

4월 15일 월요일
날이 흐려서 운동장에 있으니 땅에 물이 좀 있다. 미끄럼틀에 올라가

서 미끄럼을 타니 대단히 미끄럽다. (김경수)

4월 24일 수요일
오늘은 흐리다. 바람은 북쪽에서 분다. (김준규)

4월 25일 목요일
오늘은 구름이 하나도 없고 날씨가 따뜻합니다. 바람도 안 불고 참
따뜻합니다. (최인순)

5월 13일 월요일
오늘은 날씨가 흐리고 산에 안개가 하얗게 끼어 있다. 오늘 암만캐도
(암만해도) 비가 오겠다고 생각이 났다. (김경수)
아침에는 날씨가 흐리더니 차차 맑아집니다. 바람은 안 붑니다. 안개
는 조곰 꼈습니다. (정명옥)

5월 14일 화요일
오늘 아침에 낯을 씰라고(씻으려고) 손을 물에 대니 대단히 써늘합니
다. 그래 을렁(얼른) 씻고 집으로 갔습니다. (김경수)

5월 15일 수요일
날씨가 따뜻합니다. 어항에 있는 올챙이들이 풀에 붙어서 놉니다. (박
희복)

날씨가 따뜻하다. 바람도 안 분다. 구름도 안 끼고. (김진국)

오늘은 춥도 덥도 안 하고 따뜻합니다. (김순옥) (1963.)

새·벌레·물고기 일기

청리 3학년 1반

4월 11일 목요일 맑음
개미가 큰 벌레를 물고 뒤로 간다. 자세히 보니까 개미가 안 죽인다.
(박훈상)

4월 13일 토요일 비
나는 어제 집으로 갈 때 도랑에서 아들(아이들)하고 보니 미꾸라지를
물고 검저리(거머리)가 미꾸라지 배를 막 먹습니다. 그래 자세히 보니
배가 빨갑니다. (이득훈)
어제 아침에 학교 제비가 전깃줄에 앉아서 재재골 재재골 합니다. 보
니까 입 있는 데 빨갑니다. 빨간 데서 재재골 재재골 합니다. (이순희)

5월 1일 수요일 맑음
아침에 학교 올라 하니 커다란 벌레가 나무에 붙어 있다. 그래 잘 보
니 뿔이 있다. (박훈상)

5월 2일 목요일
아침에 학교에 오는데 하얀 황새하고 깜장 황새하고 날개를 버쩍버
쩍 들며 날아간다. (이순희)

5월 11일 토요일 맑음
바개스(양동이)를 가지고 올챙이를 담고 풀을 넣고 물을 담고 학교에
왔다. (정홍수)

5월 14일 화요일 흐림
아침에 학교에 오단께 까치가 병아리를 물고 나뭇가지로 날아갑니
다. 그래 나는 깜짝 놀랐습니다. (이순희)
상추를 씻다 보니 상추에 벌레가 붙어 있는데, 상추를 띠(떼어) 내니
어머니가 왜 띠 내나 하십니다. 어머니한테 벌레 붙었어 하니 띠 내
라 캅니다. (박갑분)
어항에 있는 올챙이가 꼬리를 들고 막 쫓아갑니다. 보니 물기신(물귀
신)이 가는 같습니다. (정홍수)

5월 15일 수요일 맑음
아침에 참새 한 마리가 양철집에 앉으니 또 한 마리가 앉아 가지고
머리를 물고 올라타 가지고 막 흔든다. (박훈상)

5월 20일 월요일 흐림
나는 정호하고 고기를 잡으로 갔습니다. 정호는 미기(메기)를 내 손까
락만 한 걸 두 마리 잡았습니다. (김승식)

5월 22일 수요일 맑음

학교에 와서 교실에 들어오니, 새가 벌을 잡아먹을라 한다. 1학년 3반 교실 밖에서 벌레는 내빼고 새는 따라간다. 새는 입을 벌리고 날개를 치고 벌은 안 붙잡힐라고 내뺍니다. 그래 못 따라가 가지고 아가시(아까시, 아카시아)나무에 앉아 가지고 벌레 내빼는 그를(것을) 보고 앉아 있습니다. (김용구) (1963.)

풀·꽃·나무 일기

청리 3학년 1반

4월 11일 목요일 맑음
냇가에 나가니 민들레가 있다. 민들레꽃은 가지가 뻗어 나왔다. 그래 내가 한 피기(포기) 가지고 왔다. 민들레꽃을 심었다. (주형철)

4월 15일 월요일 흐림
오늘 아침에 학교 교문 앞에 온깨 살구꽃이 눈같이 하얗게 피었습니다. (김진복)
오늘 아침에 학교 오미(오면서) 산에 본깨 참나무는 추아서(추워서) 허리를 굽히고 오리나무는 좋아서 새파랗게 돋아 올라온다. (정종수)

4월 23일 화요일 흐림
고구마가 방에 온상 했을 직에는 발갛드는(발갛더니) 한데(바깥에, 추운 데) 옹깨(오니까) 새파랗게 됩니다. (정종수)

5월 20일 월요일
교실 앞에 가니 수국꽃이 활짝 피었습니다. 수국꽃이 복슬복슬합니다. (여해순)
4학년 3반 교실 앞에 가 보니 금추리꽃에 벌이 앉아 있는데, 벌이 금

추리 한쪽에만 꿀을 빨아 먹습니다. (전윤희)

붓꽃 안에서 벌이가 노랑 꽃잎을 물고 갑니다. (강희철)

장미꽃이 복슬복슬합니다. 나팔꽃이 1센치 4미리나 컸습니다. (유승자)

온실에 가니 금싸래기가 폈다. (정화자)

5월 21일 화요일 맑음

감나무 잎파리가 새파랗다. 감꽃 필라 카는(피려 하는) 걸 뚝 뗐다. 그래 가지고 까 보니 노란 게 될라 카기에 내가 감 열리만 따 먹을 걸 백 지(공연히) 땄네 이켔다(이랬다. 이렇게 말했다). (조병년)

5월 22일 수요일 맑음

오늘 아침에 금싸래기를 재어 보니 9센치나 자랐습니다. 또 해바라 기도 9센치나 자라났습니다. (정익수)

5월 23일 목요일 맑음

오늘 아침에 옥자하고 꽃밭에 가 보니 도라지가 내 눈에는 배추 같 았습니다.

미나리 꽃나무가 시들어진 것 같다. 그래 일라 시았다(일으켜 세웠다).
(정향숙)

5월 24일 금요일 맑음

내 동생 꽃밭에 가 보니 봉숭아가 제일 큽니다. (박운택)

도라지가 1센치만 합니다. (박정숙)

5월 29일 수요일 흐림

정민수가 봉숭아를 재어 보니 3센치나 컸습니다. (김영조) (1963.)

올챙이 일기

청리 3학년 1반

5월 11일 토요일 맑음

둘째 시간에 논에 가서 개구리알을 바개쓰에 넣어서, 논에 있는 풀을 뽑아서 바개쓰에 넣어 가지고 냇물에 와서 돌도 넣고 모래도 넣고 물도 넣었다. 학교 돌아와서 어항에 넣었다. (박희복)

5월 14일 화요일 흐림

어항 속에 올챙이가 생깁니다. 그래 선생님이 만년필 뒤로 조금 질르니까 꼬물 합니다. (윤영도)

올챙이가 나왔는데 가늘이한 배다지(배)는 하얗게 되었다. 들누서(드러누워서) 있는 것도 있다. (김경수)

선생님이 철필을 대니깨 꼼지락꼼지락합니다. (남경삼)

돌삐(돌) 새(사이)에 연필 촉만 한 올챙이가 생겼습니다. (임순천)

올챙이가 눈이 생기는 같습니다. (윤영도)

5월 15일 수요일 맑음

어항을 들여다보니 쪼만한데 꼬리를 처들고 올라갔다가 부끄러운지 흙이나 풀 속으로 기어들어 가는데 꼬리를 살랑살랑 흔듭니다. (박선용)

5월 18일 토요일 맑음

정길이가 어항을 흔드니 쪼만한 올챙이가 돌 위에 올라앉았는데 몸
뚱이는 똥고리하고(동그랗고) 꼬랭이는 대강 2미리쯤 되는 것 같다. (박
선용)

올챙이가 벌써 9미리나 컸다. 꼬리를 흔들며 풀에 올라갔다가 내려
온다. (김정길)

5월 20일 월요일 갬

벌써 올챙이가 12미리나 크고 꼬랭이는 옷 꾸매는 바늘만창(바늘만큼)
가늘고 몸뚱이는 흰 실 다섯 꼬풀(올)만창 가늘다. (박선용)

5월 21일 화요일 비

올챙이가 올라가디는(올라가더니) 풀 위에 올란잤다가(올라앉았다가) 어항
미꾸영(밑구멍)에 팔딱 뛰러 가지고 모래 속으로 대가빠리(머리)를 넣
고 꼬랭이를 살랑살랑 흔들디(흔들더니) 모래 속으로 기어들어 간다.
(박선용)

5월 22일 수요일 맑음

올챙이가 가만히 누웠는데 보니 배가 얼룽덜룽한데 똑 쪼구(조기) 배
같다. (박선용)

5월 23일 목요일 맑음

그 전에는 올챙이 눈이 잘 안 보이더 오늘 보니 눈이 새까맣기 티올라고(튀어나오려고) 눈가에는 하얗고 등때기는 새까맣다.

5월 25일 토요일 맑음
올챙이 길이가 1센치 5미리나 크고 대가빠리는 5미리 큰데 대가리 반창(반쯤)은 빨갛고 입은 동고리하고 입이 빼꼼하게 뜰꼈는데(뚫어졌는데) 물을 먹는다. (박선용)

5월 29일 수요일 흐림
조그만한 올챙이는 재어 보니 2센치이고 뚱보 올챙이는 밥을 많이 먹어서 2센치 7미리입니다. (1963.)

콩 싹 일기

김정숙 청리 5학년

5월 21일 목요일 맑음

선생님께서 자기 마음대로 관찰을 해 보라고 하셨다. 나는 학교 시간을 마치고 집으로 돌아와서 콩에 대한 관찰을 하려고 마음먹었다. 장독으로 찾아다니다가 조그만 사발 하나를 발견하여서 기뻤다. 그 그릇을 깨끗이 씻고 앞밭에 가서 보드라운 흙을 반 조금 넘게 담아 가지고 우두콩 두 알을 콩의 2배 정도로 파묻었다. 어머니께서 "오늘 저녁에는 비가 올 것 같다. 그 그릇을 닭 우리에 얹어 놓아라" 하시며 말씀하셨다. 나는 어머니 말씀에 더욱 신이 나서 열심히 해 보려는 생각이 났다. 나는 저녁을 먹고 그 콩을 파묻은 그릇을 닭 우리에 얹어 놓고 방으로 들어와 공부를 했다.

5월 22일 금요일 비

아침 일찍 일어나 눈을 비비고 닭 우리에 가 보았더니 아무 탈 없이 그대로 있었다. 나는 싹이 나왔으면 하고 궁금했다. 이제 그 콩 관찰 때문에 더 일찌기 일어나겠고 그래서 정말 기뻤다. 나는 싹이 나오겠지 하고 아침밥을 먹고 학교로 갔다.

집에 돌아와 보았더니 또 아침에 본 그대로 있었다. 나는 어머니에게 콩 싹이 안 나온다고 말씀드렸더니 "싹 나올라만 아직 멀었다"고 말씀하시기에 마음이 놓였다.

5월 26일 화요일 맑음
학교에서 돌아와 닭 우리에 가 보았더니 여전히 그대로 있었다. 나는 하도 이상해서 어머니께 "엄마, 어째서 싹이 이때까지 안 올라와 여?" 하고 여쭈었더니 어머니께서는 "물 좀 줘라"고 하셨다. 나는 얼른 양동이에 물을 담아 부어 주었다.

5월 27일 수요일 흐림
학교에서 돌아와 나는 또 닭 우리에 가 보았다. 또 여전히 그대로다. 어머니께서는 "파 보고 안 나오거든 딴 콩을 다시 심어라" 하셨다. 나는 곧 파 보았더니 이제 싹이 올라올 듯이 촉이 나고 곧 올라올 것 같았다. 나는 몹시 기뻤다.

5월 30일 토요일 맑음
학교에서 돌아와 걱정이 되어 방에 책보를 갖다 놓고 닭 우리에 가보았더니 그 신기한 새파란 우두콩 싹이 쪼옥 올라왔다. 나는 귀여워서 물을 부어 주었다. 걱정되던 콩 싹이 이젠 올라왔다. 나는 어머니께 "엄마, 이젠 콩 싹이 나왔어. 또 내가 물을 부어 주었어" 하고 나는 자랑을 했다.

5월 31일 일요일 맑음

나는 오늘 늦잠을 잤다. 어머니께서 야단을 치셨다. 나는 일어나서
옷을 입다가 문짝을 보니 해가 떠서 문에 햇빛이 들어왔다. 나는 콩
싹 생각이 나서 닭 우리에 갔다. 어제는 머리만 쳐들더니 오늘은 콩
나물 대가리만큼 올라왔다. 나는 한없이 기뻤다. 세수를 하고 아침밥
을 먹고 국어 공부를 했다.

6월 1일 월요일 맑은 뒤 비
아침 일찍 일어나 닭 우리에 갔었다. 요번에는 높이 5cm쯤 되는데
콩 가운데에 노르스름한 떡잎이 두 잎 나고 양쪽에는 콩나물 대가리
보다 2배 더 큰 싹이 두 개가 있었다. 나는 이 콩 싹을 둘도 없는 즐
거움으로 키우고 같이 놀고 있다. 나는 그 신기한 콩 싹을 선생님께
보여드리고 싶었다. 그래서 나는 아침을 먹고 그 콩 싹 그릇을 들고
책보를 들고 학교로 갔다. 오늘 학부형들이 오시는 날이다. 또 콩 싹
을 아이들이 건드릴까 봐 겁이 나서 점심시간에 집으로 가지고 가서
닭 우리에 얹어 놓았다. 집으로 돌아와 보니 또 떡잎이 두 잎 났었다.

6월 4일 목요일 맑음
학교에서 돌아와 닭 우리에 갔었다. 이번에는 높이 8cm, 또 작은 포
기는 7cm쯤 되어 있었다.

6월 6일 토요일 맑음
날씨가 무더웠다. 오전에 닭 우리에 가 보았다. 그 신기하고 새파랗

던 콩 싹이 시들시들 곯았다. 아! 너무 햇볕에 두어서 고는구나 하며 콩 싹 그릇을 이쪽 화단 그늘에 갖다 두고 물을 부어 주고 거름을 했다. 그래도 나는 겁이 났다. 이렇게 키워 놓은 콩 싹이 시들어 곯면 어떻게 또 다른 관찰을 하겠나 생각했다. 오후 저녁때쯤 되어 화단에 가 보았더니 잎줄기가 싱싱하게 자랐다. 나는 마음속으로 아! 참다운 콩 싹! 어쩔 줄을 몰랐다. 이젠 화단에서 키우기로 나는 정해 놓았다. (1964.)

비 오는 날

김경수 청리 3학년

5월 26일 일요일 흐리다가 비

오늘 아침질(절, 때)에는 흐리다가 점심때부터 날씨가 자꾸 더 흐리져서 저녁 바람(무렵)부터 비가 오기 시작하였다. 내가 집에 있으니 어머니가 새암(샘)에 물을 여로(이러) 갔다. 오는데 물을 머리에 여고 오른쪽 손에 상추를 씻어 들고 삽짝(사립문)으로 들어온다. 그래 내가 상추를 돌라(달라) 해 가지고 정지(부엌)에 갖다 놓고 뜨럭(뜨락, 뜰)으로 가니 비가 뜨럭에도 바람에 날려서 들어온다. 개는 뜨럭에서 누서(누워서) 앞발을 앞에 쭉 뻗치고 삽짝으로 자꾸 본다.

5월 27일 월요일 비가 오다가 흐림

오늘은 우리 집에 있는 난초가 36센치 5미리쯤 자라났다. 난초가 이틀 만에 6센치 8미리나 자라서도 난초는 그때와 키는 그진(거의) 같은 것 같다. 키가 그진 같은 것 같아도 6센치 8미리나 자라났다. 오늘은 비가 와서 땅이 질어서 땅을 디디마 똥같이 쑥 나왔다. (1963.)

내 동무

4월 24일 화요일 흐림

미술 시간에 미술을 덜 그려서 선생님께서 교실 청소를 다 하거던
그리라고 말씀하셨습니다. 그래서 교실 청소가 간 뒤 미술을 그렸습
니다. 크레온을 모르고 안 가져와서 갑철이 해(것)를 빌려서 그렸습니
다. 미술을 그리다가 크레온을 뿔갰습니다. 그래서 나는 깜짝 놀라서
갑철아, 내가 니 크레온을 뿔갰다고 갑철이한테 카니까 갑철이는 괜
찮다고 했습니다. 그래서 나는 갑철이가 참으로 착한 어린이라고 생
각하였습니다.

4월 25일 수요일 비

혜자는 우산을 안 가져와서 나하고 같이 쓰고 어깨동무를 하고 갔습
니다. 그래서 나는 잘못 디뎌서 물에 한짝 발이 빠졌습니다. 혜자뚜
로(혜자더러) 가방을 가지고 있어라 하고 나는 도랑물에서 발을 씻었
습니다. 그리고 다시 갔습니다. 얼마 안 가서 면소(면사무소) 뒤까지 왔
습니다. 그래서 나와 혜자는 헤어졌습니다. 나는 혜자가 비를 맞으며
가는 것이 안됐습니다. (1962.)

숙제 공부

정명순 청리 5학년

3월 12일 목요일 맑음

청소를 마치고 남아서 공부할 때 선생님께서 이 문제 못 하면 집에 안 보낸다고 말씀하셨다. 처음에는 쉬운데 가운데 나눗셈이 있어서 생전 모르겠어서 뛰어 먹고 쓸라 칸깨(하니까) 혼나겠고 틀리나 마나 계산하고 있었다. 얼굴이 화끈거린다. 아이들한테 물어보려고 해도 선생님한테 혼나까 봐 물어보지도 않았다. 산수 시간 없으면 좋겠는데. 그렇지만 산수 시간이 있어야지 우리가 공부를 배우지. 우리는 집에 갈 때 해분이 거 보고 써서 안심이 좀 놓여 막 빨리 썼다. 또 집에 가서 구구표 숙제를 했다.

3월 13일 금요일 맑음

오늘도 남아서 공부하였는데 오늘은 좀 쉬운 거 냈다. 나는 잘 연구하여 답이 맞도록 써넣어서 도장을 찍었다. 선생님이 도장 찍을 때 좀 자세히 보면서 찍어 주셨다. 나는 찍고 나서 앉아 있으니까 선생님이 도장 찍은 사람은 집에 가라고 하신다. 나는 안순자하고 둘이 집을 향하여 걸었다.

3월 14일 토요일 맑음

오늘은 토요일이어서 선생님은 숙제를 많이 내셨다. 오늘도 남아서 공부하는 줄 알았는데 선생님은 숙제를 많이 내서 집에 가라고 하신다. 나는 운동장에 놀다가 아이들하고 같이 집에 왔다. 점심을 먹고 나서 좀 놀다가 국어 숙제를 하였다.

3월 16일 월요일 맑음

숙제 검사를 하였다. 나는 국어 숙제를 '학급 생활' 하는 줄 알고 했다. 나는 또 '어린이회'를 했다. 낱말 뜻을 하는데 한 시간 마치면 하고 한 시간씩에 다 못 해서 점심시간에 다 했다. 그러나 막 빠자 놓고 했다.

숙제 검사가 시작되었다. 내 차례가 다 왔다. 선생님은 시험지에 썼는 학급신문에 대해서 잘 썼다고 하셨다.

3월 20일 금요일 맑음

오늘은 분수를 내셨다. 나는 첫째 써 놓은 것을 공책에 써 놓은 것을 찾아 써넣었다. 둘째 것은 분수대로 그려 놓았다. (1964.)

나는 옥분죽을 먹어야지

김희옥 청리 5학년

3월 23일 월요일 맑음

오늘 다섯째 시간에 우리들은 벌레집과 송충이 알을 끓었다. 나는 배가 참 고팠다. 아침에 죽 한 그릇 먹고 와서 이때까지 입에 대어 본 것이 없다. 나는 힘이 없는데도 자꾸만 끓으라고 하셨다. 나는 힘이 없어서 억지로 한 시간을 지나고 청소를 하는데 겨우 했다. 그리고 나는 오후 공부하다가 집으로 가는데 점방(가게)에 있는 과자라도 다 집어 먹겠다고 생각되었다. 이때 돈이 있으면 대분에(대번에) 쓸 것이라고 생각되었다.

3월 24일 화요일 맑음

오늘 아침에 나는 밥을 먹고 학교로 간다. 오늘 아침엔 밥을 좀 배부르게 먹었다. 그 전 같으면 나물밥 한 숟갈씩 먹고 갈 텐데 오늘 아침엔 고무부(고모부)가 오셔서 밥을 좀 많이 해 가지고 많이 먹었다. 나는 매일 이렇게 해 먹으면 얼마나 좋을까 하고 생각했다.

3월 25일 수요일 맑음

오늘 아침에 일어나니 죽 상이 방 안에 들어왔다. 나의 눈에는 눈물이 기러기렁하였다. 하는 수 없이 죽 한 그릇 먹고 학교에 올라고 나섰다. 나는 학교에 오면서 이런 생각을 했다. 왜 이렇게 가난한 집에 태어났는가? 이런데 공부 열심히 하면 무엇하나 생각했다.

3월 26일 목요일 흐림
오늘 세째 시간이 다 왔다. 선생님은 첫 시간부터 나가셔서 들어오시지를 않았다. 세째 시간이 되니 선생님이 들어오셨다. 선생님을 보니 어쩐지 선생님 기분이 하나도 없다. 나는 참 이상히 생각했다. 선생님이 말씀하셨다. 내가 너희들을 가르치자는 마음이 없다고 하셨다. 앞으로 며칠 있으면 내가 딴 학급으로 갈 것이라고 하셨다.

3월 27일 금요일 맑음
오늘 보건 시간에 선생님은 우리들을 데리고 교문을 나가셨다. 우리들은 손 씻으러 간다고 에이 에이 하고 말하였다. 그런데 냇가를 선생님이 지나가셨다. 우리들은 어디를 가는가 하고 보니 저수지에 가셨다. 봄바람이 살랑살랑 불어오는 날에 저수지 물이 파도를 쳤다. 시푸른 물이 살랑살랑 참 시원한 물이고 경치 좋은 들이었다.

3월 28일 토요일 맑음
나는 오늘 아침에 당번이어서 일찍 학교로 갔다. 청소를 열심히 하고 공부를 시작할 때 나는 청소 잘했다고 칭찬할 줄 알았더니 칭찬하지 않았다.

3월 29일 일요일 맑음

오늘 어머니께서는 보리밭 김매러 가셨다. 어머니는 나에게 저녁을
하라고 하셨다. 나는 놀다 보니 해가 조금밖에 안 남았다. 나는 집에
가서 콩을 가지고 가서 동생과 같이 죽을 갈았다. 햇빛이 쨍쨍 내리
쬐서 나의 이마에는 구슬땀이 흐르기 시작했다. 오빠가 와서 죽을 다
갈아 주었다. 나는 집에 가지고 와서 죽을 끓였다. 그런데 죽이 밥같
이 됐다. 그래서 죽은 조금씩밖엔 못 먹었다.

3월 30일 월요일 맑음

오늘 시험을 봤다. 80점인다나 얻겠지 하고 생각했다. 그런데 겨우
61점밖엔 못 얻었다. 나는 더 열심히 하겠다고 생각했다.

3월 31일 화요일 맑음

점심시간에 나는 힘이 없이 글씨를 썼다. 옥분(옥수수 가루)도 안 먹고
밥도 안 먹고 나 혼자 글씨를 쓰니 눈에선 눈물이 글썽글썽하였다.
나는 내일 옥분을 먹어야겠다고 생각했다.

* 옥분죽: 옥수수 가루로 만든 죽. 이 무렵 학교에 옥수수 가루가 나와서 그것으로 죽을 끓여 학
생들에게 먹였다.

4월 1일 수요일 맑음

자연 시간에 선생님께서 자전에선 무엇이 생기나 하고 물으셨다. 나
는 예 하고 손을 번쩍 올렸다. 선생님이 희옥이 하고 지명하셨다. 나

는 우물쭈물하다가 밤낮이 생깁니다 하고 대답했더니 맞았습니다 하고 대답했다. 나는 벌대로(아무렇게나) 대답했는데 어떻게 맞았을까 하고 생각했다.

4월 3일 금요일 비
점심시간에 옥분을 먹는데 오늘은 컵에 수북수북 세 컵 먹었다. 나는 배가 참 불렀다.

4월 4일 토요일 맑음
나는 오늘 동무 집에 가서 쌀을 먹고 떡으로 틴(뻥튀기 한) 것 과자 같은 것도 먹고 조금 놀다가 내려오니까 큰집 시(형)가 청상에 간다고 했다.

4월 5일 일요일 비
오늘 비가 오는데 논에 있는 나물을 뜯으러 가서 나는 한 소코리 뜯어 왔다. 옷이 모두 흙투성이가 되었다.

4월 6일 월요일 비
아침부터 비가 그치지 않고 내렸다. 수업을 마쳐도 비는 그치지 않았다. 나는 그대로 비를 맞아 가면서 집으로 갔다. 동무 셋이서 가는데 하나도 우산을 가지고 있는 아이는 없었다. 옷은 함빡 다 젖었다. 나는 집에 가서 옷을 갈아입고 점심을 먹고 이불 속에 들어가서 옆들어 수판을 1에서 100까지 두 번 놓고서 그만 잠이 소롯이 들었다.

4월 7일 화요일 흐림

수업을 마치고 집에 돌아오니까 어머니께서는 점심도 안 하시고 걱정을 하고 계셨다. 나도 어머니와 같이 걱정이 되었다. 솥에는 지울을 쪄 놓았다. 나는 그것을 갖다 먹었다. 그리고 저녁에는 국을 끓여서 한 모금씩 먹었다. 먹어도 배도 부르지도 않았다. 나는 왜 이런 집에 태어났는가? 전과, 수련장, 기성회비 돈도 내지를 않아서 걱정은 되는데 돈은 없고 양식도 없고 나에게도 걱정은 태산 같다. 공부하면 무얼 하겠나? 이런 생각을 하니 학교 다니기도 싫어졌다. 나는 그 마음을 버리고 학교를 다니겠다고 생각했다. (1964.)

* 지울: 기울. 밀이나 귀리 따위의 가루를 쳐내고 남은 속껍질.

불쌍한 어머니

박춘동 청리 6학년

5월 23일 토요일 맑음

오늘은 선생님께서 일찍 보내 주셨다. 나는 집으로 돌아오자말자 부엌으로 들어갔다. 솥을 열고 보니 밥이 조금 있기에 또 좀 먹었다. 그리고 방에 들어와 작년 일기를 뒤적거려 보았다. 작년 오월 생각이 났다.

5월 24일 일요일 맑음

이 쓸쓸한 하루를 위하여서는 노래뿐이다. "황성 옛터에 밤이 되니" 하고 노래 부르니 문득 영화에서 듣는 "황성 옛터에 밤이 되니" 하는 노랫소리가 들려오는 듯하였다.

하루의 쓸쓸함을 잊게 하는 노래는 인생의 꽃이다.

5월 26일 화요일 맑음

저녁을 먹고 나서 어머니와 함께 이런 이야기 저런 이야기 하던 끝에 또 희추(들놀이) 이야기가 나왔다. 내가 어머니께, "엄마, 엄만 희추한 번 해 봤어?" 하니까 어머니께서, "난 아직 한 번도 희추를 해 보지 못했다" 하셨다. 나는 가슴이 뜨끔하였다.

'아, 우리 어머니는 참으로 불쌍하신 어머니이구나' 하고 속으로 생각이 들었다. 어머니께서 이 못난 아들을 위해 언제나 보리밥만 잡수신다. 우리도 보리밥이지만 어머니께서는 우리보다 더욱더 보리밥이다.

나는 어쩐지 어머니가 불쌍하게 보였다. 이 어린 마음에도 어머니께 이제까지라도 효도하지 못한 것이 후회된다. 이 50이라는 기나긴 세월 동안에도 희추 한 번 못 하셨다니 이처럼 가엾은 일이 어디 있을까? 내가 장차 크면 돈 벌지 못하더라도 어머니를 업고 다녀도 이 삼천리강산을 구경시키고야 말겠다는 생각이 가슴에 치밀어 오른다. 주름살이 쭈굴쭈굴한 어머니이지만 우리 어머니보다 더 좋은 어머니가 세상에 없는 줄 안다.

5월 29일 금요일 맑음

난 울었다. 난 분개한 마음이다. 난 분했다. 선생님은 누가 잘못인가를 따져 보지도 않고 나와 종희만을 꾸짖었다. 나는 마음속으로나마 선생님께 일기로나마 몇 자 적어 둔다.

선생님, 선생님은 누구의 잘못인가 따져 보지도 않고 꾸중하십니다. 나는 공부를 하고 싶지 않습니다. 선생님, 누가 잘못인가 따져 보지도 않고 꾸중하십니다. 선생님, 누가 잘못인가 한번 따져 봅시다. 남생도(남학생)는 모두 다 공부했습니다. 여생도 몇몇은 손 씻으러 가서 한 20분 정도는 놀았습니다. 우리는 여생도가 하는 이야기는 다 들었습니다. 그것은 순전히 남생도의 모욕이었습니다. 선생님, 저는 분했습니다. 그것을 보고 도저히 참을 수 없었습니다. 여생도는 그뿐

인 줄 아십니까? 여생도가 저질은 죄는 내가 한 일의 몇 배가 됩니다. 남생도는 여전히 떠들지 않고 공부했지만 그러나 여생도 몇몇은……. (1964.)

수학여행

임형규 청리 6학년

4월 27일 월요일 맑음

학교로 갔다. 네째 시간이 거의 다 될 무렵에 6학년 전체가 사무실 앞에 모였다. 교장 선생님이 나오시길레 또 수학여행 이야기 같다. 가지도 안 하는데 그런 말씀 하시면 가고 싶어 있을 수 없다. "교장 선생님께 경례!" 6-1반 선생님이 말씀하셨다. "수학여행 안 가는 사람들은 집에 가서 나도 커 내 아들 바가지를 들고 얻어먹더라도 수학여행은 보내 준다고 그런 이야기를 부모 앞에 가서 하라"고 하신다. 또 6-1반 선생님께서는 여행 가는 사람은 내일 점심을 싸 가지고 가야 한다고 하신다. 기차에서 점심을 먹으면 참 맛이 다르다고 하신다. 아주 재미있다. 셋이 넷이 모여 앉아 창밖을 내다보며 먹으면서 너도 한 개 나도 한 개, 이렇게 막 바꾸어 먹으면 얼마나 맛이 있겠는가? 나는 애가 달아 죽겠다. 나도 언젠가 가 볼 때가 있을 것이라고 생각했다.

4월 28일 화요일 맑음

6학년들 수학여행 가는 날! 학교를 가지 않았다. 여행 가는 아이들은 반갑겠지만 나는 생각도 안 한 것과 마찬가지다. 그래도 가고 싶어 원망스럽던 마음이었다. 어머니께서 장에 가자고 하신다. 수학여행 안 보내 준다고 골을 잔뜩 내어 있으니 가마니에 둥굴을 넣어 가지고 가서 팔아 가지고 너 하라 하신다. 가기 싫었다. 들키면 큰일 나는 거고 또 더운 날씨에 가기가 좋지 않았다. 안 간다고 했다. 어머니가 밖에 나가신 뒤 방에 들어와 앉으니 한숨이 길게 나오고 눈물이 나는 것이다. 울었다. 크게 울면 어머니께서 듣고 꾸중하실까 봐 작은 소리로 울었다. 한참 울고 나서 밖에 나가서 이제부터 심부름시키는 것 하나도 듣지 않겠다고 결심이 꽉 찼다. 한 번 말을 안 들어야지, 혹시 또 어디 가을 소풍 갈 때 보내 주겠지 하고 맘먹고, 수학여행 간 아이들은 얼마나 재미있을까, 차도 하루 타고, 구경도 하고, 찻간에서 점심 먹는 게 나는 퍽 재미있을 상싶었다. 나도 커서 서울을 가 봐야지, 돈을 벌어서 구경도 하고 차도 실컷 탄다는 생각이 머리에 떠올랐다.

* 둥굴: 나무를 적당한 크기로 잘라 놓거나 쪼개어 놓은 것.

6월 6일 목요일 맑음: 새우젓 장수
아침부터 벌써 새우젓 사소,
젓 사소, 골목 앞을 지나간다.
먹고 싶었다, 침이 꿀떡
새우젓 사소, 젓 사소.

6월 26일 금요일 흐림: 주산부
주산부 교실을 지나갈 때

딸그락딸그락 소리 난다.

누가 잘 알아맞혔나 창 새(사이)로

들여다보았다. 저요, 760입니다.

맞습니다. 맞습니다.

재미있게 놓는다.

6월 27일 토요일 맑음

내 신은 아저씨가 고쳐 팔아 사 왔다. 신 바닥이 아주 두꺼웠다. 광수
가 보기만 하면 탐난다고 한다.

6월 29일 월요일 맑음: 교장 선생님

조회 시간에 얼굴이 발게진

교장 선생님,

물팍(무릎)에 힘을 줘라

또 야단친다, 교장 선생님

참 불쌍하다. (1964.)

나의 생활

김용팔 청리 6학년

5월 20일 수요일 맑음

서울로 수학여행 갔던 이야기를 여럿이 모여서 하였다. 여러 가지 다른 점과 도시에 가서 경험해 본 것을 우리는 이야기하고 가지 않았던 아이들은 듣고 하는 것이 재미있었지만 안 갔던 아이들이 보며 나도 가 보았으면 하는 마음에서 보는 것이 그 아이들이 어떠한가를 생각할 때 그들도 같이 가서 봤으면 얼마나 기뻐할까 하는 마음이 들고 서울 가서 볼 때는 혼자 즐기기에는 아까울 정도였다.

5월 27일 수요일 오전엔 맑았다가 오후 흐림

오후에 남아서 선생님께서 칠판에 문제를 비끼시고 우리는 하기로 하였는데, 재득이가 한 문제를 하는데 재득이의 설명이 끝나기도 전에 손을 들어 저요, 하였다. 들고 나서 얼른 내렸다. 내린 까닭은 남의 인격을 존중하지 못해서 부끄러웠다.

그 뒤에는 재득이네가 실지로 가난한지는 모르지만 옥분죽 먹고 이런다고 업신여기고 그런다고 할까 봐 나는 걱정이 되어서 나의 얼굴은 그런 여러 가지 생각을 한 가지 한 가지 할 때는 점점 화끈거렸다. 앞으로는 남의 인격을 존중하고 민주적인 태도를 가지겠다.

6월 3일 수요일 오전 비 오후 흐림

나의 생활은 오늘 좋았다.

그중에서 나의 눈물겨운 일이 있었다.

내가 우리 지붕에서 새를 한 마리 잡아 가지고 학교에 가지고 가서 진규를 주어서 진규가 선생님한테 들키었다. 선생님께서 갖다 내버리라고 하셔서 아이들이 갖다 버릴려고 가지고 가는 것을 내가 따라가서 빼앗았다. 빼앗은 이유는 우리 지붕에서 내어서 대단히 불쌍한 생각이 들어서 빼앗았다. 빼앗아 가지고는 금을 버리는 것같이 버리기 싫었다. 그러나 나는 가엾어서 눈물이 날 정도를 참고 눈을 감고 지붕 위로 던지었다.

집에서 그 한 마리의 새 생각이 머리에서 사라지지 않고 언제나 나의 생각에는 그 새가 살았는가 그런 생각이 들 때에는 슬픈 마음이 가슴을 찌른다.

6월 10일 수요일 오전 맑았다가 오후 흐림

아침 먹고 바로 낫을 들고 들로 나갔다. 나가서 보리를 한참 베다니까 허리가 아파서 못 베겠는데도 아버지와 할아버지는 그대로 참고 베신다. 난 허리가 아파서 못 베겠다고 하니까 그것을 베어 놓고 하매(벌써) 못 베서 그렇개여 하신다. 나는 공부하고 싶은 마음이 저절로 나서 공부한다고 하니까 오후에 공부하라고 하신다.

나는 일하는 것은 이렇게 고되는데 공부하는 것은 여기에 비하면 평화다 생각하고 열심히 공부하겠다.

6월 11일 목요일 흐림

어머니께서 나의 체육복을 빠시다가 나의 옷에 시퍼런 물을 들여 놓아서 옷 빤다고 해 놓고 도로 못 쓰게 해 놓았다고 하며 울상을 해 가지고 있으니까 어머니께서도 다시 사도 못 하고 인제는 버렸고 하면서 걱정을 하셔서, 어머니께서는 나를 조금이라도 깨끗이 해 주기 위해서 애써 주시는 것을 생각할 때 어머니에게 걱정을 주어서는 안 되겠다고 생각하고 엄마 괜찮아여 하니까 또다시 그 옷 못 쓰게 되었다고 하신다. 나는 그대로 입는다고 하면서 괜찮다고 하면서 옷을 만져 보다니까 옷이 거의 다 말라서 입어 보았더니 많이 들린 것은 밑에 옷 속으로 들어가고 팔에 조금 있어서 괜찮다 하니까 어머니께서도 웃으시어서 대단히 기뻤다. (1964.)

우리도 크면 농부가 되겠지

최인모 청리 4학년

5월 29일 금요일 맑음

오늘 큰집에 형님을 따라 시미기(소먹이풀) 뜯는 데를 따라가 보았습니다. 우리 형님 밭에 가서 오디를 좀 따 먹다가 형님은 풀을 뜯기 시작했습니다. 나는 깜짝 놀랐습니다. 소풀 한 호큼(움큼, 웅큼)이 내 호큼 열 배 너머 되는 것같이 보였습니다. 그리고 낫질도 나보다가 몇 배를 더 잘하였습니다.

5월 30일 토요일 맑음

오늘 소 뜯기로 산으로 갔습니다. 소는 제대로 두고 앞산에서 경치를 내려다보았더니 과수원 배나무가 우리 조회하는 것보다 더 잘 섰습니다. 하나도 틀리지 않고, 줄이 한 나무도 굽은 배나무는 없었습니다.

7월 20일 월요일 맑음

오늘 소 뜯기로 가니까 어디서 논매기소리가 들려왔습니다. 우리도 크면 저런 농부가 되겠지 하는 생각이 들었습니다. (1964.)

똥 퍼다 주기

김성환 청리 4학년

4월 13일 월요일 맑음: 똥 퍼다 주기

학교에 갔다 오다니(오니까) 할머니가 똥장군을 저고(지고) 밭으로 올라가신다. 밤새 밭에 고추 갈라고 똥을 퍼다 준다. 나는 할머니를 보고 집에 빨리 와서 점심을 먹고 나니 할머니 "개골마(개골마을) 가서 똥장군 좀 돌라 캐라" 하며 똥을 푸신다. 나는 개골마 가서 똥장군을 좀 달라 하니 할머니가 "오좀 들었다" 하신다. 나는 "누구네 집에 가면 똥장군이 있어요?" 하니까 "요 우에 집에 가마 나무 똥장군이 있어. 그것 좀 얻어 가이고 가" 하며 알이키 주신다. 나는 부끄러버서 못 들어간다고 하니 "그러만 내가 얻어 주께 가자.""오카 어미야 똥장군 좀 달라네." 가이고 가라 하신다. 똥장군이 가볍다. 집에 와서 할머니한테 좀 버(부어) 주요 하며 지게를 지고 가니 똥이 출렁거린다. 몸이 이리 갔다 저리 갔다 한다. 몸을 못 이기 내겠다. 나는 지게 탈고래(짐을 묶은 끈)를 꼭 잡아댕기 가이고(가지고) 간다. 그랭개(그런께, 그러니까) 좀 낫다. 다섯 번 저니(지니) 어깨가 아프다.

* 김성환 군의 일기장은 5월 26일 이전의 것을 아깝게도 잃어버려서 〈청리 문집〉에 실린 겨우 이 한 편을 다시 실어 놓습니다.

5월 26일 화요일 흐림: 마굿간(외양간) 치기

마굿간에 마웃똥이 많다. 할머니가 마구(마구간) 처자고(치우자고) 소시랑(쇠스랑)을 좀 얻어 오라고 하신다. 강녹이네 집에 소시랑을 좀 돌라 캐(달라 해) 가지고 할머니 갖다 주고 또 내가 달영이네 집에 가서 소시랑을 달라 하니 달영이네 아버지가 "있거든 찾아 가지고 가" 하시면서 삽짝(사립문)으로 나가신다. 나는 소시랑을 찾으니 다락 밑에 있다. 소시랑을 가지고 오니까 할머니가 마웃똥을 꺼면서(끌면서) 나오신다. 나는 마굿간에 가서 마웃똥을 꺼내서 소시랑으로 찍어서 끌며 "이 이" 하면서 억지로 문지방 밖에 나왔다. 소시랑으로 팍 쫓아서 끌고 거름 자리에 가서 빼놓고 또 마굿간에 가니까 할머니가 "자, 이거 끌고 가" 하신다. "아유, 이거 못 끌고 가겠어요" 하니까 "못 가지고 가겠거든 거기 나도(놔둬). 할매가 갖다 주는 거 끌고 가" 하신다. 나는 할머니가 끌고 가라 카는 것을 끌고 갔다. 할머니가 20번 처고, 나는 24번 쳐니까 다 쳐 간다. 한 번 가지고 나오니까 씰(쓸) 것도 없고 탑새기(쓰레기)도 없다. 내가 비짜리(빗자루)로 쓸어 논 탑새기를 동생이 삽으로 끌어 담아서 거름 자리에 갖다 놓는다. 다 쓸고 나서 짚 좀 마굿간에 갖다 놓고 손을 씻고 저녁을 먹었다.

5월 27일 수요일 갬: 나무

나무를 하로 갈라고 지게에 낫을 꽂아서 지게를 저고(지고) 나뭇군을 따라갔다. 숲이 우거진 산으로 가니 발간 소깝(솔가지)이 큰 나무에 있다. 나는 지게를 받치 놓고 낫을 허리에 차서 나무에 올라가서 낫을 빼 가지고 깍깍 쫓아서 땅으로 던져 놓고 낫도 땅으로 던져 놓고 내려와서 낫으로 쫓아서 깐추거리(간추려) 가지고 지게에 짊어서 지게 탈고래로 잡아매서 일어바시(일으켜) 가지고 저니까 한 짐이 된다. 다섯 아람이길레 다섯 단을 질거지(줄거지, 줄기)로 뭉치서 지게에 짊어서 집으로 내려오니까 보는 사람마다 웃으시며 "너 참 많이 했구나. 어디 간께 이런 소깝이 있디야?" 하시며 많이 했다고 하신다. 나는 한길에 나오니까 물 여고(이고) 가는 사람이 "너 참 많이 했구나. 에이 어디 가서 줏어(주워) 오나?" "저 까만 산 등대에 가니까 발간 소깝이 나무에 걸처 있데요" 하니까 어떤 사람이 "그 우쩨 니로왔나(내려왔나). 나무가 저렇게 많은데" 하시며 물을 여고 가신다. 나는 지게를 받치 놓고 물 좀 먹고 그래 가야지 하며 나는 물을 먹고 지게를 질라 하니까 더 무거워진다. 억지로 일어나서 집으로 내려오니까 저녁을 먹는다. 나는 나무를 빼놓고 저녁을 먹었다.

5월 28일 목요일 흐림: 논물 대기

어두무리할 적에 저녁을 잡수시고 나신 할머니가 논에 물 넣로 가자 하신다. "아이 인제사 우에(어찌) 갈라고요?" 하니까 할머니가 "모자리 터에는 물이 한 빵울도 없이 해 놓고 우에 안 갈라 하고, 할매는 모자리 터에 물이 없어서 카는데 너는 우째만(어쩌면) 안 갈라 하나?" 하시며 삽을 어깨에 미고 가자고 하신다. 나는 따라갔다. 새터 못 앞에 가서 손으로 할머니가 남의 논둑을 가만히 파서 우리 논으로 물을 대신다. 물이 짤짤 흐른다. 또 앞으로 나오다가 또 태아(터, 틔워) 놓는다. 양쪽에서 물이 졸졸 내리온다. 우리 논에는 자꾸 물이 많아지면 밑의 논으로 내려간다. 나와 할머니는 산 밑에서 앉아 있었다. 졸 졸 물이 잘 흐른다. 장을 보고 오는 사람도 보지도 않고 지나가신다. 할머니와 나는 물을 대면서 달만 올라오기를 바라고 있었다. 할머니 가 "여기 있어. 할매 저쪽 물기(물꼬)를 좀 더 태아 놓고 오깨. 여기 앉 아서 저쪽 물기를 폭 파 놓고 오깨 여기 있어" 하시며 삽을 들고 저 쪽 논두럼(논두렁)으로 가신다. 가시더니 논둑에 앉더니 손으로 물 니 러가는 데를 폭 파 놓으니까 물이 졸졸 내려온다. 두 군데서 물이 내려 오니까 논에 물이 빨리 대전다. 할머니가 물기를 다 막고 집으로 들 어가자고 하신다.

5월 29일 금요일 맑음: 보리 이삭 뜯기

할머니가 보리 뜯으로 가자고 하신다. 대래키(다래끼)에 낫을 담아서 지게에 짊어 가지고 "앤말 밭으로 나가자" 하시며 할머니는 대래키 를 어깨에 메시고 나갔었다. 밭에 보리가 누르수름하다. 할머니와 나 는 대래키를 메고 보리를 손으로 뜯어서 대래키에 담는다. 한 대래 키가 되어 갈 때면 큰 대래키에 비어 놓고 또 한 대래키 따서 대래키 에 담으니까 한 대래키가 된다. 할머니는 작은 대래키에 한 대래키 해 가지고 오신다고 나를 시미기(소먹이풀)를 두 오큼(움큼) 뜯어서 지게 에 담아서 들어가거라 하신다. 내가 "들어가서 멀 할까요?" 하니 "가 서 시미기를 두지(뒤주)에 디놓고(들여놓고) 보리를 콩콩 빠사(빻아) 가지 고 고두방석(둥근 명석)에 넣어 나두라" 하신다. 내가 집에 가서 할머니 가 시킨 대로 시미기는 두지에 넣고 보리를 고두방석에 넣어서 방맹

122

이로 빠샀다.

* 다래끼: 아가리가 좁고 바닥이 넓은 바구니.

5월 30일 토요일 맑음: 논 갈기

오늘 논을 갈아 줄라고 영환네 아버지가 우리 집으로 오신다. 할머니가 "왜 캐여(왜 그렇게 해요). 참 빌꼴이야" 웃으며 좋아하신다. 할머니가 나를 학교에 가지 마라 하신다. 나는 각중에(갑자기) 골이 잔뜩 났다. 학교를 갈라 하니까 "가지 마라" 하신다. 나는 골이 한 바가치 나서 그만 책보를 방에 던지고 지게에 발을 달아서 하보 논으로 나갈라 하니까 할머니가 거름을 저고(지고) 가자 하신다. 나는 지게에 낫과 거름을 얹어서 하보 논으로 나갔었다. 우리 논에는 풀이 새파랗다. 논에서는 영환네 아버지가 논을 갈고 있다. 나는 할머니를 따라서 논에 가 보니까 선배기 논둑이 다 무너졌다. 할머니가 나한테 지게를 저고 오라 한다. 지게를 저고 가니까 할머니가 삽으로 흙을 짊어 주신다. 선배기 논둑 무너진 것을 나를 파 짊어 주신다. 나는 그것을 저고 논 한가운데 짚은(깊은) 데 붓고 또 할머니 곁에 가서 서어 있으면 짊어 주신다. 나와 할머니는 흙을 논에 파 붓고 영환네 아버지는 논을 갈고 또 나는 흙을 저다가 논에 갖다 붓고 했었다. 10시 차가 갈 때 논을 반창(반쯤) 갈고 또 11시 30분쯤 되서 다 갈았었다. 할머니는 논두름(논두렁)을 까내신다. 영환네 아버지가 다 갈고 나한테 소를 몰고 가라고 하신다. 나는 지게를 저고 소를 몰고 집으로 와서 점자하고 나하고 막 싸웠었다. 개새끼라 하고 나는 감(고함)만 질렀었

123

다. 점자가 화가 나서 얼굴을 발갛게 해서 나를 영감이라 하며 막 지랄한다. 나는 그만 감을 지르고 나서 마리(마루)에 앉아 놀았었다.

5월 31일 일요일 맑음: 논물 대기

논물을 댈라 캐도 멀어서 못 대겠다. 옳다, 남의 논으로 물을 댈까 시프다. 그래 삽으로 금방 도랑물을 새더 앞으로 보내니까 물이 남의 논으로 들어가서 또 밑에 논으로 가면서 흐른다. 논을 다 지나서 새더 도랑으로 니러 가구로 해서 우리 구름(작은 물길) 논 굴로 들어간다. 언제까지 이 물을 다 대겠나 하는 마음이 든다. 한나절 대도 못다 대고 온종일 대도 못다 댔다. 제일 위의 논에는 가득하게 물을 너 났다(넣어 놨다). 한 군데 물이 넘어간다. 삽으로 빨리 한 삽가래 떠내니까 이제야 물이 안 넘어간다. (1964.)

방학이 몇 밤 남았나

•1장• 아가시 꼭두배기가 고개를 들고

아가시아

김용구 청리 3학년

교실에서 밖을 내다보니 아가시(아까시아, 아카시아) 꼭두배기가 고개를 들고 우리 공부하는 것을 봅니다. 그러다가 바람이 불면 고개를 요리조리 둘립니다(돌립니다). 바람이 시기 불면 온 둥치가 막 날뜁니다. 가재이(가지)는 우리 교실에 걸어올라 카는 것 같습니다. (1963. 6. 14.)

시미기

어제 시미기(소먹이풀)를 뜯으로 갔다. 나하고 언니하고 오빠하고 갔
다. 내가 오빠한테 "오빠야, 어들로(어디로) 가여?" 하니 오빠는 "들로
간다" 한다. 나는 앞에 나갔다. 나가서 뜯다니까 언니하고 오빠하고
나온다. 나는 "오빠야 빨리 와" 하니 "그래" 한다. 나는 막 뜯다니까
배얌이 내 손 밑으로 간다. "아마야 배얌 봐" 하니 언니가 "어데에?"
하길레 나는 "요게 있네" 하니 언니가 깜짝 놀랐다. 어마야 배얌이
어째 저키나(저렇게나) 기냐 한다. 나는 시미기를 치마에 담아 갖고 길
가로 나왔다. (1963. 6.)

시미기

정민수 청리 3학년

나는 언제던지 시미기를 하러 가라 하마 좋아합니다. 우리 아버지도 소를 몰고 산에 가서 시미기를 해 오는 것은 가을게(가을에) 먹일라고 해 오고 나는 날마다 시미기를 해 오는 것은 지금 먹이고, 또 제일 작은 아제(아재)는 오늘만 우리 아버지 시미기 하는 데 따라갑니다. 그리고는 을참(한참) 놀고 또 어떤 때는 저녁 하는 것을 보고 놀로 갑니다. (1963. 6.)

* 아재: 삼촌. 아저씨.

소 먹이기

김용규 길산 6학년

나는 점심을 먹고 조금 쉬다가 뒷산 밭에 소를 먹이로 갔다. 소를 먹
이로 가서 아이들과 재미있게 놀았다. 짜개를 하다가 재미가 없어서
또 총 놀이를 했다. 총 놀이를 조금 하니 상숙이가 무섭다 하면서 안
한다 하더니 나중에 또 했다. 총 놀이 하다가 또 상숙이가 무섭다 해
서 우리도 안 했다. 앞집 밭에 가니 풀이 많아서 소가 아주 잘 뜯어
먹었다. 상숙이하고 내하고 소가 잘 뜯어 먹는다고 하면서 빙그래 웃
었다. 내가 앞집 복상(복숭아)을 따 먹으니 아저씨가 작은 나무에 따
먹지 말고 큰 나무에 따 먹어라 하셨다. 복상나무는 밭뚝 밑에 있었
다. 나는 큰 나무에 가서 많이 따 가지고 밭에 올라왔다.

복상을 먹으니 맛도 있고 굽도 돌랐다고 하니 상숙이가 굽이 먼데(뭔
데) 하면서 내 있는데 물었다. 내가 굽은 복상을 한 번 깨물고 씨가 튀
어나오는 것이라고 대답을 해 주었다. 상숙이는 내 말을 듣고 이제는
알았다고 했다.

복상을 정신없이 따 먹으니 해가 발갛게 산 너머로 넘어갔다. 우리는
소를 몰고 집으로 내려왔다. 어머니께서 황초집에 가셨다가 웅굴(우
물) 뚝(둑)에 오시면서 소가 배가 많이 불렀다고 칭찬을 해 주셨다. 나
는 너무 기뻤다. (1977. 7.)

* 황초집: 담뱃잎을 말리려고 지어 놓은 높은 집. 담뱃잎을 말릴 때는 밤을 새워 불을 땐다.

아기 보기

이상덕 길산 3학년

어제 아버지도 들에 가시고 어머니도 가시고 형도 가고 내하고 동생만 집에 있었다. 동생은 배가 고파서 밥을 달라고 했다. 나는 밥에다가 물을 말아 주었다. 배가 많이 고팠는 것 같다고 생각했다. 나는 심심해서 밖에 나가서 아이들과 야구를 했다. 야구는 아주 재미있었다. 마당에서 야구를 할 때 아기 우는 소리가 들렸다. 바로 내 동생이 울었다. 달려가서 누가 때렸노 하니 우리 집 앞에 1학년 신연이 동생 성연이가 울겠다 한다. 나는 성연이보고 야단도 치지 않고 다음부터 싸움하면 안 돼, 만약 때렸다 하면 혼을 좀 줄 터이니 하고 말했다.

집에 와서 또 야구를 했다. 한 시간이 되어도 인제 우는 소리는 안 들렸다. 내가 살금히 가 보니 아주 잘 놀고 있었다. 한참 있으니 어머니와 아버지가 오셨다. 아기는 좋아서 엄마 있는 데 뛰어갔다. (1977. 6.)

밥하기

성숙희 대곡분교 3학년

산 그림자가 마당에 들 때 저녁밥을 했습니다. 보리쌀을 씻고 또 씻어 가지고 물을 바개수(양동이)에 부어 가지고 또 씻었습니다. 그래서 고만 씻고 솥에 물을 부어 놓고 앉혔습니다. 앉혀 놓고 불을 넣었습니다. 불을 넣어 놓고 밥이 퍼지나 상근(사뭇) 있었습니다. 조금 있다가 퍼졌습니다. 그래서 나는 장재기(장작)를 꺼냈습니다. 한 가재이(가지)만 나두고 다 꺼냈습니다. 꺼내 놓고 놀다가 보니 밥이 안 퍼져서 내가 가 보았습니다. 솥뚜껑을 열고 숟가락으로 떠 보았습니다. 떠 보니 밥이 다 될라고 해서 물을 더 부어서 장재기를 더 넣어 가지고 또 조금 있다가 보니 퍼졌습니다. 또 놀다가 또 가 보았습니다. 그래 밥을 제졌습니다(잦혔습니다).

밥을 다 해 놓고 또 솥뚜껑을 열고 숟가락으로 떠 가지고 보니 물을 많이 부어서 밥이 찰졌습니다. 어머니가 오면 안 당하나 생각했습니다. (1969. 6.)

머리 감기

김순규 길산 5학년

어제는 일요일이어서 오후에는 내 동생과 함께 머리를 감기로 했다.
수건을 들고 비누와 빗을 가지고 복순네 골목에 가서 내가 복순아
하고 부르니까 복순이가 나왔다.

우물에 가서 내가 동생 머리를 먼저 감겨 주겠다고 하니까 안 한다
고 해서 나는 그러면 머리 안 감아 하고 큰 소리로 말하면서 화를 냈
더니 그때서야 내 말을 들었다. 동생은 너무 오랫동안 안 감아서 그
런지 머리에서 땟물이 많이 나왔다. 내가 두 손으로 물을 담아서 머
리에 부었더니 아, 시원하구나 하고 큰 소리로 말하면서 느꼈다.

나중에는 내가 머리를 감았다. 담배밭을 매서 그런지 머리카락에 담
뱃진이 묻어 머리를 만져 보니까 찐덕찐덕했다. 빗으니까 머리가 따
가왔다. 비누를 많이 묻혀서 손으로 문지르고 해서 머리카락을 물에
담가 보았다. 그랬더니 물이 비누 색갈과 같이 보얗게 나왔다.

나는 머리를 감을 때마다 거품이 많이 나면 좋다. 그 거품을 두 손으
로 짜내어서 보면 어떤 때에는 손이 하얀 색갈로 되어 빈(버린) 것 같
다. 그 거품이 뽀글뽀글해지는 것 같았다. 동그란 원을 그리는 것 같
아서 자세히 들여다보았더니 무지개가 서 있는 것 같았다.

여러 아이들과 같이 머리를 감으니까 이야기도 하고 재미있었다.

(1977. 6.)

콩밭 매기

이위직 대곡분교 3학년

나는 어제 점심때 콩밭을 매러 갔습니다. 논에 콩밭을 매러 갔습니다. 나는 풀을 뽑고, 아버지는 콩밭을 매고 하였습니다. 콩밭을 안만 (암만, 아무리) 매도 콩밭이 주지(줄지) 않았습니다. 콩밭을 한참 매다니 집에서 어머니가 왔습니다. 어머니가 매니 콩밭이 자꾸 줄었습니다. 나는 풀을 다 뽑고 호미를 가지고 콩밭을 맸습니다. 내가 매니 어머니가 콩밭 매지 말고 저게 나무 밑에 가서 놀아라 하였습니다. 나는 호미를 놓고 나무 밑에 가서 놀았습니다. 나는 놀다가 콩밭 매기가 싫어서 "아버지, 집에 갈까요?" 하니 "가아" 하였습니다. 나는 호미를 가지고 집에 갔습니다. (1968. 6. 8.)

농약 주기와 벌레 잡기

김종용 길산 2학년

나는 어제 병권이네 밭에 가서 담배 농약을 주었다. 담배 농약을 주
니 병권이네 어머니가 담배 잎퍼리를 맞게 하지 마라고 말씀하셨다.
나는 안 맞게 하려고 해도 잘 안되었다. 얼마쯤 지났을 때 나는 팔이
아팠다. 손에 농약도 묻었지만 나는 이따 집으로 갈 때 도랑에 씻으
면 된다고 생각했다.

병권이네 어머니가 병권이와 나는 벌레를 잡아라고 하셨다. 나는 병
권이와 벌레를 잡았다. 벌레는 많았다. 병권이는 벌레를 아홉 마리
잡았고 나는 벌레를 여덟 마리 잡았다. 나는 병권이가 한 마리 더 많
다고 하였다. 얼마쯤 지났을 때 인제는 쪼매한(조그마한) 골밖에 안 남
았다. 그것은 열네 골이었다. 그래서 농약을 빨리 주었다. 담배 농
약을 옆으로 주는 것보다 밑으로 주는 게 더 좋다고 나는 생각했다.

(1978. 6. 16.)

고치 따기

나는 어제 설거지를 다 해 놓고 어머니하고 나하고 둘이서 고치를 땄습니다. 좀 있다가 나는 아가가 울어서 아가를 재(재워) 놓고 나는 어머니하고 상근(사돈) 고치를 땄습니다. 점심때까지 땄습니다. 점심을 먹고 조매 남아 있는 것을 다 땄습니다. 그리고 나는 설거지를 해 놓고 어머니를 찾으로 갔습니다. 나는 가다가 어머니가 오셨습니다. 고치 까는 기계를 가지고 고치를 저녁때까지 깠습니다. (1963. 6. 19.)

밤중

이길영 청리 3학년

밤중에 나하고 목훈이하고 전쟁을 했습니다. 내가 소련 하고 목훈이
는 영국 하고 그래 핀(편)을 갈랐습니다. 인제 시작습니다(시작합니다).
그래 나는 달빛 밟고 목훈이는 감나무 그렁지(그림자) 밟고 그래 시작
하였습니다. 목훈이는 달 밟으마 총으로 쏘아 지기고(죽이고) 나는 감
나무 그렁지 밟으마 목훈이가 총으로 쏴 지기고 그래 내가 시(세) 판
이겼습니다. 가는 니(네) 판 이기고 그래 달이 안 뜨길레 가가(그 아이가)
집에 드갈라 캅니다. 그래 난도(나도) 드갔습니다. (1963. 6. 7.)

돈

정순복 청리 3학년

아침밥을 먹고 아버지도로(아버지더러) "돈 조요" 하니 아버지가 "머 살라고" 한다. "시험지 사요" 하니 아버지가 "돈 얼마 주래" 한다. "오 원 조요" 하니 돈 오 원을 준다. 개주무니(개주머니, 호주머니)에 너(넣어) 가(가지고) 가다가 잃었다. 하모가 내 뒤에 따론다(따라온다). 아무도 안 오는데 하모가 줐겠다 하고 생각하니 하모가 가(가져)갔다고 생각되어 하모도로 니가 돈 줐지 하고 칼라고 했다. 칼라 해도 말이 안 나온다. 나는 그마 나듰다. 그라고 학교에 오다니 춘옥이가 "가" 하며 온다. 춘옥이하고 왔다. (1963. 6.)

모심기와 나

윤영도 청리 3학년

나는 학교에 갔다 와서 들에 갔습니다. 그래 모심기를 합니다. 나는
빤스만 입고 모를 갖다 날랐습니다. 그래 한참 갖다 나르니 주형철
이가 옵니다. 형철이는 나무 그늘에서 쉽니다. 그래도 나는 자꾸 갖
다 날랐습니다. 그래 난도 쉬었습니다. 어머니가 새(새참)를 가지고 옵니
다. 그래 모심기하는 사람들은 밥을 먹고 난 뒤 쉽니다. 나는 우리 아
버지 피 뽑는 데 갔습니다. 그래 강깨 부채로 부칩니다. 내가 "부채로
왜 부치요?" 하니까 모는 살랑살랑하고 피는 더 살랑살랑한다고 말
하십니다. 그래 집에 왔습니다. (1963. 6. 13.)

모심기

김윤원 청리 3학년

내가 우리 밭에 가서 밀을 한 단 베다 놓고 할아버지가 소를 몰고 가서 뜯기는 데 가다니까 조그만 아이가 고기를 잡고 있습니다. 난도 같이 잡았습니다. 그래 내가 "너 주래?" 하니 "그래 내" 합니다. 그래 내가 할아버지한테 가니 모심기하는 것이 다 보입니다. 줄을 들고 심습니다. 이쪽에서 "닁기소" 하면 저쪽에서 "자" 하고 또 모를 심던 사람들은 모를 심습니다. 그래 내가 할아버지한테 "왜 줄을 대요?" 하니 "그거는 바르게 심기 위해서 줄을 대서 심는다" 하십니다.

그래 아무 말도 안 하니까 할아버지도 암 마도(아무 말도) 안 하다가 "나는 집에 가서 일군(일꾼) 일을 시킬 기 있다" 하시며 가십니다. 그래 내가 모심기하는 소를 잘 뜯기고 왔습니다. (1963. 6. 14.)

보리

이재탁 대곡분교 3학년

우리는 오늘 섯녁에 보리를 묶었습니다. 보리를 작은어매 혼자 묶었습니다. 나는 보리를 묶어 놓은 걸 한 단 갖다 놓았습니다. 또 와서 잇짚(메벼의 짚)을 웅디(웅덩이)에다 적셔 가주고 보리밭에 와서 작은어매를 줬습니다. 작은어매는 보리를 열심히 묶었습니다. 나는 집으로 돌아와서 다시 왕제로 갔습니다. 나는 봉새기(봉태기, 소쿠리)를 들고 고모는 다리 발을 들고 갔습니다. 가니까 가리고(단을 쌓아올려 더미를 만들고) 있었습니다. 나는 보리 이삭을 주웠습니다. 보리까리(보릿가리) 안에는 보리가 소복하게 쌓여 있었습니다. 나는 집으로 돌아와서 낫을 가주고 다시 왕제로 갔습니다. 나는 왕제에 갔다가 내려왔습니다. (1968. 6. 24.)

보리타작

심필런 대곡분교 3학년

아침부터 보리타작을 하였습니다. 아버지와 어머니와 우리 집에 계시는 아저씨와 오빠와 나와 보리타작을 하였습니다. 한참 하다가 어머니께서는 보릿짚을 추려 내고 오빠는 보릿짚을 갖다 놓고 아버지와 나와 아저씨는 보리를 뚜드리고 하였습니다. 한참 하다가 날이 뜨겁고 몸이 까끄라와서 나는 하기가 싫어서 안 한다고 하니 어머니께서는 저 그늘 나무 밑에 가서 놀다가 하라고 하였습니다. 그래서 나는 놀다가 뒷밭에 있는 앵두를 따 먹고 내려와서 또 보리타작을 하였습니다. 보리타작을 하는데 어디서 매미 소리가 났습니다. 나는 매미를 잡으려고 뒷밭으로 가 보았습니다. 잡으로 가니 매미가 없었습니다. 그래서 나는 집으로 와서 다시 보리타작을 하였습니다. 보리타작을 다 해 놓고 부쳤습니다. 나는 돌리고 어머니는 퍼붓고 하였습니다. 그래서 보리타작을 다 하였습니다. (1968. 6. 21.)

보리 짓기

임순천 청리 3학년

어제 점심때 보리타작을 해 가지고 풍구로 보리를 짓다(지었다). 나는 보리가 나오마 밀개로 끌어내고 어머니는 보리를 퍼붓고 우리 아지매는 풍구를 돌린다. 그래 보리를 짓다니까 우리 시가(형이) 와서 망태기를 찾아 가지고 낫을 갈아 가지고 소꼴빼이(소고삐)를 끌러 가지고 소 뜯기로 가면서 나한테 "순천아, 너 보리 다 짓거든 시미기(소먹이풀) 뜯으로 가라" 그칸다. 그래 나는 보리를 한 번 다 짓길레 어머니한테 "아이씨미 시미기 또 어데 가서 뜯나아이" 그카니 어머니가 "고만 시미기는 나두고(놔두고) 보리 한 번 더 짓고 집에서 공부나 해라" 그카신다. 그래 나는 좋아했다. 그래고 어머니한테 "한 번 짓는데 또 왜 지요?" 하니 흙이 있어서 또 한 번 더 지야 된다 하신다. 그래 또 한 번 더 짓다. 다 짓고 어머니는 장에 가시고 아지매는 빨래 씨로(씻으러) 가고 나는 집에서 일기를 썼다. (1963. 6. 14.)

• 보리 짓기: 보리타작을 한 다음 보리를 풍구에 넣어서 쭉정이, 티끌 따위를 바람에 날려 없애는 일.

밀살이

박희복 청리 3학년

학교 갔다 와서 아기 보다가 소 뜯기로 옥봉이네 산에 가서 홍수하
고 소를 뜯기당께 훈상이가 "희복아, 어지(어제) 밀살이 해 먹응깨 맛
있어. 참말로 대단히 맛있어. 오늘 또 해 먹을까?" "그래 오늘 또 해
먹자." "홍수네 해(것) 밀 비(베어) 가지고 해 먹을까?" 그래 해 먹을라
고 하니 선용이가 응용이를 업고 옥봉이네 산으로 올라옵니다. 훈상
이가 "희복아, 너 곁에 있는 밀을 비 가지고 와서 나무는 선용이가
집에 가서 가지고 오고 그래 하자." 그래 훈상이는 성냥 내고 나는
밀을 냈습니다. 홍수는 아무것도 안 내고 그냥 서서 아가시야 잎새기
따고 나는 밀을 다 꾸어 가지고 선용이하고 훈상이하고 홍수하고 나
하고 나누었습니다. "홍수야, 우리 밀 꿉은 거 나중에 먹고 소한테 가
보자." "그래 빨리 가 봐." "소 저기 있네." 그래 밀을 손으로 비비면
서 입으로 후 부니까 까끄러기(까끄래기, 껍질)는 다 나가고 밀알만 남아
있습니다. 그래 나는 밀알을 먹고 소 몰고 집에 돌아왔습니다. (1963. 6.
14.)

완두콩

김석범 청리 3학년

내가 집에 와서 점심을 먹고 놀다니 내 동생이 완두콩을 한 호콤(움큼) 따 가지(가지고) 온다. 그래 내가 너 완두콩 어데서 땄나 하니 우리 밭에서 땄다 한다. 그래 내가 엄마 어데 갔나 하니 동생이 밭에 보리를 빈다 한다. 그래 내 동생이 완두콩 꾸(구워) 내 한다. 그래 나는 완두콩을 불에 주 넣니(주워 넣으니) 좀 있다가 완두콩 냄새가 난다. 완두콩 냄새는 참 좋다. 그래 완두콩은 한쪽에가 새카맣다. 그래 완두콩을 냈다. 그래 난도(나도) 완두콩을 하나 먹었다. (1963. 6. 14.)

토끼 사 온 것

김장연 대곡분교 3학년

아침에 형과 같이 밥을 먹고 다라끼를 가지고 건너집에 가서 "토끼
사 줄까요?" 했더니 "돈은 얼마?" 하였습니다. 그래서 나는 "어제 말
하는 데 보니 80원이라고 하여요" 하니 그러면 사 달라고 하였습니
다. "그면 돈을 주어야지요?" 하니까 100원짜리를 주었습니다. 그래
서 토끼를 사러 군 마을에 가서 2마리 사 가지고 집으로 와서 한 마
리는 건네집에 주고 한 마리는 우리가 멕입니다. 토끼를 사 놓으니까
타풀타풀 걸어 다니는 걸 아이들이 쫓쳐서 부엌에 들어가서 나오지
않아서 까꾸리(갈퀴)를 가지고 토끼를 꺼내니까 나오다가 들어갔습니
다. 그래서 우리는 토끼가 나올 때까지 기다리고 있었습니다. 기다리
고 있으니 토끼가 나왔습니다. 나는 얼른 토끼를 붙잡았습니다. 토끼
를 붙잡아 꺼내 놓으니까 새까마졌습니다. 그래서 집으로 가지고 왔
습니다. 가지고 와서 닭구집에 여(넣어) 놓고 점심을 먹었습니다. 점심
을 먹고 나서 감자 삼곳을 하였습니다. 감자 삼곳을 하고 장마중을
갔습니다. (1968. 6. 20.)

* 감자 삼곳: 감자 삼굿. 감자를 삼굿하듯이 찌는 것.

· 2장 · 감자 캐는 날

콩밭 매기와 앵두 따 먹기

우영옥 대곡분교 2학년

나하고 종구하고 앞밭에 가서 콩밭을 한참 매다가 다람쥐가 앵두나무에서 앵두를 따 먹는 것을 보았습니다. 나는 콩밭 골에 숨어서 돌을 가지고 때려 부랬습니다(버렸습니다). 그래도 다람쥐는 안 죽고 달아났습니다. 나는 또 콩밭을 맸습니다. 종구는 무섭다고 내려간다 합니다. "종구야, 니 집에 가면 할매가 또 콩밭 매로 가라 그겐데(그럴 건데)" 하니 종구는 안 내려가고 앵두만 따 먹습니다. 종구는 날 보고 "영옥아, 저 우에 부엉부엉 하며 운데이" 합니다. 나는 "종구야, 오키라엄(그렇단다)" 하였습니다. 종구가 암(아무) 말도 안 하고 또 집으로 내려갑니다. "종구야, 할매가 콩밭 안 맨다고 머러 카면(꾸중하면) 어앨래(어떻게 할래)" 하니 종구는 "머러 카면 하는 거지 머, 시" 합니다. 나는 또 콩밭을 맸습니다. 한참 매다가 앵두나무를 보니 또 다람쥐 한 마리가 앵두를 따 먹었습니다. 새파란 앵두밖에 안 남았습니다. 나는 "종구야, 집에 있지 말고 여게 와서 다람쥐가 앵두 따 먹으면 돌미(돌멩이) 가지고 다람쥐 때려라. 어예이" 하니 종구는 "그래" 합니다. 종구는 자꾸 앵두만 따 먹었습니다. "종구야, 집에 가서 그릇 하나 가지고 와서 앵두 다 따라" 하니 종구는 "안 해" 합니다. 그러다가 종구는 그릇을 가주(가지고) 옵니다. "종구야, 더 따라" 하였습니다. 종구는 하마(벌써) 다 땄다고 합니다. "종구야, 저 아래 또 따라" 하였습니

152

다. "그래, 또 따께" 합니다. 종구는 다 따 가지고 집에 내려간다고 합니다. 나는 "종구야, 집에 가서 나도 먹그러 나도래(나둬라)" 하고 인제 콩밭은 다 매 갑니다. 나는 한참 맸습니다. 다 매고 집으로 왔습니다.

(1970. 6. 22.)

진보 큰집에

이명수 대곡분교 2학년

나는 방학을 하면 큰집 맏아버지가 아파서 큰집에 갑니다. 큰집은 가
난해서 아파도 돈도 없고, 그래서 우리 아버지께서 돈을 가지고 가
보니 맏아버지가 아파서 형편이 없습니다. 우리 큰집은 우리 집보다
더 가난합니다. (1968. 7.)

아버지 생각

김윤원 청리 3학년

아버지는 논에 나가 논을 갈지요. 아버지는 논 세 마지기가 있는데 가서 논을 갈지요. 아버지는 "이라" 하시며 논을 갈지요. 머섬(머슴)도 논둑에 풀을 깎지요. 내가 밥을 갖다 주는 생각이 나지만 학교에 있으니 밥은 못 갖다 주고 공부하지요. 아버지는 논둑에 앉아 담배 말아 피우지요. 머섬도 담배 말아 피우지요. 또 논을 갈 때 안 가면 "이라" 또 안 가면 "이라" 논을 다 갈고 쑥쑥 빠지시며 나오지요. 아버지는 발을 물에 넣고 발을 씻고 나와서 또 밭에 가서 일을 하지요. 뽕을 따 가지고 오지요. 뽕을 다 따면 삽으로 밭둑을 잘 따듬어 놓고 삽을 어깨에 울러 미고 오지요. 오다가 나무가 한 개 두 개 있으면 주어 (주워) 가지고 오다가 지개(지게)에 얹어 가지고 지개를 저고(지고) 와서 밥을 자시고 또 지개를 지고 나가면 머섬이 소를 몰고 들오지요. 아버지는 또 논을 갈지요. 아버지는 또 밭에 가서 둑을 더 잘 따듬어 놓고 또 머리를 맞아 가면서 뽕을 따고 또 논으로 와서 논을 써리고(써레질하고), 논을 덜 써리고 또 논둑을 잘 만지지요. 논둑을 잘하면 집에 와서 호미를 가지고 나가십니다. 4마지기나 되는 밭을 허리를 굽히시며 매지요. 아버지는 또 밭둑에 앉아 담배를 말아 피우지요. 해가 서산에 저도(져도) 아버지는 밭을 매지요. 어두마(어두우면) 들어오지요. 들어와서 밥을 자시고 누(누워) 자고 또 밭에 나가지요. (1963. 6.)

아버지

박주진 길산 4학년

우리 아버지께서는 매일 나만 공부를 열심히 하라고 하신다. 내가 안 하면 아버지께서 나를 때린다. 그래서 나는 울면서 공부방에 들어가 공부를 한다. 아버지가 없으면 놀러 갈 텐데, 하고 생각하기도 한다. 내가 책을 읽다가 문을 사르시 열어 보고 아버지가 없으면 놀러 간다. 아버지께서 집에 들르시면 문을 열어 보시고 내가 없으면 또 나를 불러 공부를 시킨다.

어떤 때에는 일을 시킨다. 나는 일을 하기가 싫어서 아버지가 없으면 놀다가 와서 시르시 많이 했는 것처럼 일을 한다. 그러면 아버지가 보시고 이제 그만해라 하시며 공부하러 가라고 하신다. 나는 또 공부를 하기 싫어서 방에 들어가서 혼자서 앉아 논다.

아버지가 어디 먼 데 가시면 좋겠다. 나는 놀고 싶은데 아버지께서는 먼 데 조미(좀처럼) 안 가신다. 어떤 때에는 아버지가 먼 데 가신다. 그래서 나는 나가서 재미있게 논다. (1978. 7.)

마늘 캐기

이상덕 길산 3학년

어제는 일요일이다. 나하고 성문, 숙이, 작은누나하고 녹띠박골 가서
마늘을 캤다. 마늘을 캐다가 한 개가 쪼개졌다. 누나는 어머니한테
당해도 몰라 했다. 나는 내가 당할 테니 잠자코 있어 하고 말했다.

마늘밭 밑에는 샘물이 있고 옆에는 또 우리 밭이 있다. 위에는 논이
있고 논 옆에는 장길(장으로 가는 길)이 있다. 한참 하다가 땀이 하도 흘
러서 물을 좀 먹고 또 시작했다. 작은누나는 삽가래로 뜨고 나는 흙
덩어리를 털었다. 또 땀이 나서 낯을 씻고 물을 먹고 발을 적셔서 시
작했다. 숙이는 물이 땀으로 되어서 나보다 더 많이 났다.

그런데 어머니가 왔을 때 어머니가 숙이보고 감자를 삶으로 가라고
했다. 숙이는 논으로 해서 집으로 갔다. 나는 마늘을 다 캐고 집으로
왔다. (1977. 7.)

담배밭 풀 뜯기

이세창 길산 5학년

어제 할머니와 수창이와 나와 담배밭에 풀을 뜯으로 갔다. 담배밭에
가 보니 정말로 골이 안 보일 정도로 풀이 담배 고랑에 있었다. 나는
풀을 보고 생각하니 기운이 나지 않았다. 할머니는 풀이 우거졌는 데
는 호미로 풀을 저어 보고 뜯어라고 말씀하셨다. 할머니는 담뱃순을
쳐 가며 하였다. 내 생각에는 할머니와 할아버지가 얼마나 고생을 하
는가 싶었다. 수창이는 내가 한 골 뜯을 때 두 골을 뜯었다. 할머니는
수창이가 실증도 내지 않고 잘하고 있구나 하며 말씀하셨다.

나는 할머니한테 좀 쉬었다 하자 하였다. 나무 그늘에 쉬면서 내가
시원하다 하니 수창이도 시원하다고 했다.

모두 다 열심히 뜯으니까 한 골에 시간이 몇 분 걸리지도 않았다. 내
가 순을 치니까 할머니는 치지 말라고 하셨다. 내가 빨리 뜯으니까
할머니는 나를 칭찬해 주셨다. 나는 기분이 좋았다. 내가 맨 위에 있
던 골을 매니까 할머니와 수창이는 조금 긴 골을 맸다.

담배 풀을 다 뜯고 수창이와 산으로 가서 딸기를 따 먹으니까 할머
니는 숲풀(수풀) 속에 조심해야 한다고 말씀하셨다. 나는 어머니와 아
버지가 땀 흘려 지어 놓은 담배 농사인데 담배 빛이 잘 나야 한다고
생각했다.

딸기를 따 먹다가 나는 까시를 밟고 말았다. 아픈 것을 참고 발에 까

시를 빼 버리고 집으로 돌아왔다. 오는 길에 수창이는 "너 머리에 담뱃진이 묻었다"고 말하였다. 나는 머리와 팔다리를 씻고 집에 갔다. 어머니는 "하마(벌써) 다 뜯고 왔나" 하셨다. (1977. 7.)

담배 엮기와 찌기

성숙희 대곡분교 2학년

나는 여름방학에는 아버지하고 어머니하고 담배를 엮어서 담배 굴
에다가 찝니다. 어머니하고 아버지하고는 담배를 쪄 냅니다. 나는 참
(새참)을 합니다. 참을 다 해 놓고 놉니다. (1968. 7.)

밤에 담배 엮기

김미영 길산 6학년

여름방학에 한 일 중에서 밤에 담배 엮은 것이 제일 중요한 일이었다. 못난 담배지만 가장 중요한 우리 농사다. 제일 많이 힘을 기울였기 때문이다.

밤하늘에는 별이 수천 개나 빛난다. 그래도 우리는 그 별을 쳐다볼 새도 없이 밤마다 담배만 엮어야 되었다.

아랫밤(그저께 밤)에는 작은집 작은어머니와 할머니가 우리 담배를 조금 엮다가 작은집 것을 엮으러 가 버리고 우리 식구만 엮는데 어머니는 며칠 저녁 잠을 못 자서 방에 가서 주무시고 언니, 나, 아버지 셋이만 엮었다.

처음에는 빨리 엮었는데 밤이 자꾸 깊어지니 느릿느릿거렸다. 거의 12시가 다 되었는데 아직 구르마(리어카)에는 담배가 그득 실려 있었다. 그런데 우리 집에는 모기도 별로(별나게) 많다. 긴 옷을 입어도 옷 위에 물어뜯었다. "옷, 따가워! 이놈 모기가" 하며 때렸으나 죽지도 않고 날아가 버리곤 했다.

나도 이제는 졸려서 엮을 수가 없었다. 그만 엮고 내일 엮으면 좋을 텐데, 하는 생각이 한없이 들었다. 요 발 빨리 엮고 드가(들어가) 자겠다고 생각해도 아버지가 덜 엮고 자면 야단칠까 봐 참고 엮는데, 내가 엮는 무데기를 다 엮으니 아버지가 또 한 아름 갖다 주시며 "기숙이와 미영이 좀 빨리 엮어라, 아이들이 왜 이래 손이 늦노?" 하시며 꾸중하셨다. 그때마다 속으로 아버지 내일 엮읍시다, 하는 생각이 들었다. 그렇지만 말은 못 했다. 조금 있으니 어머니가 눈을 비비며 많이 엮었구나 하시면서 엮기 시작했다. 나는 그 말을 듣고 어머니도 계속 엮었으면 다 엮었을 텐데 밤에 누구는 안 졸릴까 봐 생각도 들었다. 나도 모르게 눈이 감겼다.

고개를 숙이고 졸다가 모기가 꼭 찝어 버리면 놀라서 "아이고 따가라!" 하며 눈을 번쩍 뜬다. 아직 발은 반의 반도 못 엮어서 화가 머리 끝까지 나서 엮은 것을 한 방 앉은 채로 차 버렸다. 낮에도 언니와 둘이 한 구르마 엮어 놓아서 손이 아픈데 하면서 눈물을 글썽했으나 누가 알아주질 않았다.

1시 10분쯤 엮어서 구르마에 가니 6발쯤밖에 남지 않았다. 나는 눈이 번쩍 띄어서 한 아름 안고 이 사람 저 사람 나눠 주고 흐튼(흩은, 흐트러진) 것과 나머지는 내가 엮었다.

한 발을 엮는데도 지루했다. 우리는 다른 사람보다 새끼도 길 뿐 아니라 나이롱 새끼이기 때문에 더 많이 들었다. 내 힘이 있을 때는 덜렁 들어 접치는데 이젠 힘도 다 빠졌다. 전기는 3개 켜 놓고 하니 어두운 줄은 몰랐다. 다 엮고 2발 정도 남으니 언니가 그만 미영이 들어가 자거라 해도 나는 말 안 듣고 엮으니 아버지가 "기숙이랑 미영이는 안 자부랍지(졸립지)?" 하셨다. 나는 "아까는 많이 졸렸는데 이제는 다 엮어 가니 잠이 날아가 버렸는지 안 졸려요" 하니 아버지는 웃으시며 "이제 미영이는 들어가 자거라" 하셨다. 그 말에 못 미쳐 손

을 씻고 들어가 누워서 생각하니 언니가 아직 엮고 있구나 싶어 잠
이 안 왔다. 나는 몹시 피곤했다. (1978. 8.)

감자 캐는 날

김규필 대곡분교 3학년

아침을 먹고 가정기 감자 캐로 온 식구가 갔습니다. 나는 아기를 업고, 어머니는 규대를 데리고, 아버지는 점심을 가지고, 언니는 소를 몰고 호미와 대래끼를 가지고 갔습니다. 규부는 지게를 지고 옥녀는 빈 걸로 갔습니다.

다 올라가서 쉬다가 감자를 캤습니다. 아버지와 언니와 어머니가 감자를 캤습니다. 나는 아기를 한참 보다가 아기가 젖이 먹고 싶어 가지고 울어서, "엄마, 아기 젖 조아" 하니 엄마는 아기 젖을 주었습니다. 나는 그동안에 감자를 캤습니다. 쪼매 캐다니 어머니가 불러서 나는 다시 아기를 보고 어머니는 감자를 캤습니다.

아기를 한참 보다니 모두 점심을 먹으러 옵니다. 그래서 점심을 그늘에서 먹다가 고운 새소리가 어디서 들려옵니다. 한참 들어 보니까 우리 머리 위로 울며 지나갑니다. 색갈도 아주 노랑 색 하얀색이었습니다. 점심을 다 먹고 한참 쉬다가 또 감자를 캤습니다. 한참 캐다가 저녁 할 때가 되어서 언니는 저녁 하로 밥그릇을 가지고 내려갔습니다. 엄마와 아버지는 그대로 감자를 캤습니다. 그러다가 해가 빠져서 집으로 갈라고 했습니다. 감자는 다 캤습니다. 마구(모두) 네 가마이뿐입니다. 거기에 감자를 심었는 게 눈을 따 가지고 한 가마이 심었습니다. 그래서 아버지가 올해는 감자가 많이 속었다고 합니다. 그래서 집에 올 때 아버지는 감자를 한 가마이 지고 왔습니다. 어머니는 아기를 업고 소를 몰고 왔습니다. 나는 규대를 데리고, 규부는 꼴을 한 짐 지고 왔습니다. 옥녀는 빈 걸로 왔습니다.

집에 오니 언니는 저녁을 다 해 놨습니다. 그래서 저녁을 다 먹고 언니는 설거지를 하고 나는 방 청소를 하였습니다. (1969. 8. 3.)

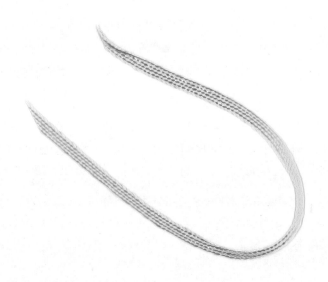

선생님께

심필련 대곡분교 3학년

선생님, 더위에 얼마나 수고하십니까? 저희 집에는 어머니, 아버지, 나와 온 식구가 다 잘 있습니다. 저는 오늘 아침 일찍부터 밭에 나가 아버지와 어머니와 아저씨와 같이 담배 뜯기를 하였습니다. 한참 뜯다가 저는 담배를 안아 내고 아버지와 어머니와 아저씨는 담배를 뜯고 하였습니다. 또 한참 뜯다가 아버지는 담배를 지고 집으로 오셨습니다. 그러다가 작은언니가 점심을 먹으러 오라고 해서, 아저씨는 담배를 지고, 나와 어머니는 담배를 안고 점심을 먹으러 왔습니다. 점심을 먹고 또 담배를 엮기 시작하였습니다. 모두 담배를 엮는데, 어머니가 70발, 아저씨가 70발, 언니가 60발, 새형님도 60발, 저는 20발 엮었습니다. 그래서 다 엮어 가지고 세어 보니 모두 280발이었습니다. 그래 가지고 달았습니다. 다는데, 용구네 아버지와 우리 아저씨가 담배를 달았습니다. 나와 언니는 담배를 들어 주었습니다. 다 달아 놓고 손을 씻고 나서 감나무 그늘에서 방학책을 하다가 대추나무에 가서 매미를 잡았습니다. 매미를 잡아 가지고 집으로 와서 아기를 주었습니다.

선생님, 오늘 얘기는 이만 씁니다. 안녕히 계십시오.

1968년 8월 4일

3학년 심필련 올림

아버지 어머니가 돌아가신 일

김요섭 길산 6학년

학교에서 첫 시간 공부를 하고 있는데, 선생님이 사람 3명이 물에 빠졌다고 하셨다. 내가 책을 꺼내고 자리에 앉아 있으니 선생님께서 너희 식구 일하러 갔나 물으셨다. 나는 갔다고 했다. 또 누구캉 갔나 물으셨다. 나는 누나와 엄마와 아버지캉 갔다고 했다. 나는 어머니와 누나와 아버지가 빠졌으까 봐 걱정이 되어서 공부 시간에 자꾸 강을 보았다. 그리고 한 시간을 마치고 교실에 있으니 누구가 밖에서 나를 불렀다. 밖에 나가니 미술이가 집으로 가자고 했다. 내가 나가니 용한이도 교실에서 나오고 있었다. 내캉 용한이와 미술이와 교문에 나왔을 때 미술이가 넌 엄마 물에 빠졌다고 했다. 용한이와 내캉은 울면서 집으로 왔다. 방에 들어와 울고 있으니 누나가 울면서 마을 사람들캉 집으로 왔다. 누나는 나가고 밖에서 울고 있으니 작은누나가 왔다. 나는 엄마 물에 빠졌다고 했다. 나는 누나보고 용한이와 강에 가 봐라고 하고 나는 할머니 못 나가게 한다고 했다. 누나와 용한이가 나가디만 또 집으로 오고 있었다. 나는 방에 있으니 갑이가 책가방을 들고 왔다. 선생님도 왔다. 좀 있다가 선생님은 나가시고 저녁때 누나와 형캉 삼촌 숙모가 왔다.

아버지 어머니 신체는 다음 날에도 못 찾았다. 또 그다음 날에도 찾지 못했다. 물이 많이 불어서 며칠 있다가 물이 좀 맑아져서 마을 사람들과 찾아도 없었다. 그날은 형과 삼촌, 작은누나와 마을 사람들이 아침에 찾으로 나갔는데 저녁때도 안 돌아오셨다. 그러다가 새마을 지도자가 우리 집에 와서 엄마와 아버지 찾았다고 했다. 나는 울음을 참았다. 그리고 숙모는 새마을 지도자 아저씨의 오두바리(오토바이)를 같이 타고 갔다. 그리고 그다음 날 엄마 아버지 신체를 올린 곳에 갔다가 큰누나와 작은누나와 용한이와 내캉 중학교에 다니는 누나와 집으로 가라고 해서 집으로 왔다.

우리 집에는 딸이 3명이고 아들이 3명이다. 모두 6남매다. 그런데 어머니 아버지가 돌아가시고 비지(빚)도 많다. 어머니와 아버지가 살아계신 때는 무엇이든지 잘되는 것이 별로 없었다. 그리고 강 건너편 불도자로 밀어 놨는 땅에 돌이 많은 것을 아버지와 어머니와 누나와 그 많은 것을 가려내 갖고 갖다 버리고 무르지 않는 땅에다가 모를 심었다. 그래서 일한 보람이 있었는지 나락은 잘되었다. 형과 작은누나는 여기서 나락을 비어 갖고 비지를 개리고(갚고) 부산에 올라가자고 한다. 아직도 결정은 안 지었다. (1978. 7. 20.)

---

* 1978년 7월 13일. 이 어린이의 부모가 장마로 잡풀이 자라나는 강 건너 밭매기를 걱정하여 강물을 건너다가 함께 급류에 휩쓸려 돌아가셨다. 같이 물에 빠져 떠내려가던 둘째 누나는 천만다행히도 구조되었다. 소작농으로 빚만 지고 살던 이 집의 남은 식구, 할머니와 6남매는 맨손으로 아무도 도와주는 이 없는 부산으로 떠났다.

장사 집에서 놀기

백석현 대곡분교 3학년

어제 나와 대연이와 복현이와 셋이 장사 집에 구경 갔습니다. 거게 가니 하마(벌써) 종이로 꽃을 만들어 가지고 행상(상여) 틀에 꽂아서 사람들이 열여섯이 행상을 밉니다(멥니다). 우영엉처, 하며 미고 일어섭니다. 내가, "대연아, 송장은 참 재미 좋을다(좋겠다)" 하니 "죽었는 기 머 재미가 좋은동(좋은지) 아나" 합니다. 상도군(상여를 메는 사람) 한 사람이, "누가 여기 와서 메기소(소리를 먼저 하시오)" 하니, 억교네 아버지가 메기러 옵니다. 행상 앞에서, "헤에, 천지지간 만물지중에 유인이 최귀하니라" 하고 소리합니다. 내가, "복현아, 저기 《동몽선습》 첫머리다" 하니, 맞다 합니다.

"가네 가네 나는 가네
이래 가면 아주 간데이
우리 아들 잘 있거라."

억교네 아버지가 이렇게 부르니 상주들이 행상 앞에 매달려 웁니다. 나도 슬픈 마음이 들었습니다. 옆에 섰던 할먼네들도 웁니다.

"나는 인제 저승 간데이
저승길이 멀다더니
대문 밖이 저승일세"

하길레, 사람이 죽으면 저승으로 가는가 생각했습니다.

"우리 사위 어디 갔노

여비 한 푼 보태 다오"

하니, 돈을 100원 주고서 행상을 보고서 절을 하니, 행상도 같이 절을 꿉벅하고,

"반갑도다 반갑도다

우리 사위 반갑도다

여비 백만 원을 주는구나."

그래서 나는 죽은 사람한테는 백 원을 보고 백만 원이라 하는 게다 생각했습니다. 이래고는 산으로 미고 갑니다. 밭둑이 무척 높아도 막 갑니다. 뫼(묘. 무덤) 있는 데까지 세 번 쉬어 갔습니다.

산에 가서 땅 구덩이를 다 파고 송장을 넣고 상주가 흙을 한 줌 넣고는 상도군들이 삽으로 흙을 한참 퍼붓고 또 들구를 찧는다 합니다.

"어허, 들구여,

먼 데 사람 듣기 좋게

곁에 사람 보기 좋게

쿵덕쿵덕 찧어 주세"

하며 사람들이 빙글빙글 돌아다니며 다 찧어 놓고, 술을 먹고 또 묘를 만듭니다.

장사를 다 지내고 사람들이 마구(모두) 집에 가고 나도 집에 갔습니다. (1970. 7. 20.)

* 들구를 찧는다: 달구질한다. 땅을 단단히 다진다. 여기서는 무덤 흙을 발로 밟아 다진다는 뜻.

목욕과 동갑쌀이

남경자 대곡분교 3학년

외자와 나와 복순이와 군자와 인수와 목욕을 하였습니다. 귀에 쑥을 막은 아이도 있고 침을 바른 아이도 있습니다. 나도 침을 발랐습니다. 처음에 들어가 대번 헴(헤엄)을 쳤습니다. 청석까지 가기도 했습니다. 복순이는 물 헴치고 나는 그냥 헴쳤습니다. 목욕하고 나와서 명자는 물귀신 하고 영숙이는 거지 하고 동갑쌀이를 하였습니다. 명자가 물귀신, 물귀신이 톳째비(도깨비)가 되어서 으흥, 으흥, 하고 웁니다. 우리가 톳째비, 하고 놀기니까(놀리니까) 우리 집에 와서 문을 뚫고 와서 있습니다. 해자네 집에 갔습니다. (1969. 8.)

약수탕

김미향 길산 6학년

아침에 외아저씨(외삼촌)와 외아주머니(외숙모)랑 언니, 나, 순자랑 약수
탕에 갔다. 순자는 외아저씨 자전거 뒤에 타고 갔고, 외아주머니랑
언니랑 나는 걷다가 약수탕 가는 차가 와서 손을 드니 차가 섰다. 그
런데 사람은 터지도록 많았다. 나는 문을 잡고 서 있었다. 그래도 차
장 언니는 자꾸 사람을 태웠다.

약수탕에 닿으니 오가는 사람들이 어찌나 많던지 어이가 없었다. 상
탕에는 사람의 수가 만원이 될 정도로 많았다. 거기에는 주인이 앉아
서 딱 한 쪽배기만 떠 주었다. 옆에는 쪽배기랑 엿이 있는데, 엿 앞에
'한 가락 50원입니다'라고 씌어 있어서 나는 눈이 휘둥그레졌다.

하는 수 없어서 중탕에 가니 거기도 또 복잡했다. 거기서 물을 뜨고
하탕에 가서 물을 한 모금 마시고 또 마시고 했다. 약수탕 물맛이 꼭
소주를 먹은 것같이 혀가 따가웠다. 한 모금 마시고 엿 먹고 했다.

중탕에서 물을 뜰 때 정말 나쁜 젊은이 하나를 보았다. 모두 통을 갖
다 놓고 줄을 서서 자기 차례를 기다리는데, 어떤 젊은이가 꼴찌면서
도 외아주머니 물 푸는 데 새치기를 하는 것 아닌가. 사람들이 모두
비웃었다.

저 사람 참 이상하네, 꼴찌면서도 일등 할려고 하네, 할 때 외아주머
니가 물 뜨다 말고 "이렇게 줄이 있고 차례가 있는데 왜 새치기합니

까?" 하고 말씀하니, "하하, 이렇게 많은 통에 언제 뜨고 내가 뜹니까?" 하면서 또 떴다.

통은 모두 8개나 있었다. 그것들은 술통, 양푼이, 바가치, 여러 가지였다. 내가 말할까 말까 망서릴 때 어느 할아버지 한 분이 오셔서 "여보게 젊은이, 이렇게 차례가 있고 또 나는 늙었지만 차례를 기다리는데 젊은 사람이 새치기하면 어떡합니까?" 하고 타이르셨다. 나는 속이 후련했다. 그러니까 젊은이는 좀 쑥스러운지 "예, 예, 할아버지가 저렇게 점잖게 말씀하시는데 내가 어떻게 새치기를 할 수 있습니까" 하며 꼴찌에 통을 갖다 놓고 부끄러워서 딴 데로 갔다. 요사이 젊은이들은 악만 남아서 여자들이 하는 말은 코똥(콧방귀)도 안 뀌고, 어느 젊은 사람이 저럴까? 생각했다.

또 물을 먹는데 어느 노총각이 노란 쪽배기를 밀면서 물 좀 달라고 해서 한 쪽배기 주니 조금 먹고 또 쏟고 또 달라 하고 또……. 그 노총각을 말리는 사람은 없었고, 어떤 처녀가 "물이 모자라는데 버릴 물이 어디 있습니까" 하니 하하 하고 그것도 웃었다. 내가 주먹으로 한 방 날려 부고(버리고) 싶었다. 나는 그 두 젊은 사람을 내가 못 말린 것이 여지껏 후회다. 이제는 그런 사람 내 스스로 말리겠다.

나오다가 포도 한 송이 물으니 400원이라 했다. 나는 입을 딱 벌렸다. 또 오다가 작은 수박 한 덩어리 물으니 900원 했다. 모두 모두 비싸다. 그래도 잘 팔렸다. (1978. 8. 8.)

·3장· 방학이 몇 밤 남았나

나만은 올바르게

김명옥 청리 6학년

5월 24일 일요일 맑음

나물 따듬아 놓지 않았다고 어머니께서 꾸중을 하셨다. 그런 것까지
도 내가 하라고 그러느냐고 하시며 아주 야단을 하셨다. 그때는 벌써
내 자신이 후회된다. 어머니가 안 계실 적에 미리 싹 해치웠으면 될
것인데 하면서 어머니 얼굴을 쳐다보니 작년에만 해도 얼굴에 주름
살이 없었는데 이제는 주름살이 많이 끼어 있는 것 같았다. 이런 일
을 겪어 보니 더 어머니가 불쌍하게 보인다. 어머니 얼굴에는 근심이
찼다. 앞으로 어머니 걱정을 안 하게 하겠다.

5월 25일 월요일 맑음

두 시간 마치고 옥분 끓이러 가서 다 끓여 놓고 4시간 나갈 종이 치
니 우리 반 아이들 몇몇이 와 서 있었다. 그것을 보고 상국이가 싫어
해도 그것도 모르고 서 있었다. 반반이 다 가지고 간 뒤에 솥을 씻으
려고 하니까 전부가 손을 벌리며 나 좀 달라고 하였다. 나는 그때 이
상한 생각이 들었다. 나는 그들의 마음을 알 수 있었다. 나 같으면 줘
도 못 먹을 것인데 하물며 돌라고 손바닥을 벌리는 것을 보니 내가
더 챙피했다.

* 상국이는 학교 일을 도와주고 있던 졸업생임.

5월 26일 화요일 맑음

오후에 공부를 하려고 하니 배가 고파 하지 못하겠어서 집으로 가려고 하다가 주번 일지나 쓰고 간다고 일지를 썼다. 속이 쓰리고 아팠다. 이래 가지고는 도저히 참을 수 없어서 돌아가려 하니 아이들이 집에 가는가 물었다. 가여 하니까 왜 하였다. 그래도 나는 아무 말도 안 하고 혼자 집으로 돌아왔다.

5월 27일 수요일 맑음

국어 시간에 선생님이 잘못 읽으셔서 아이들이 질문을 하니까 선생님께서 어떻다고 하시고는 서서 계시니까 앞에 앉은 ○○이가 선생님 삐졌다고 하였다. 선생님에게 이렇게 해야 될지 참으로 한심하였다. 공부 시간에도 책을 막아서 점심밥 싸 가지고 온 것도 다 먹고 언제나 공부 시간에 안 먹을 때 없었다. 아이들이 쳐다봐도 예사로 먹는다. 먹지 마라고 하며는 성을 내곤 하였다. 그렇기 때문에 먹건 말건 가만히 두며는 점심시간에는 나가서 논다. 언제나 ○○와 ○○ ○○이는 점심 싸 가지고 오는 날에는 먹어 치운다.

5월 29일 금요일 맑음

나는 오늘로서 나에게 나쁜 짓이 있으면 전부 다 버리기로 하였다. 이제부터는 누가 어떻게 하던 남에게 눈그선(눈총받을) 짓은 안 하기로 결심했다. 나는 오늘 깨달은 점이 많다. 누가 어떻게 하던 나만은 올바르게 크기로 하였다. 내가 나쁜 짓을 하거던 누가 대반에(대번에) 고

치도록 하면 좋겠다. 그럴 필요가 없이 내가 미리 조심을 하면 될 것이라고 생각한다. 앞으로는 어떤 잘못이 있으면 나는 그때 사람의 가치가 없다고 생각한다.

5월 31일 일요일 맑음
외할머니 댁에 달걀을 갖다 드리러 가다가 거지 한 사람을 보았다. 다리도 없고 손도 없고 눈도 한쪽 없는 아주 병신이었다. 왜 세상은 이렇게 고르지 못한지, 잘 먹고 잘 입고 잘사는 사람이 있는가 하면 손도 발도 눈도 없이 살겠다고 허덕이는 저런 사람도 있다. 나는 세상이란 참으로 우스운 것이라고 생각했다. 어쩌면 이렇게 고르게 살지 못하는지 돈만 있으면 무엇인가 모르게 날뛰고, 돈 없는 사람은 그 사람들 밑에서 짓밟히고 있다. 이래 가지고서는 도저히 안 되겠다고 생각했다. 지금 세상에는 있는 사람만이 사람이고 없는 사람은 사람도 아니다.

6월 1일 월요일 맑음
나는 매일과 같이 좋은 날이 없다.
재희야, 너는 남의 마음을 알고 그러는지, 어째서 남을 그렇게 보고 있는지, 그렇지도 않은 사람을 그렇다고 하면 누가 알아줄 줄 아니? 나는 실은 그런 사람이 아니란다. 그때 내가 딴 사람은 다 중학교를 간다고 책을 산다든지 하는데 나는 그렇지도 못하고 또 내 귀에는 자꾸만 귀찮은 소리가 들려오기 때문에 나는 여러모로 생각하니 저

절로 슬픈 마음이 들기에 그만 울어 버렸지. 나는 딴 아이들이 다 가는 중학교도 못 가는가 생각하니 더 서러운 마음이 들었어. 재희야 너도 함부로 그렇게 하지 마. 나중에는 어떻게 될지 아니. 앞으로는 이런 일이 없도록 부탁한다.

6월 3일 수요일 맑음

집에서 못 간다고 하는 중학교를 나 혼자 공부를 하려고 하니 되질 않는다. 일찍 오라고 할 때는 일찍 가야 하고 어떻게 하면 될지 나의 크나큰 걱정. 오늘은 집에 가면서 여러 가지로 생각하니 어쩐지 눈물이 나왔다. 다른 사람은 다 남아서 공부하는데 왜 나는 늦게까지 남아서 공부를 할 수 없는지 아무리 생각해 보았으나 결코 좋은 생각은 없었다.

6월 4일 목요일 맑음

체육 시간에 운동장에 나가니 2반 아이들이 떠들어 대고 있다. 너들 반이 할 청소를 우리 반이 했다고 한다. 우리 선생님이 카는데(그러는데) 우리 학교에도 공부만 잘하면 되고 청소는 잘 못해서 괜찮다고 생각하는 선생님 있대여 하니 교장 선생님이 청소하기 싫거든 딴 학교로 가래여 카기에 이 학교가 교장 선생님 학교라나 우리들 학교지, 교장 선생님이 6학년 3반을 딴 학교 가라고 떠다밀어 바라 가는가 하니까 교장 선생님 학교고 교장 선생님 마음대로 한다고 하였다. 한마디 말이라도 그만 욕으로 해치운다. 그들이 하는 말이 너들은 너 선생님이 어지가이(어지간히) 좋으니까 그렇지 한다. 그래 좋으면 왜 너들은 함부로 제자가 스승의 욕을 하고 다니나 하니까 그래 너들은 하도 착해서 안 칼 거다 하고 지껄이었다. 나는 그만 말하지 못하겠다 너희들하고는 상대가 안 된다고 하니 웃었다.

6월 6일 토요일 맑음

상주역에서 기차를 타고 집으로 올 때 기차 안에서 어린이 하나가 그릇을 들고 손님들 앞에마다 가서는 주며는 받고 안 주며는 대단히 슬픈 마음으로 돌아선다. 그 아이가 내 옆에 앉은 여학생에게 가서 그릇을 내미니까 그 여학생은 귀찮다는 듯이 돌아앉는다. 그러니까 그 아이는 딴 곳으로 가 버렸다. 그때 나는 내가 돈이 있더라면 주었으면 생각했다.

6월 8일 월요일 맑음

학교에서 일찍 집으로 돌아가서 점심을 먹고 나니 어머니께서 언니한테 가 보라고 하셨다. 간다고 해도 신도 떨어졌잖아 하시면서 큰집에 가서 딸따리(끌신) 좀 가지고 오라고 하셨다. 큰집 언니한테 언니, 나 이것 좀 신고 갈까? 하니까 언니가 홍연이도 안 신고 다니여 하면서 성을 버럭 내었다. 신고 가지 마라는 말은 안 해도 신고 가지 마라는 것보다 더하였다. 그때 나는 너무도 허무하여 힘없이 큰집을 나와서 집으로 왔다.

* 딸따리: 끌신. 뒤축은 없고 발의 앞부분만 꿰어 만든 신.

6월 9일 화요일 맑음

청소를 마치고 집으로 갈려고 하니 또 교실 떠나기가 싫었다. 언제나 학교에서 집에 돌아갈 때면 떠나고 싶지 않다. 딴 아이들은 다 남아서 공부하는데 나는 왜 집으로 돌아가야 하는지 언제나 떠나지 않는 나의 생각이다.

6월 14일 일요일 맑음

내가 생각해도 5학년 때보다 공부를 안 하는 것 같다. 자연히 걱정이 많다 보니 계획대로 되지도 않고 마음만 텅 비어 있다. 나는 앞으로 어떻게 될 것인가 생각하면 나의 앞길이 기가 막힌다. 하려고 한번 시작만 하면 되는데 어쩐지 마음이 벙벙하다.

6월 15일 월요일

나에게는 골고루도 걱정이다. 어쩌면 걱정이 이렇게 많아 가지고서야 도저히 학생으로서 공부를 할 수 없다고 생각한다. 학생이면 한 가지 공부만 목적으로 해서 나가야 되는데 나에게는 점점 가면 갈수록 걱정이 심하다. 내가 이대로 해서 계속된다면 큰 병이나 되지 않을까 염려가 된다. 나는 학생의 의무도 다 못 하니까 그만 죽었으면 하는 생각뿐이다. 나중에 가면 딴 아이들은 다 중학교 가는데 나는 어떻게 될런지 나는 내가 하고 싶은 생각을 그대로 나타내 본다.

6월 18일 목요일 맑음

아침에 개장사가 우리 개를 묶어 가지고 가는데 개가 안 갈려고 소리치는 것을 보니 참을 수가 없었다. 우리 메리는 학교 갈 때나 올 때나 언제나 반겨 맞아 주었는데 오늘부터 없어지게 되는 것을 생각하니 어찌 슬픈지 눈물이 나왔다. 메리는 궤짝에 넣어서 가는 것을 보고 나는 그만 아침도 먹지 않고 메리를 따라가니 메리는 궤짝 속에서 나오려고 깽깽거렸다. 학교 길에서 갈라지려고 할 때 나는 메리를 보고 울어 버렸다. 왜 그렇게 슬픈지 엉엉 실컷 울었다.

6월 19일 금요일

요사히 며칠 동안 선생님께 일기장을 내어서 검사를 맡았는데 어떤 아이들은 도장이 25개, 어떤 아이는 26개 하면서 서로 누가 많이 맞았는가 보려고 하는데 나는 그중에서도 제일 적었다. 그러나 나는 아무렇지도 않았다. 도장을 맡기 위하여 쓴 일기가 아니였기 때문이다. 나는 도장 맡은 것 다 세어도 몇 개 되지 않는다. 도장을 많이 맡은 것이 잘 쓴 것이라고는 생각되지 않는다. 5학년 때도 일기를 계속해서 써 보았지만 그 일기장 속에는 언제 썼는지 모르게 기가 막혔던 것들이 많이 있다. 내가 제대로 글씨 쓸 줄 알면서는 밥 먹고 학교 가고 하는 것보다는 잘 썼다고 할 수 있다. 지금 와서 3학년 때 일기장을 들여다보면 이것을 일기라고 썼는가 싶으지만 그래도 그때는 잘 쓴다고 쓴 것이다. 일기를 써 두었다가 나중에 한번씩 펴 보면 아, 내가 언제 이런 것을 써 두었던가 나도 이런 일들이 있었구나 저런 일도 하는 것이 생각나 언제나 잊혀지질 않는다. 나는 글씨를 못 쓰더라도 언제나 한평생을 어디서라도 일기쯤은 꼭 쓰겠다고 맹세한다.

(1964.)

어떻게 하면 이 생활을

이달수 청리 6학년

6월 3일 화요일 비

집에 돌아오면 언제나 어머니께서는 못 살겠다는 말씀이다. 저녁을 먹지도 않아서 동생 둘이서 배고프다고 정지(부엌) 문에 매달려 울고 있는 것이다. 지금 세 살 먹은 여동생이 어릴 때부터 배를 곯아서 그런지 바짝 말라서 볼 수가 없다. 어머니께서 아기를 볼 때마다 아버지의 욕만 하신다. 다른 집 아이들은 잘 먹고 있는데 우리 집은 죽도 한 그릇 못 얻어먹는다고 하신다. 나는 아래(그저께)부터 작은집에 가서 요번 주일에 주번이라고 도시락을 싸 달라고 하여 요사히는 먹는데 작은집에 못 가는 날이면 점심을 못 먹는 것이다.

학교에 있을 때에는 동무들과 같이 뛰어놀기도 하지만 가만히 생각할 때는 다른 생각보다 집에서 동생들이 배고파 울고 있을 것을 생각할 때는 뼈가 아픈 것이다. 나는 작은집에서 점심을 싸 가지고 와 잘 먹고 있지만 동생들 생각할 때는 슬픈 생각이 나는 것이다.

6월 4일 수요일 비

어머니께서 또 걱정을 하신다. 걱정하시는 어머니를 볼 때마다 내 가슴은 뭉클하다. 오늘은 어쩐지 눈물이 자꾸만 쏟아진다. 내가 이런 집에 태어나서 음식도 옳은 것 못 먹는 생각을 하면 더욱 눈물이 나온다. 어머니께서는 언제나 무엇을 하시자면 짜증을 내신다. 우리는 그 틈에 날마다 집에만 오면 걱정이 되어 아무것도 하지 못한다. 집에 돌아오면 날마다 집안이 시끄러우니 공부를 하는 우리들도 어떻게 하면 이렇게 공부를 하지 못하는 것을 면하고 한번 잘해 볼까 애달프다.

6월 11일 목요일 맑음

내 동생이 학교에 갔다 온 이야기를 하는데 아무 힘없이 말을 하였다. 어머니, 저 옷 한 벌 사 주시오. 우리들은 학교에만 가면 아이들이 우리들만 쳐다보는 것 같아요. 그러니 내가 어떻게 학교를 제대로 다니겠어요, 하면서 울쌍을 하였다. 지난번에는 4의 ○반 ○○○ 선생님한테서 너 옷차림을 잘해 가지고 다니라는 소리를 들었다니 어쩐지 섭섭하다. 돈이 생기거든 좀 될 수 있는 대로 옷을 한 벌도 못 사더래도 다만 밑 옷이나마 사 주시요 하고는 아무 말도 하지 않는 것이다.

내가 가만히 그 소리를 듣고 있다가 걱정 말어라, 네가 그 소리를 정말로 ○○○ 선생님에게 들었다면 좋다, 두고 보자, 하고는 속으로 생각을 하니 참 괘씸하다. 다른 아이들이 그렇게 말하여도 타이를 것인데 선생님이 그런 말을 아이들에게 하는가 생각을 하니 참 안됐다. ○○○ 선생님이 내 동생만 보면 너 옷차림 잘해 입어 하시는 말을 한다고 하니, 그보다도 더 슬픈 일은 없는 것이 느껴진다. 그러한 것을 생각하니, 우리가 어떻게 하여 이 가난뱅이 집을 벗어나가 잘살 수 있는가를 생각하니 어금니가 보득보득 갈리는 것이다. 옷차림이 좀 더 럽다 하더라도, 좀 깨끗이 빨아 입으라고 말씀하시기는커녕, 도로 그 런 생각을 하니 괘씸한 일이라고, 생전에도 잊을 수 없는 일이라고 생각한다. 어떻게 하면 남에게 옷이고 무엇이든지 빠지지 않게 하여 살 수 있을까? (1964.)

시험공부

박재호 청리 6학년

6월 13일 토요일 갬

점심시간이 닥쳐왔다. 아이들은 벌써 점심을 먹기 시작한다. 나는 태원이, 운삼이 가들(그 아이들)을 부르니까 태원이는 오는데 운삼이는 오지 않으려고 한다. 그래도 자꾸 들어오라니까 그래도 안 들어온다. 나는 할 수 없이 태원이와 같이 밥을 먹었다. 둘이 같이 먹으니 딴 때보다 밥이 더 맛있는 것 같다.

6월 17일 수요일 맑음

시간이 끝나고 모의고사 시험을 봤다.

첫째 시간에 국어를 봤는데 문제를 읽어 보기도 전에 가슴이 두근두근한다. 문제를 풀이하고 한참 후에 시간이 끝났다. 우리는 좀 놀다가 들어와서 "1번 뭐더냐?" 하고 물으면 어느 아이가 "○번이야" 한다. 곧 있다가 산수 시험을 봤다. 여기서도 마찬가지로 가슴이 떨렸다. 세째 시간에는 사생 시험을 보고, 네째 시간에는 자연을 보고, 5째 시간에는 예능을 봤는데, 보건만은 밖에 나가서 몸뚱 앞으로를 했다. 그렇게 안되던 몸뚱 앞으로가 오늘은 6개를 했다. 시험을 다 보고 나니 배가 쪼록쪼록하는 것을 보니 7시 반은 된 것 같다.

6월 18일 목요일 맑음

집에 갈 적에 턱걸이를 하였다. 그렇게 되지 않던 턱걸이가 오늘은 웬일인지 하나 했다. 한 개 더 하려고 애를 썼지만 되지 않는다. 그래도 웬일인지 한 개 한 것 가지고도 나는 기분이 좋았다. 그때 선생님께서 "집에 가자!" 하신다. 모두 선생님을 따라 나왔다. 갈 때 나는 기분이 좋아서 이리 뛰고 저리 뛰고 하다 보니 어느새 우리 집까지 왔다.

6월 24일 수요일

죽음이란 허무한 것이다.

6월 26일 금요일 흐림

오후에 남아서 과외 공부를 했다. 선생님께서는 자연 발전 문제 19쪽에 있는 것과 29쪽에 있는 것을 해라 하신다. 모두들 새 연구 문제집을 꺼내고 하려는 준비를 하고 없는 아이들한테 가서 같이 한다. 연필을 꺼내고 시작했다. 나는 정신없이 한참 하고 나니 하품이 슬슬 나온다. 그래서 샘에 가서 낯을 한 번 씻으니 정신이 확 든다.

6월 29일 월요일 맑음

오후에 남아서 칠판에 베껴 놓은 시험 문제를 했다. 모두 10문제이다. 그러니까 한 문제 10점이다. 그러니 모두 신중히 해야 할 문제다. 모두 정신을 들여서 하였는데도 겨우 70점이다.

6월 30일 화요일 맑음

포강에 가서 목욕을 했다. 이날은 선생님께서도 오셔서 오늘만은 해
도 괜찮다고 하신다. 그래서 모두 옷을 벗고 목욕을 했다. 그러다가
물싸움이 시작되었다(5학년:6학년). 5학년들은 포강에 많이 와 봤는지
잘도 하고 6학년들은 슬슬 달아나기만 한다. 6학년들이 째째하기 달
아나기만 하고 붙을 생각은 하지 않는다.

7월 3일 금요일 맑음

오늘은 장날이다. 나는 학교서 장날의 어머니 모습을 생각해 본다.
엄마는 화롯불 앞에 빵을 쪄고 있겠지. 어머니! 염려 마십시오. 저희
들이 크면 어머님 은혜 일평생 잊지 않겠습니다.

7월 4일 토요일 맑음

밤공부를 하는데 모기는 자꾸 물고 나는 자꾸 잡아 치우고 자꾸 물
고 잡아 치우고 하다 보니 내가 전(진) 것만 같다. 그래서 그만 밖으로
뛰쳐나갔다.

7월 5일 일요일 맑음

형님 내준 시험 문제를 했더니 90점이다. 그래서 형님이 돈 2원을 주
신다. 나는 그것으로 학용품을 사고 나서 형님한테 이렇게 말했다.
"90점 위로 맞으면 매일 2원씩 줘여" 하니까 "다음부터는 5원씩 주
지" 하신다. 나는 그 돈으로 푼푼이 모아 가방을 하나 사려고 한다.

하여튼 공부를 열심히만 하면 되니까.

7월 8일 수요일 흐린 뒤 비
오늘도 어머니는 사람들이 오가는 점빵(가게)에 앉아 물건을 팔고 있겠지. 나는 학교서 한번 생각해 본다.

7월 9일 목요일 맑음
나는 아버지가 계신 산에 있는 묘지를 향하여 "아버지!" 하고 한번 불러 본다. 그러면 메아리도 "아버지!" 하고 부른다. 아마 산울림도 아버지가 그리운 모양이지.

7월 12일 일요일 비
하급생들은 일요일이라면 모두 노는 것인 줄 안다. 허나 우리 6학년은 한창 바쁜 때이다. 하급생 노는 시간을 우리에게 줬으면…….
(1964.)

부끄러운 일

정운삼 청리 6학년

6월 8일 월요일 맑음

오후에 모의고사 시험을 쳤다. 나는 돈을 내지 않았다. 그런데 홍목이가 자꾸 "이리 와" 하였다.

시험은 산수인데 굉장히 어려웠다. 그런데 홍목이가 나에게 글자를 써 보이면서 "석일이가 모의고사 해답 가지고 있어" 하기에 나는 어려운 문제를 그 해답을 살짝 보고 써넣었다. 그래서 다 맞았다.

선생님께서 "모르는 것을 질문하여라" 하시고 나에게 "질문 받아 주어라" 하셨다. 나는 정말 기가 막혔다. 아이들은 손을 다 들고 나에게 질문하였다. 나는 할 수 없이 모르는 것도 해 본다고 설명을 하려고 하니 모르는 것을 할 수가 없었다. 선생님께서 밖으로 좀 나오라고 하셔서 나갔더니 "무엇을 보고 써넣었나? 바른대로 말해" 하시기에 "정말입니다. 모르는 것은 대강 어림잡아 써넣었습니다" 하니까 "선생님 앞에서는 바른대로 말해도 괜찮아" 하시기에 사실 이야기를 다 하였다. 그랬더니 선생님께서는 교실로 들어가시며 "석일이 이놈 보자" 하셨다. 아! 정말 부끄러운 일이다. 한참 있으니 아이들이 들어오라고 하여도 부끄러워서 들어가지 않으려고 하였다. 그랬더니 선생님께서 "들어와" 하시기에 들어갔다. 나는 부끄러워 고개도 못 들었다.

다시는 이런 짓을 하지 않겠다.

6월 9일 화요일 맑음

선생님께서 교실에 들어오셔서 "오늘 첫 시간부터 둘째 시간까지 일제고사 시험 본다" 하시면서 "과목은 국어, 산수, 체육, 미술이다" 하셨다. 시험! 소리만 들어도 얼굴이 화끈거린다. 아아! 내가 왜 그랬던가! 어제 일을 아무리 잊어버리려고 해도 자꾸만 얼굴이 뜨거울 뿐 생각은 좀처럼 내 머리에서 떠나지 않았다.

6월 16일 화요일 맑음

학교 가면서 꼭 무엇을 잊어버리고 안 가져오는 것 같아서 아무리 생각을 하여도 머리에 떠오르지 않는다. 그래도 자꾸 생각을 하며 내려가다니(내려가다가) 진구렁 있는 곳에서 나도 모르게 "에헤이 참! 낫을 안 가져왔다" 하였다. 나는 걸음을 멈추고 가지러 가나 우째나 하다가 "에이 씨! 내일 가지고 가자" 하며 그대로 내려가려고 할 때 "에헤이, 보리도 안 가져왔다. 이거 큰났다" 하며 올라가려다가 "오늘 선생님께서 보리 내어라 하시면 내일 꼭 가져오겠다고 하고 학교나 가자" 하며 혼날 생각을 하며 학교로 갔다.

첫째 시간에 보니 아무도 낫을 안 가지고 왔다. 그런데 선생님께서 낫 가져온 사람을 조사하지 않으셨다. 조사하면 어떻게 하나? 오늘 정과(정규) 수업이 마칠 때까지 마음이 놓이지 않았다.

6월 17일 수요일 맑음

체육 시간에 막대체조할 준비를 해 가지고 운동장으로 나갔다. 막대
체조는 5학년 1반 선생님께서 우리를 가르치신다. 오늘은 3번까지
배웠는데 1번과 2번은 쉬운데 3번은 아무리 하려고 하여도 안된다.
선생님께서 나를 보시고, "13조에 세째 이리 나와" 하셨다. 나는 다
른 때 같으면 울었을 텐데 오늘은 이제 배우겠구나 이렇게 생각하니
퍽 기뻤다.

나는 교단에 올라갔다. 선생님께서 무슨 말씀을 하시며 "시작" 하시
기에 몇 번을 할 중심을 못 잡아 손이 가는 대로 하였더니 아이들이
여기저기서 웃었다. 그러나 나는 부끄럽지 않았다. 선생님께서 나의
손을 잡고서 3번을 해 주셨다. 그때야 알았다. 그래서 그 자리에서
"혼자 한 번 하여라" 하셔서 나는 아는 대로 하였더니 "잘했어" 하셨
다. 정말 기뻤다.

자리에 돌아와서 하니 그때도 역시 잘된다. 선생님께서 "1조에 자신
있게 할 수 있는 사람 이리 나와" 하셨다. 1조는 아무도 안 나온다.
선생님께서는 또 "2조!" 하시니까 2조도 나오지 않았다. 3조도 같다.
4조부터는 나오기 시작하여 11조에서는 "150점!" 하셨다. 13조에서
는 둘이 나갔다. 그리하여 "그늘에 쉬었다가 오너라" 하셨다. 나도
13조이기 때문에 그늘에서 쉬었다.

6월 18일 목요일 맑음

점심시간에 도시락을 안 싸 와서 밖에 나와 있었더니 재호가 교실에

서 창문으로 내다보며 "재득아!" 하고 소리쳤다. 나는 그 소리를 듣고 재호가 안 보이는 곳으로 얼른 숨어 버렸다. 그래도 언제 봤는지 "운삼아, 빨리 들어와" 하였다. 그때 선생님께서 교실에서 재호에게 "가(그 아이)들 이제 밥 싸 가져오라 그래" 하시는 말씀이 밖에 있는 나에게도 들린다. 나는 부끄러워서 견딜 수가 없었다.

우리 집 형편은 내가 도시락을 못 싸 가져오게 됨도 어머니께서는 나에게 "니가 싸 가지고 가는 그것으로 우리 집 식구 죽 한 때 실컨 끼리(끓여) 먹는다" 하시는 말씀을 언젠가 나는 들었다. 그리하여 그 것은 나의 귀에 떠나지 않는다. 그 생각을 하면 밥 싸 달라고 할 말이 안 나온다. 내가 이런 일을 생각하니 가슴이 아파 못 견디겠다. 그 때 또 재호와 태원이가 와서 "운삼아, 빨리 들어가아" 하여도 교실에 무엇하러 하며 들어가지 않으려고 했더니 "야아, 너 뭐야 아이" 하며 나를 억지로라도 끌고 들어가려고 한다. 아무리 끌어가려고 하여도 선생님의 눈치 보일까 봐 들어가지 않았다. 정말 배는 대단히 고팠다. 금방 뒤로 넘어질 것만 같았다. 그럭저럭 여섯 시간이 끝났다. 그래서 집에 갔다. (1964.)

꿈

임순천 청리 4학년

6월 11일 목요일 맑음

학교에 갔다 삽짝에 들어오자마자 상식이가 "네 국 순정이가 다 먹었어" 한다. 순정이가 "상식이 저것도" 한다. 나는 벌써 머리에 골이 올라와 있다. 순정이는 또 국을 먹으로 정지(부엌)로 들어간다. 들어가더니 찬장 문을 연다. "이놈!" 갑자기 달려와 놀라게 했다. 그러니까 나온다.

찬장 문을 열고 보니 밥도 2분의 1은 벌써 먹고 국은 3분의 1쯤 먹었다. 점심 먹기가 싫었다. 울었다. 한참 후에 먹었다. 먹을 때 '먹고 지긴다(죽인다)'는 나쁜 마음으로 먹었다. 먹고 나도 안 먹었는 것 같다. 마음이 참 불쾌하다.

6월 12일 금요일 흐림

학교에서 돌아오자마자 수판을 가지고 건넌방으로 갔다. 가서 1, 2, 3…… 100까지 놓으니까 5050이고 1000까지는 595590, 2000까지는 801090, 3000까지는 1106590이고, 4000까지는 1512090, 5000까지는 2017590, 6000까지는 2623090, 7000까지는 3328590, 8000까지는 4134090, 9000까지는 5039590, 10000까지는 6945090, 합계가 모두 28103400이 된다. 그러니까 해가 서산으로 어느덧 숨어 버렸다.

6월 13일 토요일 맑음

아침에 일어나서 눈을 비비고 마당에 나와서 마당을 쓰니까 마음이
참 상쾌하였다.

6월 14일 일요일 맑음

밀을 맥통에 뚜드린다. '탁탁' 제법 재미가 난다. 밀은 툭, 툭 튀어나
가 감나무 잎사귀에 얹혔다.

* 맥통: 곡식알을 떨 때 쓰는 통나무.

6월 17일 수요일 맑음

아침에 일어나서 동생과 싸웠다. 아버지께 꾸중을 들었다. 아침밥을
먹을 때에도 먹기가 싫었다.

6월 18일 목요일 흐림

새벽부터 다 들에 가고 저녁때쯤 되자 누나가 불을 때라고 하면서
물 여로(이러) 간다.

불을 때다가 나무를 뺄려고 위의 것을 잡아당기니까 새끼가 붙잡혀
서 나무가 부엌 쪽으로 다 넘어져서 불이 활활 타기 시작한다.

나무가 축축하면 괜찮지만 마른나무라서 따따따따 하면서 소리를
낸다.

그릇에 물, 옹가지에 물을 다 부었다. 그러나 불이 꺼지지를 않았다.
막 울었다. 엉-엉-엉-엉-.

마침 그때 도일이네 아버지가 보리타작을 하다가 우리 집에 불을 보고 급하게 뛰어올라 온다.

이제 불은 벌써 정지에 있는 보리짚은 다 타고 창구멍으로 나가 지붕에 붙었다.

"불이여! 불이여! 불-불-" 하시면서 도일이네 아버지가 감(고함)을 지른다.

이러는 동안에 상구네 아버지가 왔다.

"어허 불 보게! 불이여!" 하시며 감을 지른다.

순정이, 세식이, 나는 한없이 울고 있다.

동네 사람이 죽 온다.

바개스(양동이), 버지기, 물지개, 양재기, 물통, 다래이 같은 것들을 들고, 이고, 지고, 막 급히 달려온다.

그러자 누나도 눈물이 기렁기렁하면서 달려와 "우째다 불냈나? 아이구 엄마야" 하고 우리 바개스로 물을 퍼다가 갖다준다.

잠시 후에 불을 다 껐다.

나는 참 불쾌하였다. 왜냐하면 지붕 일 연개가 없는 것이다.

아버지께서 오신다. 여러 사람의 이야기를 들으시고 "수고했습니다. 우린 밀 베느라고 새벽에 나가서 아침도 내다 먹었습니다" 하시면서 여러 사람 앞에 고맙다는 인사 말씀 드리고 난 뒤 상구네 할아버지 옆으로 가시더니 "내가 철둑 넘에(너머) 들에 물꼬를 타 놓고 올라오는데 시꺼먼 연기가 올라오길레 우리 집인 줄 알고 급히 달려오다가 또 안심하기 위해서 길준이 동생이 있길레 물어봉께 아이 그리 우리 집에 불났다고 한단 말이지. 그래 빨리 왔지"하고 말씀하시니까 상구네 할아버지께서 "아들을 매끼(맡겨) 놓고 다 들에 가서 그러예"하신다. 나는 속으로 후회가 된다. 왜냐하면 불이 얼마나 활활 탔는지 철둑 넘어까지 보였다니 그렇다.

어머니는 저녁때가 훨씬 지나서 돌아오셨다. 돌아오시자마자 "아이구 간띠비도 크다 크여. 우째다가 불냈나?"하시면서 막 두 팔을 흔든다. 아버지는 "아들(아이들)만 안 놀래만 되지 머. 어른이 그키 놀래여?"하셔서 마음이 기뻤다.

아버지께서 방으로 들어오셔서 나에게 "울지 마라. 울면 때린다. 안 놀래만 되지"하신다. 마당에 나가서 지붕을 쳐다보니 지붕이 20분의 1쯤 탔다.

* 옹자기: 옹자배기. 둥글넓적하고 아가리가 쩍 벌어진 아주 작은 질그릇.

6월 19일 금요일 흐림
시미기(소먹이풀) 뜯으러 가서 왼쪽 손을 베어서 따갑기도 그렇게 따가운 거 처음이다.

6월 20일 토요일 맑음
선생님으로부터 통지표를 받았는데 다른 아이들은 내가 보니까 수, 우, 미, 양, 가로 매겨 있는데 내 것만이 짐승의 이름으로 매겨져 있다. 국어 새, 산수 소, 사회 닭, 자연 돼지, 음악 뱀, 미술 말, 체육 토끼, 실과 소, 이렇게 매겨져 있다.

선생님께 가서 "선생님, 내 통지표는 다른 아이들의 통지표와 다르고 또 수, 우, 미, 양, 가도 나는 짐승의 이름으로 되어 있습니다" 하면서 선생님께 통지표를 보여 주니까 선생님께서 "어디 보자. 고쳐 주지" 하시면서 국어 산수 사회 자연은 수, 음악 실과 체육은 우, 미술은 미로 해 주신다.

좋아서 집으로 달려갔다.

가다가 보니까 또 짐승의 이름으로 매겨져 있다. 그만 부애가 나서 통지표를 다 잡아 쨌다.

집에 와서 보니까 도일이는 통지표에 모든 과목이 수라고 막 자랑을 하고 다닌다. 아버지께서 도일이 통지표를 보시고 나시더니 "넌 썩 잘했다" 하고 도일이에게 칭찬을 해 주신다.

아버지께서 나를 보시고 "넌 왜 통지표 안 가지고 왔나? 성적이 나빴지?" 하시면서 막 꾸중하신다.

마침내 몽둥이로 나를 때릴려고 하신다.

갑자기 눈을 번쩍 떴더니 꿈이었다.

6월 22일 월요일 맑음

어서 방학이 다가왔으면……. 여름 동산에 매미채 들고 매미 잡고, 여치 소리 들으면서 그늘 나무 밑에 앉아 글짓기를 할 모습을 먼저 눈앞에 그려 본다. 어제도 오늘도 여름방학 생각. '아이 더워! 이래도 방학 안 하고.' 학교 오고 가면서 이런 생각이 앞선다.

밤에는 꿈을 꾸어 본다. 즐거운 여름방학의 꿈.

6월 24일 수요일 맑음

내가 가 보고 싶은 곳은 마음대로 다섯 가지만 된다면, 첫째 형님이 계시는 서울 군대, 둘째는 신라 시대의 서울인 경주, 셋째 우리 나라에서 제일 크다고 이름난 항구가 있는 부산, 넷째 내 이름이 있는 순천, 마지막으로 남쪽 제일 멀리 떨어져 있고 제일 큰 섬인 제주도에 가 보고 싶다.

6월 25일 목요일 맑음

"순천이가 육학년 되마 수학여행 갈 때 서울을 나보다 먼저 가 보겠네."

"아버지 54살이 되도록 서울 한 번 안 가 봤어요?"

"돈이 있어야지 가 보지."

내가 3학년 때 추운 겨울에 방에서 웅크리고 아버지와 같이 주고받으며 한 수학여행 이야기가 오늘도 생각난다.

내가 아버지 말씀을 듣고 나니 마음이 슬퍼졌다. '50여 년이 지나도록 서울 구경도 한 번 못 하시고' 하는 불쌍한 생각이 들었다.

서울 구경 한 번 못 하신 아버지는 서울 구경하러 가 보고 싶겠지만 나는 수학여행 서울로도 가 보고 싶잖다.

왜냐하면 수학여행 가는 아이들은 중학교 못 간다는 말을 들었기 때문이다. 아이들에게서…….

나는 중학교는 가고 싶지만 수학여행은 가 보고 싶지 않다. 그래도 아버지가 수학여행도 보내 주시고 중학교도 가라고 하면 좋겠다. 아버지가 또 그러시지 않고 "중학교 갈래? 수학여행 갈래?" 하고 물으면 나는 첫 번 만에 자신 있게 "중학교 가겠어요" 하고 대답할 것이 지금 내 머리에 가득 차 있다.

7월 12일 일요일

아버지와 작은시(작은형)가 점심때 들에 가셨다.

저녁에 돌아올 때 작은시가 먼저 돌아온다.

어머니께서 "아부지 오나?" 하고 물으니까 작은시가 "뒤에 와여" 한다.

다시 아지매가 물으니까 "아직 멀었어" 한다.

어머니가 듣고 있다가 "아까는 뒤에 온다고 하딘 인제는 멀었다 카나? 사람을 놀리나? 왜 그카나?" 하시니까 작은시는 아무 말이 없다.

(1964.)

나의 생활

남삼순 청리 5학년

6월 10일 수요일

형님이 아침 일찌기 깨워서 일어나니까 아직 다리(다른 이)는 다 들에 가고 없고 어머니께서는 들에 갈려고 차리고 있고, 내 동생들은 다 자고 있었다. 나는 일어나니까 형님이 소죽을 끓이라고 하였다. 그 말을 듣고 방으로 들어갔더니 형님이 보고 막 머러 카기다(뭐라 한다, 꾸중한다). 할 수 없이 방을 나와 부엌으로 들어가니까 형님은 나를 보고 "빨리 소죽을 끓여라"고 하면서 고함을 질렀다. 고함 소리에 놀라서 어쩔 줄을 몰랐다.

6월 11일 목요일 맑음

아침을 먹고 어머니와 같이 보리 베로를 갔다. 들에 가니까 벌써 다른 사람들은 보리를 베고 있었다. 나도 어머니와 같이 빨리 벨려고 쉬지도 않고 베었다. 처음에 벨 적에는 베기가 좋더니 조금 베 놓고 나니까 베기가 싫었다. 베기가 싫어서 조금 쉬느라고 앉아 있으니까 어떤 여자 하나가 아기들을 둘 데리고 보리 이삭을 줍고 있었다. 하도 이상해서 한참 동안 서서 보았다. 그 여자는 보리 이삭을 벌써 많이 주웠다. 내가 서서 보는 동안에 어머니께서는 벌써 보리를 많이 베었다. 나는 그 여자를 보니까 대단히 불쌍했다. 햇볕이 쨍쨍 내리

쬐는데 어린 아기들을 데리고 다닌다는 것은 참 안타까운 일이었다. 우리는 그냥 있어도 더운데, 아기를 업고 있으며는 얼마나 덥겠나 생각하니 정말로 불쌍했다.

6월 12일 금요일 맑음
집으로 돌아가니까 언니는 저녁을 하고 어머니께서는 보리를 까부르시고 아기는 마당에서 놀고 있었다. 놀고 있던 아기가 내가 들어가니까 웃는 얼굴로 "언니" 하고 달려들었다. 달려드는 아기의 모습이 대단히 귀여웠다. 어떻게나 귀엽던지 책보도 안 갖다 놓고 아기를 업어 주었더니, 아기는 웃으면서 나한테 납짝 엎드렸다.

* 까부르시고: 키를 위아래로 흔들어 보리의 티나 검불 따위를 날려 버리시고.

6월 14일 일요일 때때로 흐렸다가 비 오고 갬
아기가 아파서 나는 아기를 보고 어머니께서는 방아를 찧으러 가셨고 다리(다른 이)는 다 타작을 하였다. 아기를 업고 이순이 집에 가니까 이순이가 "삼순아, 너 놀라 가나?" 하고 묻기다(묻기에), "너는" 하고 물어보니까 "나는 가여, 어머니가 가서 노래여" 하고 말하였다. 나도 그 길로 집으로 돌아와 가지고 형님한테 여쭈어보았더니 "오늘이 무슨 날인데 놀로를 갈려고 하나?" 하고 묻기다 "오늘이 단오가 아니라" 하고 가르쳐 주니까 "가져 마라, 너는 못 간다"고 하면서 막 머러카기다. 아무 말도 하지도 않고 삽짝(사립문) 밖을 나오니까, 다른 아이들은 놀로를 간다고 하였다. 그 소리를 들으니까 대단히 슬펐다. '다른 아이들은 다 노는데 나는 무엇 때문에 못 놀겠나?' 하고 생각하니까 눈물이 비 오듯 하였다. 그래도 안 울려고 참아도 안 되었다. 참다 못해 그만 울어 버렸다. 내가 우는 바람에 내 등에 업힌 아기도 따라서 울었다. 아기를 달래려고 울음을 그치고 "아가야 울지 마라, 그만 그쳐라. 조금 있으면 어머니가 오실 거다" 하고 달래도 아기는 달래지지 않았다. 아기가 우는 바람에 나도 따라서 눈물이 나왔다. 어머니께서 조금 동안 집에 없는데도 이렇게 서름을 받는데 만약에 어머니가 안 계시면 우리는 어떻게 되겠나? 하고 생각하니 눈물이 앞을 가로막았다. 이제까지 살아와도 이렇게 서름을 받은 지는 처음이다. 아기는 "엄마, 엄마……" 하고 부르면서 여전히 울었다. 할 수 없이 집으로 들어오면서 마당에 들어서려니까 눈물이 나서 집에를 못 들어왔다. (1964.)

집일 돕기

김순희 대곡분교 2학년

6월 19일 수요일: 설거지

나는 설거지를 하였습니다. 그릇을 씻고 솥을 씻을라 하니 대문 우에
제비 한 마리가 있었습니다. 나는 제비를 보니 제비는 날아갔습니다.
나는 부뚜막을 쓸었습니다. 부뚜막을 쓸고 행주로 부뚜막을 닦고 나
서 배초(배추)를 씻으로 갔습니다. 씻어 놓고 파를 비 가지고 씻었습니
다. 그리고 소를 먹여 놓고 마리(마루)를 닦았습니다. 점심을 펐습니다.

6월 20일 목요일: 토끼풀 하기

나는 토끼풀을 했습니다. 토끼풀은 뒤골 가 했습니다. 토끼풀이 많이
있었습니다. 한 대래끼 하고 한 보자(보자기) 하였습니다. 올라갈 때 다
리가 뿌러질랑 말랑 하였습니다. 내려올 때는 뛰어내려 오니 시원했
습니다. 고방이래 가지고(고방이라서) 올라갈 때 애먹었습니다. 내려와
가지고 감자를 캤습니다.

* 고방이래 가지고: '고방'은 일본말 고오바이(경사진 땅)가 이렇게 쓰인 것임.

6월 21일 금요일: 감자 캐기

어머니와 언니와 나와 감자를 캤습니다. 캐 가지고 옹가지에 넣었습
니다. 감자를 씻었습니다. 하짓날(하짓날)이라고 감자를 캤습니다. 밥

위에 감자를 앉혔습니다. 밥을 펐습니다. 오빠는 그릇에 한 그릇 담아 주었습니다.

* 옹가지: 옹자배기. 둥글넓적하고 아가리가 쩍 벌어진 아주 작은 질그릇.

6월 23일 일요일: 돼지풀

나는 언니와 돼지풀을 하였습니다. 돼지풀은 도시골 가 했습니다. 나는 한 대래끼 하고 언니는 한 보자 했습니다. 해 가지고 오다가 이상한 새가 울었습니다. 언니와 나는 가만히 들어 보니 세 번 울었습니다. 아, 고운 새다 하고 우리는 집에 왔습니다. (1968.)

농사일 돕기

박분자 청리 6학년

7월 6일 월요일 맑음

비 오기를 바라도 비는 안 오고 늦어만 가는 모심기. 비만 오면 심을 모가 비가 안 와서 물 때문에 싸우네. 내가 물 같으면 논에나 콩밭에나 내려서 모를 심게 하고 콩이 불어 촉이 터서 콩이 잘 자라게 할 텐데. 나는 왜 비가 안 되었을까? 사람이 되지 말고 비가 되었으면 온 세상 사람들을 마음대로 해 줄 텐데. 지금이라도 비가 되면 얼마나 좋을까?

오늘도 어머니와 동생과 셋이 콩밭 매로 갔다. 콩밭에는 풀도 다 타버리고 콩도 올라오다가 땅 위의 열이 세서 그만 타 죽고 말았다. 어머니의 마음은 어떠할까? 땀방울이 땅 위에 떨어진다. 나는 참을 수 없어서 "어머니 좀 쉬어서 매요" 하니 어머니는 "그래라" 하신다. 동생과 어머니와 셋이 뽕나무 그늘에 앉아서 쉬었다. 콩밭은 이제 3분의 2를 매었다. 이제 3분의 1만 매면 위의 밭으로 올라간다.

7월 7일 화요일 흐림

오늘은 비가 올 것 같아서 어머니는 무척 좋아하셨다. 나는 학교 갔다 와서 모심으로 갔다. 산골에는 물이 나기 때문에 언제나 물이 있다. 어머니와 아버지는 먼저 모를 쪄서 심고, 동생 응용이는 모심는데 뒤를 봐주고, 나는 시미기를 먼저 뜯어 놓고 모를 심었다. 날씨가 흐려서 오늘은 덥지도 않아서 일하기에 좋았다. 응용이는 이제 여섯 살인데 말을 능글능글하게 잘 지긴다(지껄인다). 오늘도 두룸(두둑)을 부치다 말고 다리를 내려다보더니 "엄마, 장아(장화) 신은 것 같아여" 한다. 우리는 모두 한바탕 웃었다. 응용이는 나중에 글을 잘 짓겠다고 생각을 했다.

• 두룸 붙이다: 모내기 때 논두렁을 깎아 흙을 바르다.

7월 11일 토요일 흐림
산줄기는 깊고
물을 많이 기른다.
그리고 산줄기는 따로 있다.
낮은 산줄기나
높은 산줄기나
모두 늘어져 있다.

7월 13일 월요일 갬
모심기도 점점 늦어 간다. 논에 물은 있으나 심을 사람이 없어 두리 군(두레꾼)만 기다린다. 그러나 이 두리군은 누구네 모를 심어야 될 줄을 모른다. 이 집에서도 심어 돌라고(달라고) 하고 저 집에서도 심어 돌라고 하고 또 서로 심어 돌라고 싸우는 사람들도 있다.
우리는 이런 것을 보고 가만히 있을 수가 없다. 우리도 힘자라는 데까지 집안일을 도와야 하겠다.

● 두리군: 두레로 일하는 일꾼들. 두레는 농민들이 농번기에 공동으로 협력하기 위한 부락이나 마을 단위의 모임.

7월 18일 토요일 비

이제는 비가 너무 와서 걱정이다. 전에는 비가 안 와서 논에 물 대느라고 애먹었는데 이번에는 장마가 져서 밭도 못 매게 되었다.

오늘은 어머니께서 나하고 동생하고 둘이서 참외밭에 가서 순을 쳐 주고, 참깨밭도 매라고 하셨다. 나는 먼저 나 혼자 호미 두 가락과 대래키를 가지고 올라왔다. 먼저 올라가서 참외 순을 쳤다. 두 망 치고 나니 동생이 올라왔다. 나는 동생 선용이 혼자 올라오는 줄 알았더니 응용이도 데리고 온다. 응용이는 안 따라올 텐데, 어머니께서 청리 콩 빻으러 가시는데 따라가려고 해서 못 따라가게 하기 위하여 외밭에 가서 참외 한 개 따 먹으라고 했는데, 응용이는 정말로 오자마자 곧 참외 따 돌라고 졸랐다. 나는 안 따 주려고 해도 울까 봐 겁이 나서 노랗게 익은 참외를 한 디(덩이) 따 주었다. 동생은 참외가 예쁘다고 하면서 주머니에 넣어서 만져 보다가 꺼내서 만져 보다가 그만 떨어뜨렸다. 참외는 그래도 껍질이 시서(세어서) 깨어지지도 아니하였다. 동생과 나는 참외 순을 다 쳐 주고 또 자기가 쳐 준 골을 세어 보았더니 동생은 세 망, 나는 다섯 망을 쳤다. 동생과 나는 깨밭 매러 갔다. 깨밭을 다 매고 나니 아직 점심때가 안 됐다. 그래서 콩밭도 7골 매고 나니 점심때가 되었다. 나는 참외와 오이를 따 가지고 집으로 내려왔다.

7월 19일 일요일 맑음

오후에 나는 소를 몰고 밭매러 갔다. 등대 올라가니 동생이 시미기(소
먹이풀) 하러 와서 참외밭을 지키고 있었다. 내가 올라가니 동생은 참
외 한 개 따 먹었다고 한다. 나는 참외 조그마한 것을 한 개 따서 동
생과 같이 나누어 먹었다. 그리고 나는 소를 몰고 저성골로 올라갔
다. 동생도 시미기 하러 이리 올라왔다. 나는 소를 밭 뒷산에 갖다 놓
고 작은 밭에서 밭을 매었다. 동생은 시미기를 뜯었다.

밭을 매는데 물이 있어서 밭매기가 무척 안됐다. 그래도 나는 "조금
있으면 어머니께서 오시리라" 하고 빨리빨리 밭을 매었다. 이제 밭
을 2골 매었다. 2골 매고 일어서니 큰 밭에 소가 들어가 있었다. 나는
"이랴, 이랴" 하면서 소를 쫓아내었다. 소는 콩을 좀 뜯어 먹었다. 나
는 도분이(화가) 났다. 소는 뜯기라고 하시고 밭은 매라고 하셔서 어
찌할 줄을 몰랐다. 어머니는 암만 있어도 오시지 않았다.

7월 20일 월요일 맑음

어머니께서 오늘 밭매러 가셨다. 어머니는 어제 내가 매던 밭을 매로
가셨다. 학교에 갔다가 오후에 오니 어머니께서 말씀하셨다.

"어제 분자 밭매러 가서 밭은 많이 맸는데 소를 잘못 봐서 밭매는 것
보다 손해가 더 많다."

나는 속으로 이제부터 잘해야지 마음먹었다. (1964.)

즐거운 방학

박선용 청리 4학년

7월 1일 수요일 맑음
오늘 선생님께서 방학 7월 25일 날 한다고 하셨다.

7월 10일 금요일 맑음
방학하는 기 좋아서 잊어버리지 않고 방학이 몇 밤 남았는가를 세아
린다(헤아린다).

7월 17일 금요일 비
오늘은 제헌절이다. 아침에 국기를 달라고 하니까 구름이 끼어서 안
달았다.

7월 19일 일요일 맑음
아침에 누나와 나는 등때 가서 외(참외) 순을 쳐고 밭을 맸다.

7월 20일 월요일 맑음
오후에 시미기(소먹이풀)를 해 놓고 밭을 맸다.

7월 26일 일요일 맑음

오후에 등때 가서 외 하나 따 먹고 절골 우리 논둑에 가서 시미기를
뜯었다.

7월 27일 월요일 맑음
절골 희복이네 원두막에 가서 놀다가 시미기를 했다.

7월 28일 화요일 맑음
아침에 우리 집 식구는 저성골 가서 밭을 맸다.

7월 29일 수요일 맑음
밭을 매다가 시미기를 했다.

7월 30일 목요일 맑음
오후에 티속골 댄 밑에 가서 소를 띤깄다.

7월 31일 금요일 흐리다가 때때로 비
삼을 해 가지고 양지 정명옥이네 큰집에 가서 삼을 삶아서 익었다고
내니까 덜 익어서 다시 집에 가지고 와 솥에 삶으니까 잘 익었다.

8월 1일 토요일 맑음
오후에 누나는 절골 가서 시미기 하고 나는 티속골 댄 밑에 가서 소
를 띤깄다.

8월 2일 일요일 맑음

나는 한낮에 방학책과 미술 그릴 것을 가지고 홍수네 집에 가서 방학책을 하고 그림을 그렸다. (1964.)

즐거운 여름

박경희 청리 3학년

7월 26일 목요일 맑음

여름은 참으로 즐거웁니다. 우리는 방학을 하였고, 매미들은 감나
무 위에서 노래를 부르고, 감나무는 좋아서 너울너울 춤추고, 제비들
은 너른 하늘에 비행기처럼 날아다니며 잠자리를 잡아먹고 그래서
잠자리는 제비를 보면 무서워서 달아납니다. 그리고 개미들은 떼를
지어서 이곳저곳을 다니며 겨울의 양식을 준비합니다. 참으로 즐거
운 여름입니다.

7월 27일 금요일 맑음

옥수수는 호박덩굴을 싫어합니다. 옥수수는 가만히 서 있는데 호박
덩굴이 옥수수의 몸을 탱탱 감고 못 견디게 합니다. 옥수수는 여러
팔을 들고 호박덩굴을 흔들었으나 호박덩굴은 꼼짝도 아니하고 더
옥수수의 몸을 탱탱 감습니다. 그래서 우리 집 옥수수는 하도 혼이
나서 옥수수가 작은가 봅니다.

7월 28일 토요일 맑음

숙제장을 사려고 청리 점빵(가게)으로 갔습니다. 청리는 사람들이 많
이 왔습니다. 점빵 아저씨께 돈을 주고 오 원짜리 숙제장을 달라고

했습니다. 점빵 아저씨께서는 반갑게 맞아 주시면서 공책을 주고 도화지 세 장을 주었습니다. 그것을 가지고 나오려니까 최청수가 너 곤충채집 하는 거 샀어? 하였습니다. 안 샀다고 하였습니다. 그리고 점빵을 나와서 시장으로 오니까 장삿군들이 좋은 옷을 많이 피어(펴) 놓고 한쪽에서는 어 싸구리여, 하고 또 한쪽에서는 자, 여기가 더 쌉니다, 하고 온 장을 떠들었습니다. 그러니까 사람들이 많이 몰려들었습니다. (1962.)

아기 보기와 일하기

권두임 공검 2학년

7월 23일 수요일 비

아침에 마리(마루) 걸레를 가지고 도랑에 가서 빨아 가지고 와서 마리
를 닦고 나서 공부를 좀 하고 있다가 아기가 우길레(울길래) 아기를 보
았습니다.

7월 24일 목요일 흐림

점심을 먹고 하동 감자밭에 풀을 뽑고 있단께(있으니까) 소내기가 막
와 가지고 연자네 집에 가서 있다가 비가 안 오길레 또 밭에 가서 풀
을 뽑고 있다가 저녁때가 되어서 나는 집에 왔습니다.

7월 25일 금요일 비

아침에 저 건네 서숙(조)밭을 매고 있다니까 소가 네 마리 우리 밭 있
는 데로 오고 소 뜯기로 온 아이들은 안 오고 나는 이상해서 자꾸 쳐
다보아도 안 오길레 이상하게 생각했습니다.

7월 26일 토요일 비

오늘 어머니가 석유 지름(기름)이 없다고 하면서 장턱지 집에 가서 지
름 좀 받아 가지고 오너라 하시길레 나는 석유 지름을 받으러 가니

까 지름이 없다고 해서 집에 왔습니다. (1958.)

일하기

권종진 대곡분교 3학년

7월 27일 일요일: 담배 달기

아버지와 팔기네 아버지가 달고, 새아재는 올려 주고, 나와 대현이는 다리 발에 올라서 새아재가 주는 담배발을, 나는 아버지를 주고 대현이는 팔기네 아버지를 주었습니다. 그러다가 한 50발쯤 올려 주고 담배발이 무거워서 담배발에 딸려 갈라고 하다가 널쪘습니다(떨어졌습니다). 그래서 무릎 밑에 심거무(명)가 들었습니다. 그래 가주고 나는 안 했습니다.

7월 28일 월요일: 황초 굴에 불 보기

아버지께서 종진이는 오늘 황초 굴에 불 여라고(넣으라고) 하시고 누나는 점심 해서 이고 오라고 해서, 내가 황초 굴에 불을 어예 보니껴 하니, 아버지가 탄 위로 한 구멍 불이 올라오거던 나두고(놔두고) 두 구무나(구멍이나)…… 올라오거던 탄으로 메꾸고 한 구무 나두면 된다고 하시고 담뱃순 치로 갔습니다. 나는 쪼매 있다가 가면 또 구무가 나서 새파란 불이 올라와서 탄으로 메꾸고, 쪼매 있다가 가면 또 그래서 또 메꾸고, 여러 번 그러니까 아버지가 와서 보시고 잘했다 하시며, 오후에도 보아라 하셨습니다. (1969.)

일기도 쓰고 방학책도 하고

이위직 대곡분교 3학년

8월 22일 목요일 맑음

아침을 먹고 어머니와 나와 밀을 씻었습니다. 나는 조리를 가지고 씻고 어머니는 바가치를 가지고 씻고 하였습니다. 아침부터 씻는데 더워서 목욕을 하고 밀을 씻었습니다.

8월 24일 토요일 맑음

담배를 엮었습니다. 나와 누나는 엮고 아버지와 어머니는 달고 했습니다. 나와 누나와 담배를 엮으니 아버지와 어머니가 다는 것보다 더 작았습니다.

8월 25일 일요일 맑음

아침을 먹고 한참 놀다가 동생하고 멀구(머루)를 따로 갔습니다. 아버지와 동생은 멀구를 따고 나는 땅에서 멀구를 다래기에 넣고 하였습니다.

8월 27일 화요일 맑음

아기를 업고 동생하고 같이 다래를 따로 갔습니다. 아기는 다래를 따 먹고 나와 동생은 다래를 땄습니다.

8월 30일 금요일 맑음

아침 해 먹을 양식이 없어서 옥수수를 먹었습니다. 나는 3개 먹고, 동생은 6개 먹고, 아버지는 2개, 어머니는 1개 먹고 하였습니다. 점심은 밥을 해 먹었습니다.

9월 1일 일요일 맑음

공부를 하였습니다. 내일 학교에 간다고 일기도 쓰고 방학책도 하고 하였습니다. 옷도 씻어 놓았습니다. (1968.)

밤에 쓴 일기

백석현 대곡분교 3학년

이 일기는 마구(모두) 다 밤에 쓰느라고 글씨가 좋지 못합니다.

7월 30일 목요일

나는 뒷산에 풀 베러 갔습니다. 지게를 놓고 풀을 베기 시작하였습니다. 오전에 넉 짐 지고 오후에 석 짐 져서 하루 종일 7짐 졌습니다. 7짐 지니 아버지가 고만 지고 쌀자(썰자) 해서 작두 보탕(바탕)을 갖다 놓고 아버지는 멕이시고(먹이시고) 나는 딛고 어머니는 끌어내고 풀을 다 썰으느라고 저물었습니다. 마당에 불을 써(켜) 놓고 저녁을 먹고 공부를 하다가 잤습니다.

* 멕이다: 먹이다. 작두 따위 연장에 썰 것을 대어 주는 것을 말한다.

7월 31일 금요일

아침 일찍 시장에 가서 아버지께서 시키신 무우씨와 배추씨를 사고, 어머니께서 시키신 성냥과 비누와 파리약 같은 것을 다 사고, 내 물건을 사고는 종철이와 빵 사 먹으로 가서 빵을 10원어치 사 먹고 집으로 올라오다가 맛재서 시간을 물으니 5시 30분이라 하길레 좀 오다가 목욕을 하고 올라오다가 저물까 바 선생님에게 뵈옵지 못하고 도골걸에 오니 저물어서 나는 무서워서 소리를 지르며 왔습니다.

* 이 아이의 집에서 시장까지의 거리는 40리다.

8월 1일 토요일

나와 아버지와 어머니와 집 앞에 감자 캐러 갔습니다. 감자가 하두 잘돼서 쪼매 캐니 한 가마니 되어서 나는 집에 져 올렸습니다. 한 가마니를 짐어 놓고 지고 일어설라 하니 참 무거워서 나는 감자 한 가마니가 왜 이렇게 무겁노 하고 힘을 내서 지고 일어섰습니다. 집에 져다 놓고 또 지로 갔습니다. 나는 하루 종일 져 내리기만 하고 아버지와 어머니는 캐기만 하고, 하루 종일 23가마니를 캤습니다.

8월 2일 일요일

나와 누나와 복현이와 보리쌀 지로 샛마에 갔습니다. 우리 위갓집(외갓집)에 작년에 쪄(쩧어) 놓았던 것이 한 가마니 있습니다. 그것을 셋이 다 갈라 지고 오는데 한실 가니 어둠살이 찌어(끼어) 골걸에 가니 저물었습니다. 우리 집 밑에 가니 아버지가 지게를 지고 마중을 내려오셨습니다. 나와 복현이는 아버지 지게에 짐우고 우리는 빈 걸로 올라가 저녁을 먹고 방학 공부를 해 놓고 잤습니다.

8월 3일 월요일

아버지와 나와 어머니와 누나와 감자 캐러 집 앞 밭에 가서 캐기 시작했습니다. 아버지가 한 포기 캐 보더니 아, 여기 감자는 참 잘됐다 하시며 우리보고 빨리 캐라 했습니다. 그래 내가 아버지가 오늘은 감자가 잘돼 놓니까 기분이 좋아서 성을 안 내고 머라 하지도(꾸중하지도) 안 하신다 하니 모두 웃었습니다. 하루 종일 캐서 가마니에 넣으니 18가마니였습니다.

8월 4일 화요일

나하고 아버지하고 어머니하고 복현이하고 집 옆에 감자 캐러 갔습니다. 가서 나는 져 나르고 다른 사람들은 캤습니다. 내가 올해 감자는 내 혼자 다 져 디렸다(들였다) 하니 아버지께서 오늘만 캐면 다 캐겠지 하십니다. 나도 오늘만 져 나르면 다 져 나르지 하니 아버지께서 올해 감자 50가마니는 석현이 혼자 다 져 날랐다 하셨습니다. 다 캐느라고 저물었습니다.

8월 5일 수요일

내가 자다니 누나가 일찍 일어나서 나를 보고 오늘 밤에 비가 많이 와서 후래기가 났을다(났겠다) 빨리 후래기 따러 가자 해서 나는 다래끼를 찾아 들고 누나를 따라가다니 참 무순(무서운, 깊은) 산에 내려갑니다. 거게 가니 후래기가 누렇게 나 있었습니다. 이 등 저 등 다니며 한 다래끼를 따 가지고 집에 와서 아침을 먹고 소주를 한 병 가지고 내 한문 배우던 선생님에게 놀러 갔습니다.

* 후래기: 버섯의 일종. 참나무에서 남.

8월 6일 목요일

나와 아버지와 복현이와 감자 우리를 헛간에다가 만들었습니다. 밖에서는 소나기가 내리고 우뢰가 소리를 치고 번개가 번쩍거리고 해서 참 무서웠습니다. 뒷담이 무너져 부엌에 물이 들어왔습니다. 그래서 우리는 뒷도랑을 쳐 놓고 방에 모여 앉아서 개락할까 바 걱정을 했습니다.

＊ 개락할까 바: 물에 잠겨 걷잡지 못할까 봐.

8월 7일 금요일

우리 식구가 모두 다 처마 밑에 있는 감자를 굵은 것만 주어서(주워서) 우리에 갖다 부었습니다. 하루 종일 감자를 다 주었습니다(주웠습니다).

8월 8일 토요일

나는 풀 베러 복현이와 같이 갔습니다. 솔골 등기에 가서 솔골 동네를 한참 내려다보고 놀다가 내가 복현아, 이젠 그만 놀고 풀을 베야 한다 하며 내가 먼저 일어서 베니 복현이도 따라서 벴습니다. 오전에 3짐 베고 오후에 2짐 베고 해서 둘이서 10짐을 벴습니다. 또 쌀기(쎌기) 시작하여 복현이는 푸작두를 딛고 어머니는 풀을 멕이시고 나는 풀을 끌어내고 해서 아무리 빨리 쌀아도 저물었습니다.

8월 9일 일요일

나와 복현이와 어머니와 아버지와 누나와 뒷밭으로 갔습니다. 나는 소부쟁기를 대고 복현이는 앞에서 소부쟁기(극쟁이)를 땡기고(당기고)

다른 사람들은 서숙(조) 누었는 것을 일구고 해서 하루 종일 조밭 돌 갈이를 다 했습니다. 내일은 콩밭 돌갈이를 한다고 하였습니다.

* 극쟁이: 땅을 가는 데 쓰는 농기구.
* 돌갈이: 쟁기로 골을 타서 풀을 매고 흙을 북돋우어 주는 것.

8월 10일 월요일

나와 아버지와 어머니와 집 앞 밭에 가서 나는 앞에서 소부쟁기를 땡기고 아버지는 뒤에서 소부쟁기를 댔습니다. 오전까지 하고 집에 와서 점심을 먹고 또 나가서 어둘 때까지 하고 집에 와서 저녁을 먹 었습니다. (1970.)

3부

가을

꿀밤 줍기

·1장· **벼가 누렇게 익은 들에서**

풋굿
―샛마

우리 마을은 어제 풋굿을 먹는데 이웃 사람들이 음식을 내고 우리
도 내었습니다. 그래서 나와 경자와 청자와 미자하고 올라가니 국시
를 주는 걸 먹고 내려와서 목욕을 하고 한참 놀다가 보니 징물(징) 뚜
드리는 소리가 나서 와 보니 참 재미있게 놀고 있습니다. 그래서 우
리가 한참 구경하고 있으니까 또 다른 데로 가서 뚜드립니다. 우리가
또 따라가 보았습니다. 거기도 한참 놀다가 방깐(방앗간)에 가서 뚜드
리는 걸 보고 왔습니다. (1969. 9. 5.)

* 풋굿: 여름의 밭매기를 마치고 마을 사람들이 모여 음식을 나눠 먹으면서 즐기는 일. 양력 8
월 하순에서 9월 초순 사이에 있음. 풀굿→풋굿.
* 샛마: 뒤에 나오는 한실, 바드레, 고도말과 함께 경북 안동군 임동면 대곡동에 있는 마을 이름
이다.

풋굿
─샛마

남경자 대곡분교 3학년

어제 우리 마을에는 풋굿 먹었습니다. 감주하고 맨밴하고 술하고 치
짐도 하고 국수도 하였습니다. 학교 갔다 돌아오니 떡도 다 먹고 감
주도 다 먹고 감자하고 술하고 찌짐하고 가지였습니다(뿐이었습니다).
사람들은 북 치고 징 치고 위희 방깐에 가서, 지신아 지신아 눌리세,
호박 지신아 눌리세, 하면서 뚜둘고 놉니다. (1969. 9. 5.)

풋굿
— 한실

김순희 대곡분교 3학년

우리 마을에는 내일 풋굿 먹는다. 어머니, 우리는 머 하노? 하니 술
하고 안주하고 한다고 하신다. 내 마음속으로 작년같이 옥수수, 감자
떡, 감주, 국수, 그런 것 먹겠다 생각했다. (1969. 9. 5.)

풋굿
―바드레

우리 마을에는 보름에 풋굿을 먹었습니다. 동네에서 집집마다 술이
나 감주나 떡이나 해서 가지고 왔습니다. 어른들은 뚜들고 놀았습니
다. 나는 꽹미(꽹과리) 하나 꺼내고 기해는 저 집에 술 남았는 걸 한 되
가 와서 저 혼자 먹었습니다. 그래서 기해가 술이 취해서 내 있는데
야, 이 새끼야 싸울래 하고 기만이한테도 싸우자 하다가 동산으로 올
라가서 징을 가지고 와서 어른들같이 뚜드리고 노래합니다. 그래서
기만이가 노자 왜 하고 놀다가 어른들이 올라와서, 너 밤 한 개꿈(한
개씩) 주까 합니다. 달라고 하니 주먹을 쥐고 우리 머리를 한 번씩 때
리며 쌔하재(아프지) 하며 놀립니다. (1969. 9. 5.)

풋굿

-고도말

김낙기 대곡분교 3학년

작년에 풋굿 먹은 것이 생각납니다. 어른들이 모여서 길을 닦다가 집
에 들어가서 술, 지짐, 여러 가지를 먹고 놀다가 나서 또 길을 닦다가
집에 와서 먹고, 다 닦았으면 아무 마당에서나 모여서 징과 장구와
여러 가지를 쳤습니다. (1969. 9. 5.)

담배

문경찬 대곡분교 3학년

아침을 먹고 누나하고 나하고 춘자하고 어머니하고 담배를 뜯으로
갔습니다. 담배밭에 갔습니다. 우리가 뜯어 놓으면 형님은 져다 나르
고, 형님이 져다 놓으면 집에서 새아지매하고 맹희하고 엮었습니다.
우리는 뜯어 놓기만 하면 형님은 져다 나르고 해서 나는 재미있었습
니다. 그래 자꾸 뜯었습니다. 누나도 자꾸 뜯고, 어머니도 정신없이
뜯고, 춘자는 느림보같이 뜯고 했습니다. 그러다가 인지는 나는 뜯기
가 싫어서 안아 내고, 내가 안아 내놓으면 형님은 져다 나르고 했습
니다. 그래 점심때가 되어서 달고 따 달았습니다. (1968. 9. 7.)

담배 빼기

심필련 대곡분교 3학년

우리는 어제 담배를 뺐습니다. 담배를 빼는데 우리 아저씨, 어머니, 언니와 나와 담배를 뺐습니다. 나는 한참 빼다가 빼기가 싫어서 담배를 쟁이고 있다가 다 쟁워 놓고 또 뺐습니다. 조금 빼다가 언니가 노래를 부르니, 어머니가 있다가 옛날 노래를 불렀습니다. 내가 있다가 "엄마, 옛날 노래는 그러느냐?" 하니 그렇다고 하였습니다. 담배가 매발 보니, 노랗게 색이 아주 잘 났습니다. 하도 껌은 점 하나 없고 해서 어머니가 이거는 따로 내놓는다고 하였습니다. 그러다가 담배를 다 빼놓고 아저씨는 담배를 재우고 나는 담배를 갖다 나르고 하였습니다. 그러다가 담배 일을 끝마쳤습니다. (1968. 9. 7.)

담배 빼기

김순희 대곡분교 2학년

우리는 담배를 우리 굴에 한 굴, 언니네 굴에 한 굴, 두 굴 쪘습니다. 아래 불을 두 군데다 넣었습니다. 아래(저번 날) 비 올 때 문을 열어 나 (놔) 가지고 너무 녹았습니다. 그래 가지고 건네 것부터 담배를 뺐습니다. 큰오빠는 서울 놀로 가고, 작은오빠와 언니는 서울 공장에 갔습니다. 공장에서, 지금은 집에 가도 된다 해서 오빠가 담배 조리 한다고 데루(데려) 왔습니다. 서울 갔는 언니는 거기가 좋아 가지고 안 올라고 하였습니다. 우리는 온 식구가 모여서 점심을 먹으며, 오늘 담배 조리를 다 못 한다고 하였습니다. 내일 다 하고 모레(모레) 사람을 해 가지고 담배를 하겠다고 하였습니다. 일요일 날 한다고 하였습니다. 오빠가 치는데, 순자가 20발, 어머니가 40발 엮는다고 하였습니다. 그리고 우리는 뜯고 집에서 엮어라고 하였습니다. (1968. 9. 7.)

담배 띠기

김경화 대곡분교 3학년

우리는 오늘 불을 땠습니다. 색은 그대로 났는데, 껌초와 청초가 있습니다. 어떤 것은 노랗고 어떤 것은 빨갛습니다. 그래서 아버지가 걱정을 하십니다. 어머니가 아버지한테, "무슨 걱정을 하시니꺼?" 하고 말하자, 아버지는 "걱정이 되지, 안 돼?" 하셨습니다.

"쓸 일은 자꾸 나서지, 담배 빛도 안 나고 해서 속상한다"고 하였습니다. 나는 "무슨 일이 있어요?" 하니 "가을에는 네 언니도 치워야지, 또 너 오빠도 고등 가지" 하였습니다.

아버지는 힘없이 다니십니다.

"불은 그꾸(그렇게) 넣어도 생줄기가 되나?" 하셨습니다. 우리는 앞으로 담배를 한 굴 더 해야 됩니다. 담배는 언니가 딴 집에 다니면서 품팔이를 해서 사람을 많이 합니다. (1968. 9. 7.)

* 담배 띠기: 담배 빼기.

담배 조리

나는 어제 담배 조리를 하고 나니 손이 검었습니다. 또 손을 씻고 보니 담배 냄새가 났습니다. 엄마 손에는 냄새가 더 많이 났습니다. 나는 엄마한테 냄새가 왜 이렇게 나노 물어보았습니다. 엄마는 담배 조리를 또 했습니다. 방에 가서 시계를 보니 9시였습니다. 나는 그만 잤습니다. 하늘에는 별이 반짝반짝 놓여 있었습니다. 별이 예쁘게 보이는 것도 있었습니다. (1978. 9. 16.)

* 담배 조리: 찐 담뱃잎을 색깔에 따라 나누고 한 춤씩 모아 꼭지를 묶는 일.

239

담배 조리

김원숙 길산 5학년

나는 어제 담배 조리를 거들었다. 색도 골리고(가리고) 꼭지를 감기도
하였다. 색을 골리니 외아재(외삼촌)께서 우리 숙이가 잘한다고 칭찬
하셨다. 나는 기뻐서 색을 골리는 일에 정성을 들였다.

낮에는 색을 골리고 밤으로는 꼭지를 감는다. 저녁을 먹고 나서 공부
를 하다가 꼭지를 감았다. 1등 초(1등 담배)부터 감아서 나가기로 하였다.
꼭지를 감는데도 외아재가 칭찬하셨다. 외아재는 나를 보고 꼭지를
조금 적게 감아라 하셨다. 나는 적게 감았다.

내가 감았는 담배는 조금 험하지만 잘 감겨 있었다. 1등 초를 다 묶
고 2등 초를 많이 묶었을 때 외아재가 먹을 것 없느냐고 물으셨다.
나는 후라시를 들고 밖으로 나갔다. 불을 켜서 들고 어머니 있는 데
가서 뽀빠이를 얻어 옷자락에 싸 와서 외아재께 드리고 나도 먹었다.

(1977. 9.)

나락 타작

박선용 청리 3학년

어제 식전에 나하고 누나, 어머니, 아버지하고 나락(벼) 타작을 하는
데 아버지는 타작하고 어머니는 짚단 묶고 누나는 나락 가리고 나는
나락 집어 주고 해서 빨리하다가 나락 짚이 기계에 강키서(감겨서) 다
시 그것을 빼서 하였다. 그런데 막 빨리 아버지가 타작을 하니 어머
니가 막 못 따라 묶는다. 그래 어저가이(어지간히) 다 해 갈 때 희복이
네 큰집 일군(일꾼)이 우리 집에 기계 저로(지러) 왔다. 그래 아버지가
일군한테 "너들도 타작할라고?" 하니, "예" 한다. 그래 어머니가 "너
들 나락 들에 꺼 빘나(베었나)?" 하니 또 "예" 한다. 그래 어머니가 "우
리는 산골에 것 빘는데" 하고, 어머니가 아버지한테 빨리 타작하고
기계 주(주어) 한다. 빨리하고 아버지가 일군에게 기계를 잘 짊어 주
고 깔꾸리로 잡뿍띠기(짚북데기)를 다 끌어내고 나락을 끌어모아서 풍
구로 부쳤다. (1963. 9. 30.)

나락 타작

임순천 청리 3학년

어제 아침에 나락(벼) 타작을 할라고 기계를 마당에 내놓았다. 내놓아 가지고 기계에 보니 거미줄이 많이 걸려 있다. 그것을 아버지와 어머니가 비로 쓸어 낸다. 다 쓸고 나락 타작 할 때 나락이 뛰어나갈까 바 서까래 세 개를 놓고 또 그 새(사이)에 지게 작대기를 두 개 놓았다. 위에는 새끼로 맸다. 또 아버지가 서까래 놓은 그 사이는 새끼로 매 얽어서, 또 그다음에는 자리를 두 개 기대어 놓고 그 위에는 비 올 때 입는 고무 오바를 하나 놓았다. 인제 타작을 한다. 내가 나락을 조금씩 갈라서 어머니한테 주마 어머니는 기계를 밟으면서 나락을 기계에 대면은 자리에 받티리서(부딪혀서) 나락이 타닥타닥한다. 아버지는 또 그 옆에 물통을 고치고 아지매는 정지(부엌)에서 빨래를 삶고 그래 먼저 하기를 했다. 나하고 어머니하고 반도 안 해서 아버지는 물통을 다 고쳤었고, 조금 있다니 아지매도 빨래를 다 삶고, 나하고 어머니하고 나락 열세 단 하는데 그만 꼬배이(꼴찌) 갔다. (1963. 9. 30.)

콩 타작

김용구 청리 3학년

콩 타작을 하기 시작한다. 지름(기름)을 쳐고(치고) 밟아 보고 한다. 나는 콩을 가리고 내 동생은 내가 콩을 갈라 놓마(놓으면) 집어 준다. 막 밟고 콩을 대마 닥닥닥 하며 콩알이 벌려져 까진다. 콩알에 맞으마 아프다. 기계 밑에 콩깍지가 채이서 기계가 잘 안 돌아간다. 그래 내 동생이 갈퀴로 끌어내다가 눈이 콩에 받트려(받혀, 부딪혀) 운다. 손으로 눈을 비빈다. 비비니 눈알이 발개지더니 눈물이 난다. 기계 소리는 언제나 오랑타작 오랑타작 한다. 반쯤 해서 쉴 때가 되어서 쉰다. 두째 동생이 이웃집 아이하고 기계를 밟는다. 벌로(아무렇게나) 밟다가 하나가 받트려서 운다. 우리 어머니가 쫓아가서 보니 입에 피가 난다. 입이 발갛다. 닦아 주었다. 닦아 주고 저 집에 가라고 고구마를 두 개 들리고 가라 카니 울미(울면서) 간다. 내 두째 동생이 콩이 오복한 데 가다가 자빠져 고구마가 넙적해졌다(넓적해졌다). 고구마에 티끌이 묻었다. 티 내고 주니 정지(부엌)로 걸어온다. 걸어와서 젖을 먹는다. 먹고 데리고 놀러갔다. (1963. 9. 29.)

콩 타작

김순옥 청리 3학년

어제 아침부터 점심때까지 콩 타작을 하는데 나는 하다가 안 할라고 우리 나무 있는 데 숨었다가 우리 변소 있는 데 숨었다가 할머니가 와서 나는 콩 타작 안 할라고 숨었다고 그카까 봐(그럴까 봐, 그렇게 말할까 봐) 정지에 가서 어머니 밥하는 데 불을 때 주고 나서 국자로 장을 떠 놓고 장물도 상에 놓았다. 놓고 가만히 가만히 박근옥이네 집에 가서 고무줄을 하고 놀았다. (1963. 10. 21.)

꼴

김선모 대곡분교 2학년

나는 남모한테 꼴 비는(베는) 걸 배와서 점점 더 잘 비기가 되었습니다. 식캐덤불(환삼덩굴)은 내가 많이 비 봤기 때문에 식캐덤불이 있다면 싹 깎아 부니(버리니), 그래서 내가 점점 더 잘 비게 되어서 남모 맨 꼴 반 자닥 빌 동안에 나는 한 자닥 빕니다. 그래서 놀다가 엎어져서 다리를 다쳤습니다. (1969. 10.)

* 자닥: '아름'이 두 팔로 껴안은 둘레의 길이나 물건의 양이라면, '자닥'은 한 팔로 껴안은 것이다.

설거지

심필련 대곡분교 3학년

나는 어제 저녁을 먹고 새형님과 설거지를 하였습니다. 나는 솥을 씻어 놓고 새형님은 그릇을 씻고 나는 그릇을 가세(가셔, 씻어) 놓고 또 단지를 씻고 자불 단지도 씻고 장 단지도 씻고 고추가리 단지도 씻고 하였습니다. 한참 씻다가 보니 또 솥에 밥 찌끄래기가 있어서 그래서 내가 또 솥을 씻었습니다. 그래서 다 씻어 놓고 또 솥 가를 씻고 솥뚜껑을 씻고 부뚜막을 쓸고 정지(부엌) 바닥을 쓸고 하였습니다. 다 쓸어 놓고 나서 반(밥상)을 닦지 않은 생각이 나서 반을 내라 가지고 닦고 또 얹어 놓았습니다. 그래서 나무도 들라 놓고 하였습니다. 그러다가 설거지를 다 했습니다. (1968. 9.)

밥 짓기

성숙희 대곡분교 2학년

나는 어제 학교 갔다 집에 와서 설거지를 하고 놀다가 아버지하고
어머니하고 담배를 빼는 데 가니 어머니가 저녁을 하라고 하셨습니
다. 나는 그래서 저녁을 하였습니다. 하다가 어머니가 와서 빨리 저
녁 해라 합니다. 나는 불을 넣고 나서 놀다가 보니 밥이 하마(벌써) 다
퍼져서 나는 감자를 긁고 감자가 굵은 것은 칼을 가지고 싸려(썰어)
가지고 밥에 앉혔습니다. (1968. 9. 27.)

밥 짓기

유인숙 길산 4학년

요사이는 한참 바빠서 점심때 어머니께서는 저녁밥을 해라고 하셨다. 해가 산 너머로 넘어가자 쌀을 내어 씻었다. 밑에는 보리쌀을 깔고 위에는 쌀을 앉혔다. 솥에 물을 알맞게 붓고 불을 넣었다. 조금 있으니 밥이 김이 났다. 한 부엌(아궁이) 넣고 소드배(솥뚜껑)를 열어 보니 물이 없어졌다. 정지를 쓸고 그릇을 씻고 가세어 놓고 소드배를 닦았다. 그리고 판(반, 밥상)을 닦았다. 숟가락을 놓고 김치와 간장을 차려 놓고 밥을 푸니 어머니께서 오셨다. 어머니께서는 놔두고 방에 가서 판이나 받아라 하고 내가 푸던 주개(주걱)를 가지고 푸셨다. 아버지께서 밥상 앞에서 이젠 우리 인숙이도 제법 밥을 잘하는데, 하고 칭찬하셨다. 우리들은 밥을 먹기 시작하였다. (1977. 10.)

차 놀이와 대추 따 먹기

김옥동 대곡분교 2학년

나는 어제 오섭이네 담배밭에 찻길 닦고 집도 만들라고 웅디(웅덩이)를 파 놓고, 찻길 닦아 났는 데 신 가지고 차를 만들어서 흙을 차에 실겨(실어) 가지고 트렁, 하고 찻길 따라 왔다 갔다 했습니다.

한창 하다니 하식이네 어머니가 터구머 술 갖다 조라 하였습니다. 그래서 하식이는 갖다 주러 갑니다. 그래서 나도 따라갔습니다. 터구머 가다가 유리를 주웠습니다. 하식이네 담배밭에 다 가서, 또 신 가지고 차 만들었습니다.

조금 하다가 안 하고, 우리 밭에 가서 대추나무에 올라가서 대추를 따 먹었습니다. 쪼매 따 먹으니 배가 불러서, 하식아 온나(오너라), 하고 불렀습니다. 하식이가 우리 당파(쪽파)밭으로 올라옵니다. 아랫길로 가라 하니 오냐 그면서 길로 갑니다. 내가 대추나무를 흔들고 내려왔습니다. 그래 하식이 대추 주운 것을 달라 하니 줍니다. 그래 하식이 좀 주고 내가 다 먹었습니다. (1969. 10. 4.)

칠기로 책보 꿰어 가기

김종철 대곡분교 2학년

나는 아래(저번 날) 학교에서 책보를 싸 가지고 올라갈 때 칠기(칡) 이
파리를 가지고 모자를 만들었습니다. 만들다가 칠기가 굵은 게 썩어
서 떨어질라 하였습니다. 그래서 나와 갑술이와 잡아땡겼습니다. 그
래서 거기다 책보를 다 끼워 가지고 여럿이 미고(메고) 갔습니다. 가
다 보니 다람쥐가 나왔습니다. 그래서 종순이가 칠기를 놓고 뛰어갔
습니다. 갑술이도 용균이도 나도 뛰어갔습니다. 책보를 풀어 가지고
뛰어가니, 다람쥐는 나무로 올라갔습니다. 그래서 우리는 칠기를 놔
두고 올라갔습니다. (1969. 10.)

참새

김용구 청리 3학년

저녁때가 다 왔습니다. 참새가 자기 집을 찾아댕깁니다. 저 집이 보
이면 날아서 저 집 앞에 앉아서 쩍쩍쩍 합니다.

밤이 되면 참새들이 달 밑에 앉아 이야기합니다. 하다가 새끼들을 날
개에 감추어 잠이 듭니다. 들마(들면) 달이 새집 밑에 환하게 비춥니다.
어미는 일찍 일어나 벌레들을 잡으러 가마 새끼 참새는 직직 하며
한 마리가 깨면 다 따라 깨서 어미가 오기를 기다립니다. 어미는 산
을 넘어 벼가 누렇게 익은 들에서 동무와 같이 이야기하며 있다가
사람 소리가 나면 내빼서 날아서 아기들이 어디 갔는지 하며 집으로
갑니다. 아기 참새들은 입을 벌립니다. 차례로 벌레를 잡아 줍니다.

(1963. 9.)

· 2장 · 꿀밤 줍기

운동회

남경자 대곡분교 2학년

나는 갤(제일) 처음에 학교에 가 보니 태극기와 만국기가 달려 있어서 내 마음에 저렇게 높은 데 누가 저 태극기를 어애(어찌) 달았을까? 하고 생각했습니다. 나는 달리기가 꼬바리(꼴찌) 가서 걱정입니다. 산수 달리기는 3등을 갔습니다. 나는 언제든지 꼬바리 갑니다. 나는 사무(사뭇) 걸음은 억디입니다. 걸음 걷기라 하면 나는 못 뜁니다. 나는 3등 가서 공책 하나배께(하나밖에) 못 탔습니다. (1968. 10.)

산

김민한 대곡분교 2학년

돌미(돌맹이)는 산에서 추워서 울고 있습니다. 소나무도 산에서 추워서 벌벌 떨고 있습니다. 소나무는 바람이 부니까 싫다고 떠드는 소리가 왕왕 하고 들립니다. 돌미하고 소나무하고 친한 친구가 되어서 이야기를 하며 벌벌 떠는 것 같습니다. (1968. 10. 9.)

담배 그리 져 나르기

이성윤 대곡분교 3학년

아침 먹고, 두둘개 있는 담배 그리(그루터기)를 져 날랐습니다. 아침에
바람이 많이 불어서 두 번이나 구부래졌습니다. 얼마나 성이 나는지
담배 그리를 져 나르고 싶지 않았습니다. 그래서 다 풀어 놓고, 다시
차근차근 잘 징가(짊어) 놓고 집까지 가는데 땀이 빡빡 납니다. 그중
에사 아버지가 나오면서 "니 안 춥나?" 하십니다. 나는 아무 말도 안
하고 마당 가에 징가(괴어) 놓고 방으로 들어갔습니다. (1969. 10. 9.)

땅콩 캐기

김후남 대곡분교 3학년

저녁때 땅콩을 캤습니다. 나와 어머니와 아버지와 캤습니다. 나는 세 골 캐고, 아버지는 다섯 골 캐고, 어머니는 네 골 캐고 하였습니다. 땅콩을 캐다가 "어머니요, 땅콩이 왜 이래 열었니껴?" 하니, "질땅(진흙땅)이래 가지고 잘 안 열었다" 합니다. 그래서 내가 어머니한테 "내년에는 모래땅에 갈래요" 하니 "오냐" 합니다. (1969. 10. 9.)

고구마 캐기와 조 이삭 따기

이용국 대곡분교 3학년

나는 어제 어머니와 동생과 집식골에 고구마 캐로 갔습니다. 고구마를 캐 담아 놓고, 또 조를 따서 자루에 옇고(넣고), 그리고 어머니는 용필이를 업고 조를 이고, 나는 고구마를 지고 집으로 왔습니다. (1969. 10.)

고구마 캐기

권상출 대곡분교 3학년

아침을 먹고 누나와 갈번대기에 고구마 캐로 가는데, 나는 괭이와 호미를 가지고 가고, 누나는 대래끼를 가지고 갔습니다. 고구마밭에 올라가 보니, 미리 심은 것은 줄이 많이 벋어 나갔고 나중 심은 것은 줄이 조매(조금) 벋어 나갔습니다. 그래서 누나가 미리 심은 것 캐자 하여, 한 반 골 캐니, 어떤 것은 하나도 안 달랬습니다(달렸습니다). 그래서 누나가 내중 심은 것 캐 보자 하며 한 포기 캐니 굵단한 게 벌구수름한 게 나와서, 내가 "야, 그게 참 굵다" 했습니다. 그래서 누나가 인지(이제) 열 포기만 캐고 집에 가자 해서 내가 열 포기 캐니 미리 심은 것 반 골보다도 많았습니다. 그래서 나는 고구마 대래끼를 미고(메고), 누나는 고구마 줄 안고 호미와 괭이를 가지고 집으로 내려왔습니다.

(1969. 10. 9.)

고구마 줄기 나르기

김용환 대곡분교 3학년

점심을 먹고, 아버지와 어머니와 대환이와 고구마를 캐러 갔습니다. 아버지가 고구마를 캐다가 줬습니다. 그래서 낫을 가지고 내가 고구마 줄거리를 끊어 가지고 지게에 진갔습니다(짊었습니다). 진가 놓고 또 빘습니다(벴습니다). 다섯 자닥 비 가주고 진가 가주고 지게꼬리를 매 가주고 지고 내려오다가 덕한네 고구마밭 있는 데서 꼴미때렸습니다. 그래서 일받아(일으켜) 가주고 또 지고 내려왔습니다. 집 있는 데다 와 가주고 돌에 받혀서 넘어졌습니다. 그래서 일라(일어나) 보니 볼태기에 끌챘습니다(긁혔습니다). 그래서 집에 와서 앉아 있으니, 아버지가 고구마를 지고 내려왔습니다. "니 왜 지게 저 나두고 왔노?" 하였습니다. "돌에 받혀서 너머져(넘어져) 가주고 볼태기에 끌채 가주고 그래요" 하니 곱게 오지, 하였습니다. (1969. 10. 3.)

* 자닥: '아름'이 두 팔로 껴안은 둘레의 길이나 물건의 양이라면, '자닥'은 한 팔로 껴안은 것이다.
* 지게꼬리: 지게에 짐을 얹고 잡아매는 줄.
* 진갔습니다: 짐을 묶어서 지게에 얹었습니다. 징갔습니다. 짐갔습니다.
* 꼴미때렸습니다: '메어쳤습니다'가 표준말로, '꼴미쳤습니다' '처박았습니다' 따위로 쓴다.

난두 따기와 버루둑 털기

김순희 대곡분교 3학년

나와 새형님과 어머니와 천산박골로 갔습니다. 나와 새형님은 버루
둑(보리수 열매) 털고, 어머니는 난두(산초) 땄습니다. 새형님과 나는 낫
으로 버루둑을 비(베) 가지고, 보자기를 펴 놓고 깨 떨듯이 홀치리로
털었습니다. 어머니는 옆에서 난두를 땄습니다.

버루둑을 털었는 게 반 대래끼 안 됐습니다. 어머니는 혼자 난두를
땄는데 반 대래끼였습니다. 털어 놨는 것 지(주워) 먹으니 달삭한 것
도 있고 씨구런(신) 것도 있었습니다. 나는 한 줌 지(주워) 먹고는 집으
로 왔습니다. (1969. 10. 3.)

꿀밤 줍기

김숙자 대곡분교 2학년

어제 아침을 먹고 나하고 어머니하고 방꼴에 꿀밤(도토리) 주로 갔습니다. 고구마 쌂은 것을 가지고 갔습니다. 가서 주으니(주우니) 꿀밤이 많이 없었습니다. 그래서 온 사방에 다니깨네 있습니다. 산에는 노루 발자구가 많이 있고, 또 뭔 발자구가 많이 있습니다. 나는 노래를 부르면서 주웠습니다. 어머니는 돌비(돌)를 쥐고 나무를 울려 가면서 주웠습니다. 그래도 어머니가 내보다 더 많이 주습니다(줍습니다). 나는 쪼매는(쪼그만) 대래끼고, 어머니는 크다는(커다란) 대래끼입니다. 나는 반 대래끼고, 어머니는 내보다 더 많습니다. 그래 자루에 비워 놓으니 반 자루입니다. 그래 또 많이 주(주워) 가주고 빈 자루에 비우니 또 반 자루입니다. 그래 또 주 가주고 비우니 한 자루에는 한거가(한가득이) 되었습니다. 한 자루 채워 놓고, 또 대래끼에 있는 거만 해도 우에 놔돗는(놔둔) 것에 한거 되는데, 어머니가 우에 있는 자루 가질러 가서 내하고 또 한 치마 주웠습니다. 그래 가주고 내가 자루를 이고 산으로 내려오다가 엎어져서 자루를 탁 놔 부래(버려) 가지고 자루가 터져 가주고 산에 많이 흘러서 어머니 치마에 쓸어 담았습니다. 그래 칠기(칡)를 가지고 붙들어 매 가지고 이고 내려와서, 고구마 가지고 왔는 거 먹었습니다. 그래 또 내가 어머니 대래끼를 보니 어머니 신이 한 짝이 없어서 찾으로 댕겼습니다. 찾아도 없어서 안 찾고 자루를 이고 아제(아제)네 고추밭까지 내려오는데 어머니는 한 자루 하고 쪼매는 대래끼에 반 대래끼입니다. 내려와 가주고 또 어머니가 신을 찾아 가지고 내려왔습니다. (1969. 10. 4.)

꿀밤 따기

한동순 대곡분교 2학년

어제 어머니와 기자와 기식이와 기식이네 어머니와 그래 넷이 갔습니다. 꿀밤(도토리)이 많이 떨어졌습니다. 기자네 어머니는 기식이 때문에 못 주었습니다(주웠습니다). 나는 줏다가 쏟았습니다. 나는 치마에 줏고, 어머니는 대래끼 가(가지고) 줏고, 기자도 대래끼 가 줏고, 기자 어머니도 대래끼로 주웠습니다. 작은 가름재에서 줏다가 큰 가름재로 가서 줏고 집으로 왔습니다. 그래 어머니가 이고 오다가 무거워서, 아버지가 가두둘 담배 끄리(그루터기) 뽑는 것을 불렀습니다. 그래 아버지는 지게에 지고 옵니다. 집에 오니 배가 고팠습니다. 점심을 먹고 꿀밤을 되로 됐습니다(쟀습니다). 우리는 19되 주었습니다. 기자네는 20되 주었습니다. 그래 우리는 꿀밤을 솥에 부으니 한 솥입니다. 어머니가 나보고 불을 여라고(넣으라고) 하였습니다. (1969. 10.)

기장 비기

김웅환 대곡분교 3학년

나는 아침을 먹고, 아버지와 어머니와 대환이와 명다리 기장을 비로
(베러) 갔습니다. 내가 기장을 비다가 손을 끊어서, 아이 아파라 하고
종이를 내 가주고 대환아, 좀 빴다 하니, 아버지가 손 끊었나? 하였습
니다. 예, 하니, 곱게 비지, 하였습니다. 그래서 내가 안 비요, 하니, 안
비면 칠기(칡) 끊어 온나, 하였습니다.

낫을 들고 칠기를 끊으로 갔습니다. 가다가 뱀 한 마리가 내 옆으로
지나갑니다. 아이구 겁나라, 하고 올라갔습니다. 올라가니 칠기가 없
었습니다. 그 우에 올라가니 있었습니다. 그래서 칠기를 걷었습니다,
걷다니 토끼 한 마리가 후덕덕, 하고 올라갑니다. 요놈의 토끼 잡자,
하니 흔적도 없습니다.

칠기를 열다섯 파람 끊어 가지고 오다가 벌이(벌)집을 만났습니다. 요
놈의 벌집 짜들어 부까, 하면서 내려왔습니다. 내려오니 기장을 많이
비 놨습니다. 칠기를 땅에 놔 놓고 기장을 놔 가주고 묶었습니다. 묶
어 놓고 지게에 징가(짊어) 가주고 지고 내려왔습니다. (1969. 10. 9.)

* 짜들어 부까: 쏟아 버릴까. 막 부숴 버릴까. 때려 부숴 버릴까.

서숙 비기

이상숙 길산 5학년

어제는 우리 집 식구가 서숙(조)을 비로(베러) 갔다. 할아버지는 저쪽 끄트머리에서 비시고, 아버지, 언니, 나는 이쪽 끄트머리에서 벴다. 어머니는 서숙 옆에 심어 놓은 콩을 뽑으셨다. 언니하고 나는 서숙을 한 번도 비 본 적이 없기 때문에 아버지만큼 따라가지 못했다.

한참 비다가 서숙 이삭을 깐총하게(가지런하게) 놓는데 낫에 비었다. 팔이 비이니 더 아팠다. 나는 한참 서가(서서) 팔에 묻은 피를 닦아 내었다.

나는 옷에 묻거나 말거나 옷을 덮어 놓고 서숙을 비었다. 서숙은 나보다 키가 더 컸다.

나는 비기가 싫었다. 언니도 비기를 싫어했다. 한 논을 다 비고 위의 논에 갔다.

또 반 골 비다가 손가락을 비었다. 어머니가 보시더니 집에 가라고 하셨다. 나는 좋다 하고 집으로 내려왔다. (1977. 10.)

수꾸 저 들여놓기

나는 어제 해가 빠질라 글(할) 때 수꾸(수수)를 저(져) 들랐습니다. 나는 수꾸를 저 들롯타가(들여놓다가) 소 때문에 빨리 그랠 수가 없었습니다. 그래서 천천히 저 들었습니다. 저 들롯타가 어깨가 아파서, 쉬면 못 일어서고 해서 빨리 못 지고 가서 천천히 저다 놓았습니다. (1968. 10. 19.)

벼 드베기

김종찬 길산 4학년

나는 어제 일요일 날 오후에 논에 가서 벼를 드베었다(뒤집었다). 드베
는데 낫이 없어서 손으로 드베었다. 한참 드베다가 보니 메뚜기가 많
아서 나는 병에 메뚜기를 잡아넣었다. 자꾸 잡아넣었다. 조금 있다니
메뚜기가 병에 가득 차서 메뚜기가 밖으로 뛰어나왔다. 그래서 쑥을
뜯어서 병 꼭지를 막아 놓고 벼를 드베었다. 다 드베고 나서 해가 산
너머로 넘어갈라 할 때 어머니는 집에 가시고 내 형은 밭에 가서 수
꾸(수수)를 꺾었다. 나는 보리둑(보리수 열매)을 따 먹다가 집으로 내려왔
다. 저녁때가 되자 아버지는 수꾸를 지고 오시고 내 형은 팽이를 들
고 집으로 내려왔다. (1976. 10.)

깨 찌기

김용규 길산 6학년

나는 오전에 어머니하고 건넛들에 깨를 찌로(베러) 갔다. 깨를 찌로 가서 어머니께서는 깨를 찌시고 나는 깨를 한 아름씩 받아서 큰 보자기에 갖다 날랐다. 다 찌고는 보자기에 놓고 뚜둘어서 덜 벌었는 거는 밭에 세워 놓았다.

어머니께서 진작 떨 겐데 하시면서 걱정을 하셨다. 깨가 오랫동안 나두니(놓아두니) 다 벌어졌다고 말씀하셨다. 어머니께서 아깝다고 말씀하시면서 집에 가서 빗자루를 가지고 와서 보자기에 쓸어 담아라고 하셨다.

집에 오니 할머니께서 "깨를 밭에?" 하시면서 "이제 집에 닭도 없는데 집 마당에 나무에 세워도 되잖나" 하셨다. 어머니께서 "담 있는데 세워 놓으면 쥐가 까 먹잖아요" 하셨다. 할머니께서 "참 글타. 쥐가 있제. 나는 쥐를 못 생각했다"고 말씀하셨다. (1977. 10.)

우리 집

정현수 길산 3학년

우리 집은 초가집이다. 바람만 불면 거챘는다. 아버지께서는 곧 지붕을 이야 되겠는데 하고 걱정을 하신다. 우리 집 위로 올라가면 골짝에 오두막집이 있다. 그것은 수용이네 집이다. 개골에는 짐승들이 곡식을 훔쳐 먹고 살고 있다. 아버지는 고추 농사를 많이 했다고 하신다. 우리 집에는 방이 세 개 있다. 한 방에는 곡식을 재어 놓았다. 마구간(외양간)에는 소가 자고 있다. 아버지는 상방에도 고추를 재어 놓자고 하신다. 우리 집에는 아버지, 어머니, 동생, 누나, 나 이렇게 살고 있다. 어떤 때에는 쌀이 없어서 남의 집에 빌려 먹었다. 어재(어제)는 노루를 잡았다. 할아버지가 목노를 놓았는데 노루가 잡혔다. 할아버지는 오늘 아침에도 노루 고기를 잡수셨다. (1976. 10.)

* 목노: 철사로 조리개를 만들어 노루를 잡는 도구.

우리 집

이호진 길산 5학년

우리는 집이 세 채이다. 모두 스레트로 지붕을 이었다. 그중 한 채는
우리가 자는 방과 부엌이 있다. 또 외양간도 있다. 또 다른 한 채는
창고와 소 풀 두는 곳, 변소 등이다. 또 한 채는 지난 달에 새로 지어
서 아직 방은 꾸미지 않았다. 우리 집 식구는 일꾼까지 합쳐서 10명
이다.

우리 집 식구들 성미는 다음과 같다. 할아버지는 좀 성미가 급하시
다. 할머니는 좀 옛날 풍습이 있는 것 같고, 아버지는 마음이 순하시
고, 어머니는 성미가 매우 꼿꼿하고 물건을 아껴 쓰신다. 일꾼은 성
미가 비뚤어진 것 같아 매우 화를 잘 낸다. 누나는 임동중학교에 다
니면서 마음이 좀 좋다.

나는 재미있는 잡지책을 좋아하여 책상 서랍에는 교과서 등이 있으
나 책꽂이에는 항상 잡지책이 많이 꽂혔다. 그러나 숙제나 예습, 복
습을 2시간 하면 어머니 때문에 30분밖에 못 본다. 9시가 지나고 9시
30분까지는 마음대로 본다. 잡지 보는 시간은 충분하다.

내 동생 진숙이는 공부를 잘 못하면서 고집이 있고 남자처럼 좀 까
불어 댄다. 호경이는 재잘거리고 양필이도 참새처럼 재잘거린다. 우
리 집은 화목하기만 하다. (1976. 10.)

우리 집

정경숙 길산 4학년

우리 집은 산골에 있는 초가집입니다. 그래서 나는 남 보기에 좀 부끄럽습니다. 집이 초가집이라서요. 여름내 비가 새서 걱정하시다가 오늘은 아버지께서 집을 이는 날입니다. 나는 학교에서 돌아와서 아버지를 도와드리며 같이 집을 이었습니다. 저녁을 먹고 나서 아버지께서는 경숙이가 거들어 주어서 오늘 안으로 집을 다 이게 되었다고 하시며 칭찬해 주었습니다. 나는 마음속으로 기뻤습니다. 어머니께서 이제는 비가 새지 않아서 걱정 없다고 말씀하셨습니다.

우리 집에는 맑은 옹달샘이 있습니다. 물맛이 좋고 물이 많이 납니다. 아버지께서는 웃으시며 우리 집에는 물이 보배라고 하시며 물을 아껴 써야 한다고 하셨습니다. 그런데 물이 흔한데 왜 아버지께서는 물을 아껴 쓰라고 하시는지 모르겠습니다. 그래서 어머니께 여쭈어 보았더니 옛날에는 물이 아주 귀하고 물 때문에 고생을 많이 하셨다고 하십니다. (1976. 10.)

문 바르기

권종진 대곡분교 3학년

점심을 먹고 어머니와 문을 발랐습니다. 안방 문과 중방 문을 발랐습니다. 문을 뜯어서 물을 품어 가지고, 손으로 하니까 안 되어서 칼로 베꼈습니다(벗겼습니다). 문고리 있는 데는 안 띄었습니다(떼었습니다). 안방 문을 다 띄고 중방 문을 띄었습니다. 중방 문은 더 잘 띄겠습니다. 다 뜯어 놓고 발랐습니다. 종이에도 바르고 문살에도 바르고 하여서 발랐습니다. 내 마음에 문을 바르고 나면 바람이 들어오지 못하니 더 뜨실 것 같아서 열심히 발랐습니다. 다 바르고 어머니는 들에 가시고 나는 놀았습니다. (1968. 10.)

점심밥 하기

박금순 청리 3학년

어제 아버지와 오빠는 벼 비로 가시고 어머니는 방에서 쌀과 보리쌀을 내주미(내주면서) 일찍 점심 해 가지고 오라 합니다. 그래고 국도 끼리고(끓이고) 일찍 해 갖고 오라 합니다. 그래 나는 어머니가 나가신 뒤에 한자골 가서 나물을 해 갖고 와서 보리쌀을 씨(씻어) 갖고 와 가지고 불을 땠습니다. 보리쌀을 느구고(넘기고) 쌀을 씻고 정지(부엌)에 가서 보리쌀을 좀 떠 놓고 쌀을 앉히 갖고 불을 땠다. 밥이 넘길레 국을 끼렸습니다. 끼리 갖고 밥을 푸고 국을 주전자에 푸고 그래 전부 강저리(광주리)에 놓고 밥부재(밥보자기)로 덮어 두고 여고(이고) 갔다. 가니 어머니가 받습니다. 그래 점심 멀 때 밥을 논에 던지고, 밥 먹고, 그럭(그릇) 있는 것을 가지고서 설거지를 했습니다. (1963. 10. 21.)

일 시켜 주세요

권금주 길산 2학년

우리 아빠와 우리 엄마는 우리들에게 일을 너무 안 시키는 것 같아
요. 꼭 우리들에겐 공부만 열심히 해라 하는데, 어쩐지 다른 아이들
이 일하는 것을 보면 부러워서 꼭 하고 싶어요. 그래도 엄마는 일하
는 아이들은 손에는 손톱 까시래기가 많다고 일을 하지 마라 합니다.
나는 공부는 하기 싫은데 꼭 공부만 하면 다 해 준다고 깨달아서 공
부를 해라 하니 할 수 없이 공부만 합니다. 오늘도 학교 갔다 오면 공
부 좀 해라 하는 엄마 말씀이 난 귀가 아파요. 엄마, 일 좀 시켜 주세
요. 요새론 일 좀 시켜 주시는데 더 시켜 주시면 좋겠어요. (1978. 10.)

---

* 글쓴이의 아버지는 공무원임.

맞았는 것

홍명자 대곡분교 3학년

어머니가 성국이네 집에 가고 내가 고구마를 한 개 먹었다고 어머니
가 와서 홀초리(회초리)를 가지고 나를 막 때렸습니다. 그래서 내가 우
니까 어머니가 운다고 또 때렸습니다. 그래서 내가 안 울고 있으니
어머니가 나갔습니다. 그래서 성국이네 어머니가 얼라(아기) 봐라고
해서 얼라를 업고 놀다가 내 속으로 얼라 조 부고(줘 버리고) 내 책보에
쌀하고 벌쌀(보리쌀)하고 내 옷하고 싸 가지고 도망가 부까(버릴까) 하였
습니다. (1969. 10. 22.)

빚진 것

우리는 빚이 많다. 어제 저녁때 할아버지 제사였다. 제사를 다 지내고 밥을 자시고 있다가 상을 들어 내놓고 이야기를 한다. 우리 아재가 제일 먼저 빚진 이야기를 했다. "자, 인제 나락은 열두 가마이고 돈은 이만 원"이라고 하신다. 이키나(이렇게나) 빚은 많고 우째(어째) 이래 살아 나가겠나 하시며 이야기한다. "자, 내가 서울로 돈을 벌러 나간다, 나가면 나도 고생 집에도 고생" 하며 끝을 마쳤다.

두째 번에는 건너 아저씨가 말씀하신다. 아저씨는 우리 할머니한테 "모친요, 저 엔말 땅 서 마지기 팔아시요(팔으시오). 그래야지 이 빚은 다 갚습니다. 그기 돈이 얼만가 하면 팔만 사천 원인데 이걸로 빚은 다 갚습니다. 모친이 이거를 안 팔라면 내인(내년)에 가면 빚이 을썸(휠씬) 더 많아집니다. 내 말대로 팔아시요." 우리 할머니는 안 팔라고 하신다. "우리 아들이 가마이에 누(누워) 자 가민(가면서) 그 땅을 샀는데 그 땅은 안 팔아요" 하며 담배를 피우신다. (1963. 11. 18.)

조

김경화 대곡분교 3학년

우리 집에는 조가 조금밖에 안 됩니다. 그것은 이틀만 베면 됩니다. 그래서 언니와 형부가 뺐습니다. 작년에는 수무(스무) 말 먹었는데(거 두었는데), 올해는 작년보다 조금 많이 해서 한 서른 말은 먹을 것 같습 니다. 우리는 조가 기럽습니다(귀합니다). 음식 중에 조가 가장 적습니 다. 벼, 보리, 콩보다 조가 더 적습니다. 우리는 보리밥도 먹고 쌀밥도 먹지만 조를 쌀같이 아껴 먹습니다. 우리는 조를 쌀보다 낫다고 합니 다. 우리는 올해 조밭이 네 때(뙈기)입니다. 작년에는 두 마지기 갈았 습니다. 올해는 농사가 잘 안되었습니다. 막 엎어지고 알이 안 든 것 도 있습니다. 우리가 조를 조금 더 많이 하니까 안됩니다. 우리는 올 해 조밥을 조금 많이 먹게 되었습니다. 나는 조밥이 제일 좋습니다. 올해 모자라면 빚을 내서 받아야 합니다. (1968. 10.)

서숙

김종은 길산 4학년

나는 어제 새집에 서숙(조) 따로 갔다. 서숙 한 단에 돈 10원이었다.
나는 그래서 서숙을 빨리 땄다. 자꾸 따도 빨리 따에지지 않는다. 나
는 빨리 칼로 땄다. 칼로 따니까 빨라졌다. 조금 있으니까 새 단이었
다. 새 단도 빨라졌다. 이제는 우리 어머니가 와서 날 보고 집으로 가
자고 했다. 나는 이걸 다 따고 간다고 했다. 조금 있다가 서숙을 또
내랐다(내렸다). 나는 내랐는 걸 빨리 땄다. 다 따고 나니까 서숙을 주
어라고 했다. 줍고 나서 서숙 단을 날라라고 했다. 돈을 받았다. 내
돈은 90원이었다. 나는 돈을 받고 집으로 갔다. 집에 가니까 아버지,
어머니, 내 동생이 고구마를 먹고 있었다. 아버지가 "너 돈 얼마 받았
나?" 해서 나는 90원 받았다고 했다. (1977. 11. 21.)

고추 농사

김대현 대곡분교 2학년

우리는 고추 농사가 안되었습니다. 아직도 고추를 조금밖에 못 팔았습니다. 산에서 고추밭에 노루가 와서 고추를 뜯어 먹었습니다. 고추 나무가 마르고 고추도 조매배께(조금밖에) 안 열었습니다. 돈이 없어서 비료를 반배께(반밖에) 안 쳤습니다. (1968. 11. 2.)

고추 농사

정부교 대곡분교 3학년

우리는 고추를 밭에 갈았습니다. 할머니하고 나하고 풋고추를 땄습니다. 두 가마 땄습니다. 두 가마를 말리니까 한 가마가 되었습니다. 그다음에는 한 가마 반을 땄습니다. 말리니까 반 가마 좀 남았습니다. (1968. 11. 2.)

나락 농사

김용팔 대곡분교 3학년

우리는 나락 농사가 잘 안되었습니다. 모를 심을 때 모가 적어서 종
순네 모를 갖다 심었습니다. 심고 나니 모가 병이 나서 패지도 않고
올찮았습니다. 우리 모 갖다 심은 것은 누렇게 잘 팼습니다. 그런데
비가 너무 많이 와서 논둑도 터지고 나락 논에 물도 들어가고 하였
습니다. 그래서 아버지께서 논에 가시더니 논둑도 막고 물도 빼고 해
놓고 올라오셨습니다. 그런데도 우리 나락은 옳게 여물지도 않고 키
만 조그만하게 서 있었습니다. 그래서 아버지께서 언제나 잘 안되었
다고 하십니다. (1968. 11.)

* 올찮았습니다: 옳게 되지 않았습니다. 좋지 않았습니다.

농사일

임용재 대곡분교 3학년

우리 집 농사는 논이 다섯 마지기입니다. 밭은 서 마지기입니다. 그래서 나락은 다 빘습니다(벴습니다). 나락은 옇기만(넣기만) 하면 됩니다. 내일은 타작을 하면 됩니다. 고추는 오늘 딸동(딸지) 모릅니다. 오늘 나락을 저다(져다) 날라야 합니다. (1968. 11. 2.)

농사

김춘자 대곡분교 2학년

우리는 농사가 많지 않습니다. 고구마가 네 가마입니다. 어머니는 소를 팔아서 농사를 많이 해야지 합니다. 나는 그래서 학교에 와도 농사 걱정을 합니다. (1968. 11.)

우리 집 농사

권상출 대곡분교 2학년

우리 집에는 조 가리가 두 가리 있고, 콩 가리가 한 가리 있습니다. 그래도 보리는 없어서 콩을 팔아 가지고 보리쌀 두 가마니를 사야 합니다. 그래도 양식이 모자라면 쌀을 한 가마니 받아야 합니다. 감자는 21가마 있습니다. 고구마는 3가마 있습니다. 우리 집에는 제일 많은 게 조고, 그다음에는 콩이고, 콩 다음에 감자, 고구마입니다. 그래도 아버지는 양식이 모자랄까 봐 걱정을 하십니다. 보리갈이, 밀갈이는 다 되어서 오늘 아버지하고 어머니하고 누나하고 해한네 집에 일하로 갔습니다. 일하고 캄캄해도 아버지는 집에 올라오십니다.

(1968. 11.)

---

* 가리: 단으로 묶은 곡식 더미. 한 가리는 스무 단이다.

우리 집 농사

한재남 길산 5학년

우리 집에는 우리 땅은 아니지만 우리 식구로 따지며는 조금 많이 부친다. 논은 9마지기 부치고 밭은 몇 평인지 잘 모른다. 그래서 올해는 논에서 거둔 나락이 모두 약 50가마가 되는데 우리 땅이 아니기 때문에 25가마만 우리가 한다.

밭에서 한 것은 담배, 콩, 팥, 감자, 고구마, 땅콩 등이 있는데, 그중에서 제일 많은 것은 담배이다. 담배를 4단을 했는데 여름에 큰 우박이 내려서 담배를 망그트렸다. 담배 돈이 백만 원이라고 하는데 빚이 있어 가리고(갚고) 나니 담배 돈도 얼마 남지 않았다고 아버지께서 말씀하셨다.

우리 집에 보리를 조금 해서 아버지께서 보리를 조금 사신다고 했다. 나락은 많다. 그러기 때문에 양식 걱정은 없다고 하신다. 그리고 땅콩이 약 3가마가 된다고 하신다. 감자는 조금 많이 했는데 다 썩어서 못 먹는다고 하셨다. 그래서 감자 대신에 고구마를 요즘 조금씩 쪄 먹는데 고구마는 3가마라고 한다. 그리고 우리 집에는 일하는 데 도움이 되는 소가 두 마리 있는데 한 마리는 우리 집에서 기르고 한 마리는 신연이네 집에서 기른다. 우리는 식구가 좀 많다고 생각한다. 모두 8명이다. 그런데 큰언니는 부산에 돈을 벌로 가고 며칠 있으면 작은언니도 공장에 간다고 한다. 그리고 우리 집에서 놀고먹는 사람은 나, 그리고 동생 둘이다. 우리 아버지께서는 몇 년 전만 해도 술을 많이 잡수셨는데 이제는 술도 많이 안 드신다. 우리 집은 이제 점점 더 잘살게 되리라 생각한다. (1978. 11. 8.)

우리 집 농사

김미영 길산 6학년

우리 집 농사는 6마지기의 논에 벼 20가마이를 했습니다. 담배는 6단 내어서 구백 발쯤 되는데 입고병이 들어서 검은 것이 노란 것의 두 배가 됩니다.

콩은 아직 뚜들지 않고 아버지의 단으로 열 단쯤 아직 밭에 쌓아 놓았습니다. 조는 여름방학 때 8월 10일쯤 깔았습니다(갈았습니다). 작년에 부르도자(불도저)로 뜬 땅에 담배를 해내고 심었는데, 그 밭이 우리 교실과 삼학년 교실쯤 됩니다. 워낙 늦게 심어서 한 가마이 나왔습니다. 감자는 한 마지기 밭에 2가마이밖에 못 캤습니다.

고구마는 우리 교실만 한 밭에 5가마이 캐고 수수는 아직 뚜들지도 않고 묶어서 달아 놓았는데, 그것이 모두 8묶음쯤 됩니다.

깨는 2되 기름 짜고 6되는 팔았는데, 그 돈이 모두 13,350원입니다. 한 되에 2,250원씩 받았습니다. 그래도 깨는 아직 두 말쯤 있습니다. 깨는 산비탈 양지쪽에 갈았는데 깨를 갈아 놓고 매로 갔을 땐 정말 어이없을 정도였습니다. 깨가 풀 때문에 보이질 않았습니다. 그것을 여름방학 시작할 때부터 끝날 때까지 맸습니다.

한 마직 밭에 맨 밑에는 깨를 하고 그다음엔 콩, 그다음엔 고구마인데, 고구마와 콩 사이로 수수를 했습니다. 감나무 밑에는 팥을 했습니다. 처음에 깨밭을 맸기에 깨를 이만큼이나 냈습니다.

콩밭 다음에 고구마밭을 매는데 그때는 풀이 그사이에 커서 억센 풀이 되어 손에 까리가 났고 풀과 싸움을 했습니다. 그 밭을 다 매고 나니 방학이 끝났습니다. 내겐 너무너무 지루했습니다.

고추도 했는데 늦게서야 꽃이 피고 열매가 열어서 한 근쯤 땄습니다. 뒷밭에 심었습니다. 밭도 아주 좁았기 때문입니다.

보리도 했는데 세 가마니쯤 했습니다. 봄에 두 가마이 찌어(찧어) 먹고 이제 한 가마니 있습니다. 그래서 아버지가 보리쌀 4가마니를 며칠 전에 받았습니다.

쌀은 많습니다. 다른 해는 쌀이 적어서 매일 사 먹고 돈 때문에 걱정했는데, 올해는 언니들이 우리 쌀을 갖다 먹습니다. 작년만 해도 받아 먹었는데 올해는 쌀 걱정은 없습니다. 내년에는 아버지가 작년에 뜬 논에 벼를 해서 100말 넘겨 내겠다고 하십니다. 아버지의 계획이 이루어질지 모릅니다. 꼭 이루어졌으면 좋겠다고 생각합니다.

그리고 갯밭에는 메물(메밀)을 했는데 가뭄이 계속되어 이삭이 쌀쌀했습니다. 아직 뚜들질 않아서 몇 말이 나올지 계획이 없습니다. 아직 담배도 바치지 않았습니다. 이달 15일쯤 바친다고 했는데, 비가 와서 못 바치고 며칠 물렀습니다. 모두 쟁이니 28포였습니다. 오늘 다 쟁였는데, 아직 바칠 일이 한 가지 남았습니다.

또 내년 일이 걱정입니다. 올해 밭 2마지기를 논으로 만들었기에 밭이 비탈밭뿐입니다. 그래서 남의 밭을 꼭 2마지기는 얻어야 합니다. 우리 토지로선 적습니다. 해마다 밭을 얻는 일이 수월한 일이 아닙니다.

금년 농사는 봄부터 추수까지 너무 가뭄이 되어서 올해는 남 사람을 더 많이 들었지만, 농사는 작년보다 더 많은 수확을 올리지 못했다고 생각합니다. 작년만 해도 여러 가지 팔 것이 많았는데 올해는 아무것도 없고 겨우 깨는 조금 있는데, 그거마저 팔아 버리면 다음에는 용돈이 나올 데가 없습니다.

그렇지만 올해 수확을 제일 많이 올린 것이 깨와 벼입니다. 내년에는 더욱더 수확을 올리려고 합니다.

우리는 농토가 별루 없어서 남의 밭을 얻어야 합니다. 욕심은 많아서 더욱 많이 할려고 있는 힘을 다합니다만 요사이 어머니가 편찮으셔서 일이 뒤집니다. 어머니가 하루속히 병석에서 일어나면 좋겠습니다. 우리 식구는 돈 아니면 아무 걱정도 없이 살아가는데 꼭 돈 때문에 어머니 아버지가 다투십니다. 그걸 보면 내년엔 꼭 많은 수확을 올려야 한다고 생각합니다. (1978. 11. 8.)

우리 집 농사

김해일 길산 3학년

우리 집에는 올해 나락이 22가마니고 보리는 14가마니고, 감자는 5
가마니고 또 수수는 4가마니 했다. 고구마, 콩, 서숙 같은 거는 옆집
지영이네와 같이 나누었다. 왜 그럴까? 우리와 지영이네와 왜 같이
농그나(나누나) 하고 궁금해서 어머니한테 물어보았다. 그러나 안 가르
쳐 주었다. 나는 며칠 동안 궁금이 생각하다가 아버지한테 물었다. 아
버지, 왜 우리와 지영이네와 우리 농사지어 낳는(놓은) 것을 농그나요,
하니 그것은 지영이네 밭이어서 농근다 했다. 또 땅콩이 2가마니고
고추가 2가마인데 보리쌀이 떨어져서 아버지는 걱정을 하십니다. 아
버지는 고추가 없으면 진지를 안 잡수십니다. 내가 엄마 아버지 이야
기하는 데 가 보니 내년에는 농사를 더 많이 짓자고 했습니다. (1978.
11.)

우리 집 농사

김순규 길산 6학년

논과 밭에서 애써 일해 가꾸어 놓은 곡식들이 몇 가지가 되는지 알아보면 다음과 같다. 농사짓는 중 제일 많이 하는 것은 담배와 벼이다. 그리고 마늘, 기장, 메물(메밀), 콩, 팥, 고구마, 고추가 대부분이다. 그리고 무우, 배추 같은 것은 조금 한다. 조는 작년까지는 우리 집 식구가 먹을 만큼은 했으나 올해는 안 갈았다. 작년에 갈았던 보리가 잘 안되어서 올해는 갈지 않았다.

올해 담배는 12단이나 냈다. 그 많은 담배를 아버지와 어머니 큰오빠가 거의 다 해냈다. 우리 아이들도 아버지 어머니처럼 잘하지는 못했지만 조금이라도 거들었다. 담배는 10굴 쪄 냈다. 담배는 많이 해도 56포밖에 안 되었다. 올담배 반, 늦담배 반이었다. 올담배는 우박과 장마가 겹쳐 빛이 검게 많이 났다. 다행히도 늦담배는 빛이 잘 났다. 담배 때문에 우리 아버지 어머니께서 많이 늙으셨다.

벼는 모두가 42가마니인데, 남의 곡수도 줘야 한다. 남의 곡수를 주고 나면 우리 집 식구가 먹을 만큼 된다. 벼는 이삭이 패기도 전에 도랑물이 휩쓸어 다시 심었는 것도 있고, 흙을 파헤쳐 벼를 들어냈다. 그렇게 해도 올해는 풍년이 들었다.

메물과 기장은 많이 할려다가 때가 늦어서 조금만 갈고 더 갈려든 밭 한 마지기는 도지를 내주었다. 콩은 큰 가리로 한 가리 하고도 좀 되었다.

올해 다행히도 고추를 우리 먹을 것을 했으니 걱정이 안 된다. 고추는 오빠 학비로 거의 들어갔다. 공납금으로 거의 다 냈다. 1,500원 갈때 돈이 한창 필요했던 때이므로 거의 다 팔았다. 아버지는 그것도 값이 많다고 하시면서 팔았다. 또 팔고 나니 값은 자꾸자꾸 오른다. 이제는 너무 올라 한 근만 해도 우리가 여행 한 번 가고도 남을 만큼 올랐다. 다 판 것이 아니고 고추가 없는 친척집에도 좀 나누어 주었다. 우리 집에도 처음에는 고추 모종이 모자라 멀리 있는 친척집에까지 가서 얻어 와 정성 들여 가꾸어 놓은 것이다. 그래도 고추는 잘된 편은 아니었다. 고추값이 그렇게까지 올랐으니 농사 안 짓는 집이나 부자가 아닌 집이라면 어지간해서는 고추도 제대로 사 먹지 못할 것이다. 이제는 고추값이 좀 내려야 될 텐데……

고구마는 열두 가마니나 캐었고, 감자는 조금밖에 안 되었다. 오빠와 우리의 학비는 보통 고추와 콩을 팔아서 내는 것이 대부분이다. 올해도 그러기 위해서 콩을 많이 했다.

마늘은 작년에 두 마지기 갈아서 우리 집의 먹을 것과 씨 할 것을 충분히 두고 150접을 한목 팔아 60만 원의 돈을 받았다. 그 돈으로 암소 한 마리를 사고 다른 데도 좀 썼다. 올해는 작년보다 한 마지기 더 갈아 세 마지기 했다. 내년에도 올해처럼 농사가 잘되었으면 좋겠다. 무더운 여름날에도 열심히 일하시는 아버지 어머니의 보람으로 올해는 대풍년이 들었다. (1978. 11. 8.)

* 곡수: 소작료. 남의 토지로 농사지어서 땅 임자에게 세로 주는 곡식.

· 3장 · 학교 가는 길

학교 가는 길

이이교 공검 2학년

아침에 학교에 오는데 머리가 하얗게 신(셴) 할머니가 가면서 "학생들아, 내 머리가 하얗게 시다고 숭(흉)보지 말아라" 하고 길가로 갑니다. 그래 우리는 "숭은 말라고(뭐하려고) 봐요?" 하니까 할머니는 그래 너희들 말이 맞다고 하시며 웃으십니다. 그래 우리들은 할머니가 가는 데로만 가니까 할머니는 다른 길로 가시면서 "고맙다" 하면서 하하하 하고 웃으시며 갑니다. 그래 우리들은 "잘 가셔요" 하니까 할머니는 "그래, 너희들도 어서 가거라" 하시며 갑니다. 그래 우리들은 학교로 왔습니다. 학교에 오니까 아이들이 울매(올매, 얼마) 오지 않았습니다. 그래 학교에서 좀 있으니까 아이들이 옵니다. (1958. 11. 4.)

할아버지

김진순 공검 2학년

아침밥을 먹고 추워서 학교에 어째 가나 하고 우산을 들고 나섰습니다. 학교에 오면서 다리를 건널 때 차길에서 어떤 할아버지가 밑에는 새까만 건데 다 떨어진 옷을 입고, 우에는 하얀 옷을 입고 쩔룩쩔룩 절면서 "야, 너 오데(어디) 있나?" 하고 물으시면서 "나 좀 딜다 고(데려다 다오.)" 해서 그 할아버지는 앞에 가고 나는 뒤로 따라갔습니다. 가다니까 수양버들나무가 벌벌벌 떨고 있으니까 "너도 추우나?" 하고 손으로 쳐 보십니다. 그래 나는 우스웠습니다. 그 할아버지는 "왜 웃나?" 하고 또 가십니다. "그만 할아버지 혼자 가십시요" 그카고(그렇게 말하고) 막 뒤를 돌아섰는데 "너 오데 있나?" 하고 오라 합니다. 그래 나는 또 갔습니다. 할아버지가 "너, 내가 보던 아이 긋다(같다)" 하고 웃었습니다. "그래 그만 가그라(가거라)" 하십니다. 그래 나는 학교가 늦을까 봐 상근(사뭇) 뛰어오니 분이하고 순남이하고 명자하고 셋이 양산을 덮어쓰고 가면서 자꾸 장난을 칩니다. 학교 교문을 막 들어서니 2학년 1반이 이제 막 나옵니다. (1958. 11. 24.)

싸움

김진순 공검 2학년

나는 오늘 아침에 내 동생이 학교에서 걸레 가지고 오라 한다 그면서(하면서) 자꾸 웁니다. 또 오제미(콩주머니) 지어 가지고 오라 한다고 또 웁니다. 또 병 가지고 오라 한다고 또 웁니다. 그래 나는 악이 나서 내 동생하고 막 싸웠습니다. "이눔 새끼야" 하면서 싸우다니까 우리 아버지가 지개 작대기를 가지고 들어와서 머리를 내 동생 두 차리(차례, 번) 때리고 나는 시(세) 차리 때립니다. 나는 동생하고 서로 보고 웃었습니다. 그래 캐도(그래 해도) 아버지가 보시면서 "고수(고소)하나?" 하고 머리를 한 차리 더 때립니다. (1958. 10. 30.)

오늘 아침

박근옥 청리 3학년

오늘 아침에 나하고 내 동생 근화하고 같이 팽이치기를 하였는데 팽이를 돌리니까 내 거는 자빠지고 근화 거는 안 자빠져서 내가 졌다. 그래 근화가 내가 이겼다 하면서 막 떠들라 대니까 우리 아버지가 "근화야, 떠들지 마" 한다. 그래도 막 떠들라 댄다. 그러니까 우리 아버지가 "근화야" 하면서 막 달려와서 "이 자식아 떠들래?" 하면서 방에 올라 하니까 근화가 "나 없다 캐" 하면서 다라이 뒤에 숨는다. 그래 아버지가 방에 와서 "이너머(이놈의) 자식 어데 갔어" 하면서 막 다닌다. (1963. 11. 2.)

오늘 아침

엄용진 대곡분교 3학년

아침에 학교로 오다가 얼음이 얼었는 줄 알고 밟아서 물에 빠졌습니다. 발이 시려서 오다가 물을 털었습니다. 논에 와서 얼음이 얼어서 밟으니 미끌어지는 것 같았습니다. "제와야, 수수때비(수숫대) 안 가져오나?" 하니 "참, 잊어부랬다" 한다. 상국이가 "우리 수수때비 갖다 해라" 하였다. 그래서 학교에 와서 수수 이파리를 땄습니다. (1969. 11. 3.)

오늘 아침

김낙기 대곡분교 3학년

아침에 일어나서 비개(베개)를 주(주워) 올리고 이불을 개 올리고 방 청소를 하였습니다. 다 하고 세수를 하고 아침을 먹고 책보를 싸 가지고 허리에 매고 집을 나왔습니다. 좀 오다니까 뒤에서 영숙이가 헐떡헐떡 뛰어오면서 "낙기야, 같이 가자" 해서 서 있다가 어깨동무를 하고 대추나무 있는 데 오니 꿩이 꺼덩덩 하고 날아갑니다. 영숙이가 "저 꿩 얼띠(얼뜨기)다. 아나?" 합니다. "몰래" 그니(그러니까) "총소리만 나면 죽는 거치(것같이) 꺼덩덩 하는걸" 합니다. 내가 "꿩은 본시 그런데 뭐" 하고 이야기하면서 오다가 수수때비(수숫대)를 주워서 차라 하며 끌고 왔습니다. 학교 있는 데 다 와서 내버리고 "있다 갈 때 끌고 가재" 하고 학교 문 있는 데 오다가 "갈진 하재" 하니 "오야" 합니다. 그래서 헤어졌습니다. (1969. 11. 3.)

* 갈진: 놀이의 한 가지.

아침밥

이호진 길산 5학년

아침에 누나와 같이 토요일 날 받은 숙제를 검사할 때 밥상이 들어
왔다. 나는 우리 가족 중에 누가 가장 상을 많이 받았나? 하니까 누
나라고 했다. 나는 헤헤 멍충들아 아니지 할아버지지 하니 식구들이
어째서 할아버진가 하고 물었다. 나는 할아버지는 가장 밥상을 많이
오래 받았으니까 그렇지 하고 가르쳐 주니까 모두 웃었다.

아버지와 누나는 밥을 먹으면서 수수께끼를 냈다. 할아버지는 밥을
먹는데 말을 하지 마라고 하셨다. 우리 식구들이 맛있게 밥을 먹는
데 아이들이 원고지를 사러 왔다. 우리 집은 장사를 하기 때문에 식
사 때 때맞춰 물건을 사러 오는 것 같다. 누나가, 내가 원고지를 내줄
께 하며 나가려 하자 엄마가 내가 갈께 해서 시간이 가자 결국 누나
가 나갔다.

우리 집 일군(일꾼) 뿟둘이는 요새 싸움이 잦고 신사질을 한다고 내가
불평을 하니 아버지께서 말버릇 없다고 꾸중을 하신다. 요새 할머니
는 병환이 들어 녹두죽을 잡수신다. 남이 보면 집이 가난해서 그럴
것이라 말하겠다고 생각했다. 다 같이 이야기를 하며 먹는데 동생이
고기를 주지 않는다고 트집을 잡았다. 나는 여자가 고기를 먹으면 못
쓴다고 말하니까 동생들이 남자는 뭔데 하며 달려든다. 남자는 옛날
부터 양반이니까 그렇지 하고 말하였다. 누나는 요새 양반 상놈이 없

302

다고 하였다. 나는 누군 모르나, 잘난 체하지 말아 하니까 엄마는 그
럼 왜 남자만 고기를 먹어야 된다고 말했나 했다. 나는 얼굴이 화끈
했다. (1976. 11.)

쉬는 시간

황영란 김룡 4학년

종을 쳐서 나는 얼른 나가서 고무줄놀이를 할라고 생각했다. 그래서
운동장에 나가서 동무들을 찾아보니까 하나도 없었다. 다시 뒷교사
로 왔다. 뒷교사로 오니까 동무들이 재미있게 놀고 있었다. 나도 같
이 놀았다. 밀기 놀이를 하는데 이쪽 편에 셋이 저쪽 편에 셋이씩 하
기로 하였다. 그래서 밀기가 시작되었다. 나는 밀기 시작하였다. 나
는 밀기를 하다가 이런 생각을 했다. 오늘 아침에 어머니께서 학교
하루마(하루만) 가지 마라고 했다. 나는 학교에 가야 된다고 했다. 나는
아침밥을 먹고 엄마 몰래 왔다. 나는 이런 생각을 하다 보니 밀기 놀
이는 우리 편이 졌다. 나는 다시 힘차게 밀었다. 그래다 보니까 땡땡
하고 종을 쳤다. (1972. 10. 29.)

쉬는 시간

김하식 대곡분교 2학년

쉬는 시간에 용균이하고 갑술이하고 때기(딱지) 치는데 내가 갑술이 편을 들었다. 갑술이가 칠 때 내가 넘어갔다 하니까 종철이가 나를 때릴라고 한다. 그래 내가 또 대현네 편을 들었다. 태운이 칠 때는 암 (아무) 말도 안 했다. (1969. 11. 22.)

국어 시간

국어 시간이 되면 나는 마음이 떨린다. 책을 못 읽어서 그런 것은 아니다. 내 마음이 약해서 그런 것 같다. 국어책을 펴 놓고 1분단부터 차례대로 나올 때 내 차례가 되면 그만 다리가 부들부들 떨린다. 나는 운동장에 나가서도 앞에 나가 책을 읽는다든지 무슨 글을 읽는다든지 하면 자꾸 다리가 떨린다. 나는 안 떨라고 해도 안 된다. 습관이되어서 그런 것 같다. (1977. 9.)

제기차기

정민수 청리 3학년

나는 오늘 아침을 먹고 나서 제기를 가지고 아이들한테 놀러를 갔다. 가니까 우리 동무는 정익수 하나밖에 안 나왔다. 그래 나는 하모한테 갔다. 하모네 집에 가서 보니까 하모가 있다. 그래 하모가 있길레 "하모여" 하니까 "머?" 한다. 그래 내가 "머 하너?" 하니까 "아무거도 안한다" 하미서(하면서) "민수야 이리 오너러" 한다. 그래 내가 가서 "우리 제기차기 안 할래?" 하니까 "그래" 한다. 그래 내가 "에이 오곱 올리 주야지" 하니까 "싫어, 다섯 개밖에 못 차는데" 한다. 다섯 개밖에 못 찬다 해 놓고 스무 개도 더 차민서(차면서) 나한테 거짓말을 한다. 그러다가 보니까 점심때가 돼서 집에 와서 밥을 먹었다. (1963. 10. 29.)

조면

김미영 길산 5학년

우리 마을 아이들은 조면(절교)을 잘 한다. 나는 아직도 아이들과 조
면이다. 아랫번(지난번) 학교에서 집으로 갈 때 4학년들이 앞에 가고
있었다. 나는 같이 가려고 뛰어가니 4학년 여자들은 막 뛰어 버렸다.
나는 화가 났다. 한 마을 아이들이 조렇게 미울까 하고 나는 한참 동
안 눈을 희부뜨며 4학년 가는 것을 미워했다.

그런데 여자들은 자꾸만 우리가 어떻게 하는지 뒤를 돌아보았다. 나
는 가만히 있을 수가 없었다. 그래서 또 뛰어갔다. 가니 또 뛰어 버렸
다. 나를 자꾸 안을 달구었다.

그때 뒤에 떨어진 4학년 외경이가 우리한테 떨어졌다. 나는 아무 말
안 하고 가고 금숙이는 자꾸 4학년 여자들 흉을 봤다. 외경이는 앞쪽
과 한 꼬래들이다. 금숙이는 그것도 모르고 자꾸 흉을 본다. 그것을
외경이는 귀담아듣지 않고 뛰어가 순옥이한테 그랬다. 그래서 나는
아무 상관없으리라고 가니 4학년 여자들은 그 이야기를 들은 듯이
나를 자꾸 꼬라봤다. 나는 "보지 마" 크게 소리질렀다. 그랬더니 4학
년 여자들은 어리둥절해 자꾸 쳐다보았다.

그런데 어쩐지 편은 이렇게 갈라졌다. 나와 금숙이는 한편이 되고, 4
학년 여자들 금순이, 영미, 순옥이, 명순이, 외경이 기집애들이 한편
이다.

그런데 명순이가 공굴(다리)에 갔을 때 저 오빠한테 일러바쳤다. 나는 막 달려들면서 "나는 안 그랬다"고 말했다. 외경이가 말을 잘못 옮겼기 때문이다. 그래서 내려가는 길에 외경이와 막 싸웠다. 나는 동생들과 싸우는 일도 되지 않았지만 외경이 그 성질을 봐주면 자꾸 깔본다고 생각되어 혼내 주었다.

나는 사촌 영애와도 조면이다. 새알만 한 영애도 밉다. 거기에서는 순옥이가 대장질하고 자꾸 4학년 아이들을 조면 지운다. (1977. 12.)

교장 선생님의 말씀

김원숙 길산 5학년

6학년 오빠 한 사람이 요번 주일 주 생활 목표를 말했다. 목표를 말하는데 몇 가지 하더니 한참 동안 서 있다가 말했다. 여러 아이들 앞에서 말을 하려고 하니 부끄러워서 얼른 하려고 그러다가 잊어 먹었는 같다고 생각하였다. 6학년 오빠가 말할 동안에 모두 한바탕 웃었다. 그 오빠의 말이 끝나자 교장 선생님께서 너희들도 단에 올라오면 그럴 테니 이젠 종이에다 적어 가지고 나와 읽든지 이야기하든지 그래라 하셨다. 교장 선생님이 너희들 생각에는 나는 저기 올라가면 그렇지 않을 게다고 생각하겠지만 실제 올라오면 다르다고 말씀하셨다. 그래도 내 생각에는 교장 선생님이 말씀하시는 생각이 아니랬다. 내 생각엔 내가 올라가면 6학년 오빠보다 말을 더 못하겠다는 생각과 더 잘한다는 생각과 두 가지이였다. (1977. 11.)

불쌍한 아이

이자경 김룡 6학년

우리 동네에는 불쌍한 아이가 하나 있습니다. 그 아이는 벙어리입니다. 그의 아버지는 그가 6살 때 세상을 떠나셨고 그의 어머니마저 몸이 대단히 편찮으십니다. 학교에 다닌다면 4학년일 것입니다. 그러나 돈이 한 푼도 없으므로 학교에 다니지 못합니다. 더구나 벙어리이기 때문에 그의 어머니는 학교에 넣을 생각을 하지 않습니다. 더구나 그는 남자이기 때문에 그 어머니는 자식의 장래를 대단히 걱정하십니다. 그 아이는 벙어리이기 때문에 학교에 나가지 않고 날마다 날이 새면 자기 소한테 가서 고삐를 잡고 풀 먹이러 갑니다. 어쩌다가 남의 곡식을 뜯어 먹이지만 곡식 주인들은 조금도 나무라지 않습니다. 아버지도 없고 어머니마저 병이 들은 그 아이를 누가 나무라겠습니까. 그 아이는 벙어리라서 소하고 잘 노는 것 같아요. 동네 어른들은 그 아이를 배었을 때 방 터에다가 소 마굿간(외양간)을 지어서 그렇다고 합니다. 생각하면 참 불쌍한 아이입니다. (1968. 11.)

이사

박훈상 청리 3학년

우리 아버지가 청리로 이사를 간다 칸다. 인제 조금 있다가 갈라 칸다. 나는 선용이와 함께 집에서 놀지 못할 생각만 하면 나는 눈물이 눈에서 흐른다. 나는 선용이와 함께 못 놀면 사이좋은 아이는 없을 것 같다. 나는 아버지가 이사를 안 간다 카면 나는 아버지 씨기는(시키는) 대로 다 할 것 같다. 그래도 학교 와서라도 선용이와 함께 놀면 될 것 같다. 내가 크면 또 선용이한테로 이사를 가면 될 것 같애서 아직 나는 마음을 놓고 있다. 내가 아버지한테 청리로 이사 가지 마라고 칼라 캐도(하려 해도) 카기도(하기도) 싫고 이사 가면 가고 안 가면 좋고 아직 이사 갈 날은 멀었으니 지금이라도 선용이와 실쿤(실컷) 놀아볼 마음이다. (1963. 11.)

감나무

김용구 청리 3학년

이제는 가을도 깊어 가고 감나무 잎들이 발갛게 낙엽이 져서 다 떨어지고 홀몸으로 버죽하게 서 있다. 바람이 부니 옆 감나무하고 딱딱대인다. 또 그 옆에는 까시나무가 있다. 까시나무도 잎이 돌돌 말려(말려) 떨어진다. 감나무 밑에는 정구자(정구지, 부추)가 있는데 그게(거기에) 감 잎사기(잎사귀)가 떨어졌다. 정구자는 감 잎사기에 파묻혀 보이지 않는다. 그런데 닭들이 훌다 파허쳐 돌그랗게 파고 안에 드가 앉아 있다. 고기(거기)는 감 말란(마른) 게 있는데 닭들이 주둥이로 콕 쫏으니 팍싹 쫏아진다. (1963. 10. 30.)

물 갖다 나르기

전옥이 청리 3학년

어제 점심때 물을 바개스(양동이)에 갖다 날라라 한다. 그래 내 동생하고 작대기로 끼어 가지고 갖다 날랐다. 갖다 주마 어머니는 받는다. 또 갖다 날랐다. 그래 내 동생은 나두라 카고(놔두라 하고) 나 혼자 갖다 날랐다. 이제 다섯 바개스 갖다 놓고 여섯 바개스 갖다 놀라고 물을 잣아 가지고 오다가 다 쏟았다. 그래도 옷은 안 베렸다. 가서 또 잣아 가지고 가니 어머니가 왜 늦게 오나 한다. 나는 그래 암 마다 냈다(아무 말도 안 했다). 그래 어머니가 오다가 쏟았지 한다. 그래 나는 암 말도 안 하고 또 물 갖다 날라로(나르러) 갔다. 한 바개스 가지고 오니 고만 가 오라 한다. 그래 안 가 얏다(안 가지고 왔다). (1963. 11. 18.)

새끼 꼬기

김경수 청리 3학년

어제 점심때 새끼를 꼬고 있었다. 아버지는 짚을 많이 쥐고 하는데 보니 새끼가 아주 굵고 내가 까 논(꼬아 놓은) 것은 아주 가늘다. "아버지요, 왜 고키(그렇게) 굵기 까요?" "집일 새낑깨 굵기 까지, 웃째(우째, 어쩨)" "나는 가만히 앉아서 깍까?" "그래 아문따나 깔라마(아무렇게나 까려무나)." 나는 짚뿍시기(짚북데기)에 앉아 새끼 까 놓은 것을 붙들고 짚을 둘 집어 들고 양쪽에 끼어서 손으로 비비니 부시륵부시륵한다. 그래 나는 막 빨리 깠다. 아버지는 하매(벌써) 한 단 다 까 놓고 또 딴 단을 빼 가지고 와서 꼴라 하는데 방에서 누야(누나)가 점심 잡수시요 한다. 아버지는 어 하며 일어나신다. 나도 방에 드갔다. (1963. 11. 18.)

소죽 끓이기

이승현 길산 4학년

나는 오늘 아침에 소죽을 끓였다. 나무가 조금가지랬다(조금뿐이었다).
나는 아버지한테 "아부지요, 나무 땔 것 없어요" 하고 말했다. 아버
지께서 황초집에 가시더니 나무를 한 단 가지고 오셨다. 나는 그것
을 가지고 소죽을 끓였다. 조금 있으니 호수같이 물이 뺑뺑이 돌았
다. 나는 소여물을 앉혔다. 또 나무를 꺾어 넣었다. 소죽이 넘었다. 소
죽을 눌리고 나서 부엌(아궁이) 앞에 있는 것을 다 쓸어 넣고 아버지께
"소죽 다 끓었어요" 하고 말했다. 아버지께서는 "오냐" 하셨다. (1977.
11. 21.)

나무잎 끌기

김낙기 대곡분교 3학년

오후에 동생하고 산태미(삼태기)에 괭이하고 삽하고 넣어 가지고 나뭇가리 밑에 가서 산태미를 놓고 괭이로 꺼내어서 나무를 한 산태미 갖다 놓고 와서 또 괭이로 나무를 당겨 놓고 땅에 붙었는 것은 동생한테 까꾸리(갈퀴)를 가져오라 해서 막 끌어모다(끌어모아) 가지고 정지(부엌)에 갖다 놓고 하다가 보니 정지에도 한 정지고 나뭇가리 밑에도 없어서 빗자리를 가지고 가서 쓸어 부고(버리고) 나니 그래도 나무가 있어서 까꾸리로 끌어 부고 산태미에 연장을 담아 가지고 집에 갖다 놓고 나뭇가리 밑에 가 보니 훤한 게 마음이 상쾌하였습니다. (1969. 11. 30.)

제사 지내기

박춘연 길산 4학년

아버지께서 아침을 잡수시고 할머니 산소에 가신다고 하셨습니다.
그리고 떡을 쪘습니다. 떡을 상자에 넣어 가지고 할머니 산소로 올라
갔습니다. 올라가는데 다리가 아팠습니다. 그래도 할머니 산소에 가
는 것은 다리가 아파도 좋다 하고 올라갔습니다. 우리 메(무덤, 산소)는
젤 우에 있었습니다. 좀 쉬다가 떡을 풀어 가지고 제사를 지냈습니
다. 제사를 지내는데 아버지께서 술을 산소에 퍼부시고 지냈습니다.
내가 "왜 그라고 제사를 지내니껴?" 하고 물어보니까 "제사나 지내
라" 하셨습니다. 나는 할머니 돌아가시는 것도 못 보고 사진도 못 봤
습니다. 그래서 할머니 영혼은 우리 집에 있다고 마음먹고 제사를 지
냈습니다. 큰할머니 산소에도 지냈습니다. (1977. 11. 21.)

어머니의 이

박춘연 길산 5학년

내 걱정은 어머니 어금니를 빼어 버리고 새 이를 해 넣는 것이다. 어머니께서는 벌써부터 이가 썩어서 밥을 제대로 못 잡수신다. 어머니께서 병원에는 몇 번 가셨지만 이가 많이 썩어서 한 개밖에 못 빼셨다. 밥을 잡수시다가 이가 아파서 누워 계시기도 한다. 어머니께서 누워 계실 때는 내가 대신에 어머니처럼 이가 아프면 좋을 텐데 하고 생각한다. 어머니는 집에서만 이가 아픈 게 아니라 어떤 때는 밭에 가셔도 이가 아프셔서 양짝 머리를 쥐고 계신다. 내가 어머니에게 물으면 이가 아프면 양짝 머리가 콕콕 쑤신다고 하셨다. 어머니께서 병원에 가셔서 이를 빼고 오셨을 때는 이를 안 뺐을 때보다 더 아픈 모양을 하셨다. 내 동생 3학년도 이에 버러지(벌레)가 먹어서 아플 때는 어머니처럼 못 참을 것처럼 하였다. 더 많이 아플 때는 우는 날도 있었다. 내가 어머니와 동생을 보면 내가 아픈 것 같았다. 내 동생과 어머니께서 어서 이를 빼어 버리면 얼마나 좋을까 하고 생각한다.

(1978. 11. 8.)

어머니

남경삼 청리 3학년

어머니는 언제나 일을 하신다. 국씨(국수) 빼야지 지름(기름) 짜야지 아기 봐야지 일이 많으니 얼마나 일을 하는지 모른다. 아기가 배가 고파 울 때는 젖을 미기도(먹이지도) 못 하고 있다. 내가 학교에서 집에 오면 나한테 꼭 들어붙는다. 춤니야, 빠빠 주까 하니 반가와서 발딱발딱 뛴다. 그리면 밥을 준다. 밥을 주면 반가와 먹는다. 어머니는 저쪽에서 일을 하시니라고 점심도 안 먹고 있다. 내가 엄마가 기다 카면(엄마라 하면) 배가 고파 어찌 견디겠느냐. 그래도 어머니는 일을 하시니라고 배가 덜 고픈가 봐 하고 생각한다. 어머니가 얼마나 일을 했는지 한짝 발이 붓도록 일을 할까? 다리가 붓도록 일을 하니라고 정신 못 차린다. 내가 어머니 같으면 병원에 가서 치료나 하지, 이런 생각이 났다. (1963. 11. 25.)

* 기다 카면: 그것이다 하면.

아버지 병

이인경 길산 2학년

우리 아버지는 병이 났습니다. 병원에 갈라 해도 돈이 없어서 못 갔습니다. 아버지는 날마다 밥도 안 잡수시고 누어(누워) 계시기만 합니다. 병만 나(나아) 주시면 아버지가 약을 지로(지으러) 갈라 해도 아파서 못 가십니다. 아버지는 뱃속이 아프시고 머리도 아프다고 하셨습니다. 나는 아버지가 돌아가시까 봐 걱정이 들었습니다. 그리고 아버지 병을 어야머(어떻게 하면) 낫습니까 하고 물었습니다. 엄마가 오늘 아침에 아버지 병 때문에 약을 지로 갔습니다. 약을 잡수셔도 맹(여전히) 그렇습니다. 병원에 가면 돈이 많이 듭니다. 그러기 때문에 못 가셨습니다. (1978. 11.)

어젯밤

권분이 공검 2학년

어제 저녁을 먹고 설거지를 하고 공부를 하고 있단게(있으니까) 우리
아버지가 "분이야!" 하고 부르십니다. 그래 나는 대답을 하였습니다.
그래 아버지가 "책 한 권 가지고 온나" 그래 나는 가지고 갔습니다.
아버지가 더듬더듬 읽으십니다. 또 "이기 머냐?" 하고 물었습니다.
나는 그래 갈구쳐(가르쳐) 주었습니다. 그래 또 아버지가 읽으십니다.
그래 나는 고만 누(누워) 자는 치하였습니다(척하였습니다). 그래도 아버
지가 물으십니다. 그래 고만 암(아무) 말도 안 한게(하니까) "애이그, 누
자야 하겠다" 그러 카시만(그렇게 하시며) 누 잡니다. 그래 나도 누 잤습
니다. (1958. 11. 18.)

아버지께
—우리의 소원

이창복 대곡분교 2학년

아버지요, 연필하고 칼하고 사 주십시요. 그러면 내가 공부를 잘함시
더. 잘해 가지고 중학교에 갑시더. (1968. 11.)

중학교에 보내 줘요
-우리의 소원

김경화 대곡분교 3학년

어머니, 내가 공부를 잘할게 중학교에 보내 줘요. 동화책도 사 주면 잘 읽을께요. 중고등학교에 보내 준다고 말만 해도 공부를 열심히 해서 수, 우를 맡을께요. 중학교에 안 보내 주면 나는 날마다 놀기만 하겠어요. 중학교에 보내기만 한다면 나는 옷과 신 같은 것도 아껴 입고 아껴 신고 하겠어요. 어머니 꼭 중학교에 보내 주시기 바랍니다.

(1968. 11.)

어머니와 아버지께

―우리의 소원

이위직 대곡분교 3학년

아버지, 크레용, 칼, 신 사 조요. 다른 아이들은 다 샀어요. 나 혼자 없어요. 기성회비도 안 조서 선생님에게 당했어요. 공책, 연필도 안 사주고. 다른 아이들은 공책, 연필 같은 거 아홉 개씩 가지고 댕겨요. 동생만 사 주고 나는 안 사 주고, 어머니께서는 돈 달라 하면 주는데, 아버지는 주지도 않고 동생만 사 주고 동생은 지 혼자만 할라 해요.

(1968. 11.)

칼을 안 사 줘서
- 우리의 소원

심필련 대곡분교 3학년

어머니, 나는 칼을 안 사 줘서 연필을 깎을 때에는 언제나 곤란합니다. 일일이 칼 좀 달라 소리 하기가 싫습니다. 또 우리 분단에는 칼 있는 사람이 없습니다. 칼을 빨리 사 주시기 바랍니다. (1968. 11.)

어머니께 드립니다
-우리의 소원

권종진 대곡분교 2학년

어머니, 날 양말 사 주십시요. 나는 양말이 다 떨어졌어요. 나는 누나 양말 떨어진 거만 주고요. (1968. 11.)

어머니께

―우리의 소원

권상출 대곡분교 2학년

어머니, 자 하나 사그로 돈 10원만 주십시요. 10원만 주면 안 사 달라 할께요. 연필도 다 되었어요. 자, 연필 사그로 15원만 주십시요. (1968. 11.)

아버지께

─우리의 소원

이재탁 대곡분교 3학년

아버지요, 술 잡숫치 말고 담배 피우지 말고 칼 좀 사 주십시요. 또
내 옷 좀 사 주십시요. 나는 칼이 없어서 다리(다른 이) 있는 데 좀 빌려
달라고 하니 안 빌려줘요. 글때(그때) 산 칼은 녹이 쓸어서 안 들어요.

(1968. 11.)

4부

겨울

내가 어서 커야지

·1장· 나는 걱정이 많습니다

옷

이창복 대곡분교 2학년

어머니가 올해는 옷이고 양발이고 불총 한 군데라도 맞았으면 죽인다고 하셨습니다. 그래서 나는 불 해 놓았는 데 안 갑니다. (1968. 11. 12.)

옷

박청자 대곡분교 2학년

"아버지요, 내 옷 사 조요" 하니 아버지가 훗장(다음 장, 다음 장날)에 가서 사 준다고 하십니다. 그래 장날이 되어 아버지한테 장에 가라 하니 콩 타작 때문에 못 간다 하십니다. 그래 내가 "아버지요, 큰집 화야가 장에 가는데 옷을 사 오라고 하소" 하니 "고만 내가 훗장에 가거든 사 온다"고 하였습니다. 그래 "꼭 사 조요" 하니 "오냐" 하였습니다. 그래 아버지는 콩 타작을 하였습니다. (1969. 11. 7.)

옷

김선모 대곡분교 2학년

내 옷은 만날 빨간 도꼬리(목이 올라오는 겨울 스웨터)와 까만 쓰봉(바지)을
입고 다니다가 남모가 입던 도빠(외투)를 입고 다닌다. 남모는 새 동
복 주고 나는 동복은 설에 입는다고 나두고 안 준다. 남모만 새 옷 주
고 나는 남모 입던 거 주고, 나는 남모 쫄병 같다. 남모는 밤 되면 기
양(그냥) 공부도 안 하고 자는데도 새 옷 주고, 나는 만날 12시까지 공
부해도 새 옷을 안 주고 나는 개장 밑 다 떨어졌는 거 주고 새 옷 달
라 하면 때리고 설에 입는다고 나둔다. (1969. 11. 7.)

* 도꼬리: 원래 '목이 긴 조막병'을 일본말로 '도쿠리'라고 하는데, 목이 올라오는 스웨터와 모
양이 비슷하기 때문에 목이 긴 스웨터를 가리키는 말로 쓰이게 된 것.

내 옷

내 주봉(바지)은 다 떨어졌는데도 사 주지 않습니다. 몰라, 겨울에 사
줄라는지도 몰라. 지금은 다 떨어졌는 걸 지어(기워) 입고 있습니다.
오늘도 주봉을 안 입고 오니 무척 춥습니다. 이제 다리(다른 이)는 겨울
이 다가오니 마구 뜨슨 옷을 입고 학교로 옵니다. 그래서 나는 한데
(바깥에) 놀 때도 무척 춥습니다. 긴 양말을 신어도 양말 속으로 바람
이 막 드갑니다. 나는 재미있게 놀면 춥지 않고 그냥 가만히 서 있으
면 춥습니다. 그래서 가만히 서 있지 않고 고무줄이나 하고 놉니다.
나는 이제 겨울에는 어머니한테 꼭 사 달라 해야겠습니다. (1969. 11. 7.)

내 옷

김민한 대곡분교 3학년

"어머니 내 옷 사 조요. 우리 학교 가 바라(봐라), 아이들이 마구(모두) 도빠(외투) 입었제. 나는 옷도 없고, 어머니요, 장날 사 조요" 하니 어머니가 야단을 칩니다. 나는 속이 상해서 "나는 내일부터 학교 안 가요" 하니 "가지 마라 왜" 해서 나는 "안 가깨" 하니 어머니가 "누가 가라 하다?" 합니다. 나는 어머니가 설거지하라 하는 거 "안 해요. 옷도 안 사 주고 누가 하까 바" 그카니까(그러니까, 그렇게 말하니까) 어머니가 목들이를 가지고 나를 때릴라고 방으로 들어옵니다. 나는 그래서 앞 창문으로 쫓겨 나갔습니다. 논으로 쫓아 나가서 방깐(방앗간) 있는 데 가서 울었습니다. (1969. 11. 7.)

치마

정영자 공검 2학년

나는 저고리는 있는데 치마는 없습니다. 그래 내가 날마다 어머니한
테 치마를 떠 돌라고(달라고) 싸웁니다. 내가 치마를 떠 돌라 하니 동
생이 "영자 너는 치마 안 떠도 돼여, 나도 안 해 주는데 너마 해 주면
돼여?" 합니다. 그래 내가 "너는 안 해 조도(줘도) 나는 떠 가지고 입
어야 하는걸" 이캉개(이렇게 말하니까) 어머니가 "머심아(머슴아, 남자아이)
를 해 입히야지 지집아(계집애, 여자아이)를 해 입히마 되여?" 이캅니다.
그래 내가 "지집아는 머래여, 지집아나 머심아나 다 같지" 이캉개 어
머니가 "떠 줄라 캐도(주려 해도) 돈이 있어야지" 이캅니다. 그래 내가
"엄마 주머니에 있대" 이캉개 어머니가 "내 주머니에 봐라, 돈 십 환
도 없다" 이카미(이렇게 말하며) 주머니를 보이(보여) 줍니다. 그래 주머니
를 보니 십 환도 없습니다. (1959. 1. 31.)

신

김후남 대곡분교 3학년

아래(저번) 장날 내가 아버지한테 신 사 주소 하니까 "왜 신 나두고 사
달라 하노?" 합니다. 그래서 내가 "신 앞군치 떨어졌어요" 하니 "하
마(벌써) 떨어졌나?" 합니다. 내가 아버지한테 "머요, 대번 사가 오니
앞군치 벌래졌든대요(벌어졌던데요)" 하니 "왜 그머(그러면) 안 그캤노(그
러했나)?" 합니다. "그머 그카머(그렇게 말하면) 어이니껴(어이합니까)" 하니
"10월 15일 날 바꾸제" 하십니다. "바까 주니껴?" 하니 "그머 바까 주
제, 안 바까 줄라고" 하면서 머러 합니다(꾸중합니다). "인지는 니깐니
꺼 신은 다시 안 사 준다" 합니다. 나는 그카는 것을 들은 동 만 동 하
고 책을 마구 싸 가지고 학교로 암 말도 안 하고 삐져서 막 뛰어왔습
니다. (1969. 11. 7.)

신

박영분 공검 2학년

내 동생이 경주를 갔다가 어제 아래(그저께) 왔는데 동생은 예쁜 코고
무신을 신고 왔습니다. 나는 애가 달아 가지고 눈물이 썬나(조금) 흐
르는데 내 동생이 있다가 "엄마, 영분이 울어여" 합니다. "왜 우나?"
"머, 영자는 코고무신 사 주고 나는 시커먼 신도 다 따라(닳아) 가도
안 사 주고" 그래 막 눈물이 둑둑둑둑둑 흐릅니다. "그래 내일이 공
검 장이다. 낼 사 주께." "머, 안 사 줄라고." "꼭 사 준다." "그만 머
꼭 사 조야 대여." "안 사 주까 바 가시나야" 하고 막 작대기를 가지
고 때립니다. (1958. 11. 29.)

할아버지와 신

임분순 공검 2학년

오늘 신작로에서 고무줄(고무줄놀이)을 했습니다. 나는 고순이하고 하
는데 우리 할아버지가 들에 가다가 신 떨어진다고 하지 마라 합니다.
그래도 나는 했습니다. 우리 할아버지가 또 돌아보고 막 머라 합니
다. (1958. 11. 28.)

나의 신

김석님 공검 2학년

그때 우리 할머니가 내 신을 사 가지고 와서 내가 신고 싶어 할머니
한테 물어보니까 "비 올 때만 신고 날 좋(좋을) 때는 헌 신이나 좀 신
어라" 그래 나는 안 신는다고 했습니다. 내가 자꾸 안 신는다고 하니
까 그만 신어라 합니다. 그래 나는 신기는 신어도 비 올 때 신는다고
달라 했습니다. 할머니가 농에 넣어 둔다고 말해서 드렸습니다. 농에
다 넣고 농문을 닫았습니다. (1958. 11. 29.)

내 신

나는 겨울만 될라 하면 운동화를 신고 싶습니다. 그래 운동화 사 줘, 운동화 사 줘, 하고 장날만 되면 엄마인데(엄마한테) 조릅니다. 엄마는 오야, 사 주마 그래 놓고 장에 가서는 안 사 가지고 오고, 왜 운동화 안 사 왔노 하면 돈 없어 안 사 왔다 왜, 합니다. 나는 엄마가 나를 머라 그면(뭐라고 하면, 야단치면) 나는 엄마는 머 주야장천 고무신만 사들이는 게다 하면 그럼 이런 산골에서 머 벨 다른 거 신나? 하면서 머라합니다. 그러면 언니는 이런 산골에서는 그런 신 못 신나? 하면서 둘이 싸웁니다. (1969. 11. 7.)

신 걱정

나는 양말도 떨어졌고 신도 떨어졌습니다. 그래 나는 양말은 내가 집

지마는(집지만은) 신은 질 수가 없습니다. 그래 신을 사 달라고 하면

"공부도 못하는 기 신은 디(되게, 아주) 잘 딸구네(떨구네, 떨어뜨리네)."

"그만 신이 떨어졌는 걸 우째여."

"요분에는 시커먼 신을 사 조야지."

"시커먼 신이래도 좋아여. 신에 물만 안 올라오면 좋아여."

나는 이렇게 말했습니다. (1958. 12. 13.)

크레용

김종철 대곡분교 2학년

나는 크레용을 안 사 줍니다. 그래서 사무(사뭇) 미술 드는 날이면 크레용 사 달라고 합니다. 암만(아무리) 사 달라 그래도 안 사 줍니다. 어머니한테 사 달라고 하면 돈 없다고 안 사 주고, 아버지한테 사 달라고 하면 공부 못한다고 안 사 줍니다. 그래서 크레용도 남의 해(것)니까 마음대로 막 못 씁니다. (1969. 11. 7.)

자

정영자 공검 2학년

나는 자를 노래 삼아 어머니한테 사 달라 하니 어머니는 "자 없어서 공부 못 하나?" 하셨습니다. 그래 나는 "자 없어서 공부 못 한다 케여." "그러면 와 사 달라 해여. 공부마 잘하면 사 달라 하는 거 다 사주어" 하셨습니다. "그러면 나는 아버지한테 가서 사 달라 하지" 이렇게 말을 하니까 내 동생이 "영자 저 가시나는 엄마한테 돈만 달라 캐여. 공부는 모하는(못하는) 기 안 그래여 엄마?" "정말 공부는 못하는 기 돈은 얼마나 써서" 어머니가 있다 마고(말고) 이 말을 하셨습니다. 그래 나는 부애(화)를 내니까 내 동생 용식이가 있다 마고 "엄마, 영자 저거 부애 내기 시작해여" 하고 소리를 질렀습니다. 그래 나는 더 부애가 났습니다. (1958. 11. 29.)

내 연필

한동순 대곡분교 2학년

나는 연필이 없어서 언니 해(것) 한 자루 가지고 안주도(아직도) 씁니다. "어머니요, 날 연필 사 주셔요" 하니 어머니가 "니는 동호 해 가지고 써라" 하였습니다. 나는 안 된다고 하니 어머니가 "돈이 썩어 문드래 졌나?" 하고 말하였습니다. "그면 나는 학교 안 댕긴다" 하니 어머니 가 "학교 댕기지 말면 더 좋제" 하고 말하였습니다. 그래 나는 언니 해 가지고 안주도 씁니다. 어머니가 한 자루 가지고 다 쓰면 또 동호 해 가지고 쓰제 하였습니다. (1969. 11. 7.)

걱정

이순자 공검 2학년

나는 오늘 집에 가면 내 동생을 데리고 이발소에 가서 머리를 깎아야 하는데 우째(어찌) 가서 깎아 주까 걱정이 됩니다. 또 불도 때 주고 또 내 양말도 지(기워) 신어야 합니다. (1958. 12. 13.)

나의 걱정

남경삼 청리 3학년

내가 군인 가서 총살에 맞아 죽으까 바 걱정이 나고 포탄에 맞아 죽으까 바 걱정이 나고 또 대포에 맞아 죽으까 바 겁이 실실 난다. 내가 군대 가면 겁이 나서 어쩌 있겠을까? 가기는 싫고 가마 죽으까 바 겁이 나고 총으로 싸울 때 겁이 얼마나 날까? 무서운 군대. 밤으로 잠 잘 때도 생각이 떠오른다. 내 꿈에는 고마 군대 안 가고 나쁜 나라와 우리 나라가 같이 동무가 되었으면……. 우리 나라 정치가 좋은 것인데 서로 조놈어(저놈의) 새끼 싸와 지긴다(죽인다), 총으로 지긴다, 이런 말이 내 꿈에 나서 군대 가기 싫다. 무서운 군대가 내 꿈에 난다.

(1963. 12. 2.)

나의 걱정과 희망

김윤원 청리 3학년

나는 인제 청년이 되는데 먼 서울로 나갈 작정인데 어서 못 자라서
걱정이다. 그래서 나는 날마다 "엄마, 나 커서 서울로 나가서 돈 벌
테라. 나가면 양복 장사 해여" 그카면(그렇게 말하면) "그래, 나가서 돈
많이 벌어 가지고 내 옷이나 잘해 도가." "어" 하면 어머니도 걱정 나
도 걱정 아버지도 걱정 모두 나를 보면 걱정. 나는 저녁밥만 먹으면
"형님 둘이는 멀 하든 간에 나는 돈 벌러 가여" 하마 떡 같고 과자 같
은 것은 내 옷보다 생각도 없고 형과 아버지 어머니가 막 웃어도 내
희망 따라 걱정이 된다. 서울로 나가도 고향이 걱정된다. 나갈라 해
도 걱정 고향에 있어도 걱정 아무리 해도 걱정만 없으면 행복하게
살 건데 이런 걱정이 많이 있으니 잘 살지 못한다. (1963. 12. 2.)

내 걱정

권이남 공검 2학년

나는 걱정이 많습니다. 우리 아랫방에 비가 오면 집(지붕)을 안 이서러(이어서) 물이 주룩주룩 새서러(새어서) 방에 물이 괴어 있습니다. 그래 어머니하고 걱정을 합니다. 그래도 우리 아버지는 볼일만 보시고 걱정을 안 하십니다. 엄마는 자꾸 걱정을 합니다. 그래 나도 엄마를 따라서 걱정을 합니다. 우리 오빠는 걱정이 많이 있어도 걱정이 없는 것같이 학교를 다닙니다. (1958. 12. 27.)

나의 걱정

김순분 공검 2학년

나는 학교에 갈라고 우리 언니하고 책보를 가지고 나오면 책보를 어머니가 뺏어서 방에 갖다 놓습니다. 나는 우리 언니하고 학교 갈 때마다 안 울 때는 없습니다. 이웃집 할머니가 오셔서 우리 어머니또로 (어머니더러) "자네 우째(어째) 고끼(그렇게) 작은 아(아이)들을 학교를 안 씨기만(시키면) 대는가?" 상근(사뭇) 우리 집에 와서러 우리를 학교 다니고로(다니게) 하십니다. 언니하고 나하고는 이웃집 할머니 때문에 아직도 우리가 학교를 다니지 안 그러면 학교도 못 다닙니다. 나는 샘에 빠져 죽었으면 좋겠습니다. 그래도 샘에 빠져 죽으면 누가 우리 애기를 봐줄까. 나는 그 생각을 하면 애기가 나한테만 올라고 하는데 내가 죽으면 애기가 나를 보고 싶어 하지요. 그래도 내 마음대로 못합니다. 나는 밤으로 일기를 쓰며 어떻게 살아갈까 생각합니다. (1958. 12. 13.)

옷을 짼 것

나는 아래(지난번) 산에서 옷을 째서(찢어서) 나는 아버지한테 혼나까 봐
나는 옷 째어진 것을 아버지 안 보일라고 내 손으로 막아 가지고 있
습니다. 그러면 아버지가 보지 않습니다. 그러면 나는 아침을 다 먹
고 학교에 오만 아버지가 아무 말도 안 합니다. 그래 가지고 학교에
와서도 걱정이 된다. 학교에서 시간을 마치고 집에 가서도 점심 먹을
때 혼나까 봐 나는 또 옷을 막고 점심을 먹고 나서는 아버지 보까 봐
한쪽 구석에 가서 논다. 그러면 아버지가 "진복이 어데 갔나?" 하시
면 나는 옷을 막고 갑니다. 가며는 공부하라 하십니다. 그러면 방에
들어가서 공부를 합니다. (1963. 12. 2.)

동생

이경숙 공검 2학년

나는 어머니가 외갓집에 가서 안 오시까 봐 걱정이 많습니다. 어머
니는 또 동생도 나두고(놔두고) 가서 밤으로 동생이 오좀도 못 누고 오
좀 매루면(마려우면) 나한테 와서 나를 깨꿉니다(깨웁니다). 그럼 내가 딜
고(데리고) 한데(밖에) 나가서 눕니다. 할머니도 암 마다 고(아무 말도 않고)
잠만 쿨쿨 잡니다. 오좀 매룰 때 어떤 직에는(적에는) 막 울었습니다.

(1958. 12. 13.)

편지

김점옥 공검 2학년

나는 오늘 오후에 학교에 오는데 우리 고무(고모)가 편지를 부치라고 합니다. 그래 내가 부치게 하고 편지를 가지고 학교로 왔습니다. 나는 편지 부치는 데 와서 편지 부치는 줄도 몰라서 고만 편지를 안 부치고 왔습니다. 그래 나는 혼나까 봐 걱정이 됩니다. 편지를 안 부치면 돈도 이뿌리까(잃어버릴까) 봐 걱정되고 또 혼나까 봐 걱정되고.

(1958. 12. 13.)

원고지

김인원 청리 3학년

나는 그전에 정민수한테 원고지 한 장 빌렸다.

오늘도 원고지 안 가 왔다.

나는 정민수 얼굴만 피해 댕긴다.

내가 닭장에 있으니 민수가 "인원아 원고지 가 왔나?" 한다.

내가 "안 가 왔어" 하니 "이 새끼 얼른 원고지 안 주마 죽이여" 한다.

(1963. 12. 2.)

공부

박금순 청리 3학년

나는 공부를 못해서 걱정입니다. 어머니가 공부 못한다고 머 캐서(뭐
라 해서, 야단쳐서) 걱정입니다. 공부 많이 해서 상장도 하나 못 받으미(받
으면서) 말라고(뭐하려고) 학교 다니여 합니다. 그래서 나는 공부를 열심
히 해서 상장을 하나 받았으면 하고 걱정을 합니다. 아버지는 조금만
놀면 공부 안 한다고 야단을 칩니다. 조금도 밖에 나가지 못합니다.
나가면 야단납니다. 나는 그래서 학교에서 집에 가기도 싫습니다. 집
에만 가만 방에서 공부하라 해서 실증이 납니다. 나는 아버지 어머
니가 어데(어디) 가만(가면) 공부도 안 하고 놉니다. 그래다가 아버지가
올 때가 되면 공부를 합니다. (1963. 12. 9.)

· 2장 · 손 시려우면 우얘노

내가 잘못한 일

황용순 청리 3학년

나는 할아버지가 물을 들고 오라 하마(하면) 나 안 들고 와요 한다. 그러마 우리 할아버지가 왜 안 들고 와여, 밥 안 해 먹을래 한다. 내가 언제까지 한 버지기 들어다 불라고요 하마, 나두라(놔둬라) 내가 가서 한 버지기 들고 오마 하민성(하면서) 할아버지가 버지기를 가지고 새암(샘)에 가서 물을 한 버지기 들로 갔을 때 나는 내가 가서 들고 올걸 이런 생각이 난다. 나는 할아버지가 밥을 나하고 둘이 해도 물 한 버지기를 들다 나르다가 할아버지가 돌아가시면 나는 할아버지가 불쌍하다. 나는 할아버지요 나중에는 내가 들고 오깨요 하마 할아버지는 웃는다. (1963. 12. 9.)

* 버지기: 둥글넓적하고 아가리가 넓게 벌어진 질그릇.

362

잘못한 일

김점옥 공검 2학년

우리 할머니가 아기 업고 놀로 가라고 합니다. 그래 또 동생도 따라
나옵니다. 그래 나는 "안 데리고 가여" 하니 고마 동생이 웁니다. 그
래 고마 우리 할머니가 나오셔서 동생을 막 때립니다. 그래 나는 생
각하니 백지(공연히) 그랬구나, 내가 동생을 데리고 갈 걸 내가 잘못했
다 하고 생각납니다. (1958. 12. 20.)

잘못한 일

나는 오늘 아침을 먹고 선생님이 산수 숙제 낸 것을 다 하고 신작로에 나오니 어떤 아이가 하나 팽이를 치고 있었다. 나는 추워서 막 뛰어가다가 일부러 팽이가 잘 돌아가는데 막 뛰어가면서 팽이를 탁 찼다. 차니 그 아이가 씨바 머(뭐) 저래 아이 밉어라 한다. 나는 머 일마(임마) 하니 가(그 아이)는 씨바 팽이 왜 차나 한다. 머 일마 차마(차면) 팽이가 안 도나 잘 돌기만 하만 되지 하니 그 새끼는 애이 씨바 살리기 애먹어여 한다. 그래 가는 팽이를 주워 가지고 저 집으로 간다. 나는 저것들 엄마한테 혼나까 봐 집으로 막 뛰어갔다. 나는 이것이 잘못이었다. (1963. 12. 9.)

중간 학교

김주동 대곡분교 3학년

나하고 선교하고 학교 오다가 그래 둘이서 놉니다. 노다가 너무 많이 놀아서 내가 선교한테 선교야 우리 학교 늦다. 고마 중간 학교 하자 하니, 아래마(아랫마을)까지 가 보자 하였습니다. 그래 아래마까지 내려오니 선교가 늦기는 개콜 늦어 하면서 그랬습니다. 그래 학교 와서 놀았습니다. (1968. 12. 10.)

옷 대리기

조병년 청리 3학년

어제 일요일 날 어머니가 옷 대린다고(다린다고) 숯을 발갛게 해 가지고 대래비(다리미)에다 담아 가지고 방에 들어와서 내가 옷 조그만한 것 개리(가려) 가지고 내가 양짝 기디(귀퉁이) 붙들고 어머니는 발로 한 짝 밟고 한 손으로 기디 붙들고 한짝 손으로 대래비를 거머쥐 가지고 대리비를 나 있는 데다가 민다. 나는 딜까(델까) 봐 제일 끝티(끝)에 거머쥐 가지고 고만 미끌어져서 당 났다(났다). 숯이 팔닥 뛰 가지고 옷이 허옇다. 어머니가 안 딘다, 꼭 거머지, 한다. 또 딴 옷을 대린다. 이번에 꼭 거머줬다. 어머니가 밀었다 댕깄다 한다. 또 손을 당 놓았다. 이제 나이롱 옷이라서 치지지 하며 옷이 탄다. 어머니가 숯을 그 뚜거운 걸 막 주(주워) 담는다. 병년아 이거 좀 담아 한다. 내가 하나를 주 담다가 뎄다. 어머니가 다 담으시고 나를 막 머러 카신다(뭐라 하신다, 야단치신다). (1963. 12. 9.)

내가 하는 일

남경삼 청리 3학년

집에 가면 아버지가 일을 시킨다. 나는 일을 한다. 그래 내가 콩을 빨
때 내가 조금이라도 잘 못하면 막 머캅니다(꾸중합니다). 나는 고개를
숙이고 있습니다. 그래 아버지는 나보다 못한다고 나마(나만) 먹카신
다고(뭐라 하신다고) 생각이 나온다. 발동기는 돌리(돌려) 놓고 모비로는
안 니라놓고(내려놓고) 나한테만 시킨다. 나는 한다. 또 국씨(국수) 틀 줄
을 그냥 나두고 기양(그냥) 발동기를 돌릴 때 국씨 틀이 딸리 가마(딸
려 가면) 나마 먹카까 바 아버지 국씨 틀 줄 비끼고 해 하고 말한다. 그
러면 아버지가 줄 비끼고 한다. 어머니가 경삼이가 더 머리를 쓴다고
말하신다. (1963. 12. 9.)

밥 짓기

권이남 공검 2학년

나는 밥을 했는데 밥이 다 누룽지가 되어서 막 혼났습니다. "날마다 하는 거 왜 태웠어?" 그래 따라 내 동생도 "누가 누룽지를 하래여" 하고 지랄 곧 합니다. 나는 그만 화가 나서 저녁밥을 먹지도 않았습니다. (1958. 12.)

목화

심필련 대곡분교 3학년

나는 어제 목화를 땄습니다. 점심을 먹고 목화밭 개골에 가서 큰언니하고 작은언니하고 나하고 목화를 땄습니다. 작은언니는 목화가 많이 피고 봉실봉실한 것을 따고 큰언니하고 나하고는 목화 꼬투리째로 따고 하였습니다. 한 다물 다 따 놓고 두 다물째 따다가 보니 어떤 사람이 올라갑니다. 내가 "언니야, 저 사람이 누구로?" 하니 민영자네 아버지라고 하였습니다. 또 그러고 조금 있다가 보니 용구네 아버지가 또 올라갑니다.

그러다가 세 다물째 올라가서 노래를 부르면서 이야기도 하면서 목화를 땄습니다. 내가 "언니야, 나는 겨울방학 때에 꼭 신당 언니네 집에 간다"고 하니 언니가 "누구하고 갈래?" 합니다. 내가 "어머니하고 가지" 하였습니다.

그래서 목화가 두 다물 남았는 것을 열심히 땄습니다.

목화를 따니 손이 아팠습니다. 그래서 내가 돌배나무 밑에서 쉬다가 또 따기 시작하였습니다. 그래서 손을 빨리빨리 놀려서 따다가 목화나무에 똑바로 눈 밑에다 찔렸습니다.

그래서 열심히 따 가지고 내가 보따리에 싸 가지고 이고 다라기에 미고(메고) 큰언니는 홑이불에 이고 작은언니는 다라기에 봉실봉실한 것을 이고 집으로 돌아갔습니다. (1968. 12. 9.)

고추 따기

김해자 대곡분교 3학년

나는 어제 고추를 땄습니다. 고추를 따는데 미자와 명자가 와서 고추를 땄습니다. 아침부터 우리 집에 고추를 따로 왔습니다. 내가 빨리 온나(오너라) 하니 미자와 명자가 고추 따 주마(주면) 무 좀 주머(주면) 하였습니다. 나는 고추나 많이 따 주면 무우는 너 먹을 대로 먹어라 하니 미자와 선자가 열심히 고추를 땄습니다. 고추를 따고 있으니 어머니가 따지 말고 털어라 하여서 우리는 고추를 털었습니다. 고추를 다 털고 고추를 주웠습니다. (1968. 12. 9.)

지황 가리기

김용팔 대곡분교 3학년

어머니하고 나하고 지황을 줏습니다. 나는 산태미(삼태기)에 줏고, 어
머니는 봉새기(봉태기, 소쿠리)에 주었습니다(주웠습니다). 자꾸 주니(주우니)
나는 셋 산태미, 어머니도 셋 봉태기 주었습니다. 어머니하고 줏고
있을 때 어머니는 아버지 참을 주로 가셨습니다. 나는 내 혼자 어머
니보다 더 많이 줏는다고 빨리 주니 나는 또 한 산태미 주었습니다.
어머니는 아버지 참을 다 먹은 뒤에 그릇을 정제(정지에, 부엌에) 갖다
놓고 또 주로 왔습니다.

나는 놀로 나가니 길을 가든 사람이 "아이들이 많은데 하나 데리고
갈까?" 하였습니다. 나는 집으로 돌아와서 또 주었습니다. 그리고 다
줏고 점심을 먹었습니다. 먹고 나서 지황을 깎았습니다. 한참 깎다가
놀러 갔다 와서 또 깎았습니다. (1968. 12. 9.)

곰 줍기

김후남 대곡분교 2학년

나는 어제 점심 먹고 점숙이네 마을에 곰(고용)을 따로 갔습니다. 나
하고 작은엄마하고 아버지하고 언니하고 곰을 주로(주우러) 갔습니다.
아버지는 따고 우리는 마카(모두) 줏고 하는데 아버지도 다 따고 내려
와서 줏기 시작하였습니다. 아버지는 늦게 주어서(주워서) 두 자리배
끼(자루밖에) 못 주었습니다(주웠습니다). 내하고 언니하고 고모하고 작은
엄마하고는 일찍이 주어서 많이 주었습니다. 다 주 가지고 집에 와서
곰을 먹어 보니 달삭하고 쫄닥쫄닥하고 뒤의 것은 달삭하기만 합니
다. 어머니도 먹어 보디(보더니) 웃못에 게(웃못의 것이) 더 맛있다 하였습
니다. (1968. 12. 10.)

돼지 집 치기

김치연 대곡분교 3학년

오늘 식전에 돼지 집을 쳤습니다(치웠습니다). 아버지가 오시더니 "에이놈아, 이래 쳐가(치워서) 대나(되나)" 하고 아버지가 돼지 집에 있는 나무를 도꾸(도끼)로 때려서 나무를 뺐습니다. 아버지가 삽가래로 파내고 나는 산태미(삼태기)로 걸금(거름)에 퍼내고 이래서 하도 대(되어, 고되어) 비니(보이니) 아버지가 "치연아, 이놈아, 대그덩(되거든) 드가그라(들어가거라)" 합니다. 나는 방으로 들어갔습니다. 아버지는 광이(괭이)로 다 파내고 또 산태미를 가지고 걸금에다가 다 붓고, 그래서 아버지도 방에 들어오셨습니다. (1968. 12. 10.)

벼름박 바르기

김대현 대곡분교 3학년

나는 어머니와 벼름박(벼름벽)을 발랐습니다. 풀 솔을 가지고 풀을 묻혀 가지고 발랐습니다. 나는 적십자 책을 뜯고 어머니는 발랐습니다. 어떤 때는 일랐습니다(일어났습니다). 신문지가 벌써 바른 것도 일라서 죄 뜯어 부고(버리고) 발랐습니다.

내가 또 어머니한테 여기도 일랐다 하니 걸레를 가지고 눌리니(누르니) 붙었습니다. 문 앞 있는 데는 다 떨어졌습니다. 거기도 바르니 또 일랐습니다. 또 걸레로 눌리니 붙었습니다. 어머니가 나한테 문을 열어라 해서 열었습니다. 문을 여니 안 일랐습니다. (1969. 12.)

빨래

김용규 길산 5학년

나는 집에서 햇살이 달 때 뜨거운 물에 빨래를 치대 가지고 씻었다.
물이 뜨거워서 빨래를 치대니 손이 화끈화끈했다.

어머니가 그냥 치대면 되나 하셔서 내가 왜요 하니 그냥 하면 치대
지나? 빨래판으로 치대야지 하셨다.

빨래판으로 치대 가지고 앞 거랑(내)으로 씻으로 가니 상숙이네 오리
가 꾸정물을 밑으로 보냈다. 그래서 나는 웅굴(우물)로 갔다.

웅굴에 가니 물이 참 깨끗했다. 거기서 돌멩이를 갖다 놓고 빨래를
씻었다. 웅굴물이 뜨시했다(따스했다). (1977. 12.)

빨래

아침을 먹고 나니 어머니가 아프다고 해서 할머니네 집에 가서 도라
지 캐 가주고 왔습니다. 발하고 손하고 시려서 내가 뛰어와서 방에
조금 있다니 어머니가 손 말라 가주고 좀 춥지만 이따 디자기(기저귀)
좀 빨아라 합니다. 손 시려워 하니 손 시려우면 우얘노(어쩌노) 아무래
도 니 할 것 해야지 한다. 그래 내가 어머니 말 듣고 빨아 가주고 빨
랫줄에 널어놓고 손이 시려서 방에 또 드가니 어머니가 또 손 좀 말
라 가주고 내 머리에 이 잡아 달라 한다. 빗으로 빗지 하니 아파 가주
고 못 빗어 한다. 그래서 내가 내 어머니 머리에 이 잡아 주께 어머
니도 내 머리 이 잡아 줄라면 나도 잡아 주께 하니 어머니가 오야 한
다. 그래서 내가 조금 잡아 주고 내 머리 이 잡아 달라고 하니 어머니
가 안 잡아 준다. 나도 인지는 어머니 머리 이 안 잡아 준다고 했다.

(1970. 1. 1.)

텔레비전

박춘연 길산 5학년

나는 텔레비전을 조금밖에 못 봤다. 우리가 텔레비가 있다면 마음대
로 볼 텐데 이웃집에 텔레비전 보러 가면 마음이 쓸쓸해진다. 왜냐하
면 이웃집에 가서 이쪽 편에 재미가 없고 저쪽 편에 재미있을 때 저
쪽에 틀라고 하면 보기 싫으면 가라고 한다. 그래서 할 수 없이 재미
가 없는 것을 본다. 그런데 또 우리들이 방에 들어갈 때는 텔레비 보
는 사람이 춥다고 빨리 문을 닫아라고 한다. 그래서 텔레비전을 보고
집에 돌아가서 어머니와 아버지께 우리는 왜 텔레비전을 안 사요 하
고 여쭈어보면 아직은 돈이 없어서 못 사고 내년에 텔레비전을 산다
고 늘 말씀하신다. 그러나 나는 지금 당장 보고 싶다고 말한다. 우리
는 잘살지도 못한다. 그래서 빚이 많아서 담배 팔아서 빚을 갚아 버
리면 담배 돈은 우리한테 10원도 남지 않는다. (1978. 11. 24.)

텔레비전

김복환 길산 5학년

우리 집은 텔레비전이 없다. 그래서 텔레비전을 건호네 집에 가서 본다. 우리 아버지는 내년에 텔레비전 한 대를 산다고 하시지만 나는 텔레비전을 안 사면 좋다. 왜냐하면 전기세가 올라가기 때문이다. 이전에는 지례가 전기가 없어서 호랑불(호롱불)을 켜고 있었다. 요사이에는 발달이 되어 전기가 들어왔다. 나는 처음에 전기가 들어왔을 때는 형이 다마를 몇 개 터잤다(터뜨렸다). 이전에는 전기가 없어서 호랑불이 좀 컴컴했다. 요사이에는 아주 밝다. 방에 있는 것은 다 보인다. 이전에는 잘 안 보이였다. 나는 텔레비전을 사면 좋겠는데 전기세가 올라가기 때문에 걱정이다. (1978. 11. 24.)

우리 집 마구채

배옥자 대곡분교 2학년

우리는 어제 마구채(마구간, 외양간)가 다 넘어갈라 하는 걸 어머니가 톱을 가지고 정제(정지에, 부엌에) 가서 해가리(서까래)를 끊었습니다. 그거를 다 끊어 놓고 마구 설거지를 해 놓고 또 지둥(기둥)을 끊어서 언니가 삼을 삼는 걸 불러서 붙드라고 하고 또 지붕을 떠밀어서 집을 다 넘어 주어서 지붕에 이(이어) 났는(놓은) 것을 걷어서 어머니가 지게를 가지고 한 짐 거름에 져다 놓고 또 와 가주고 한 짐 져다 놓고 점심을 먹고 벽을 쌓았습니다. 벽을 쌓다가 돌이 없어서 주워다 했습니다. (1968. 12. 9.)

우리 집

임도순 공검 2학년

우리 집은 다 쓰러져 가는 오막살이집입니다. 나는 꺼버질까(찌그러질까) 봐 밤에는 잠도 잘 못 잡니다. 나는 언제나 좋은 집에 살까 울음이 나옵니다. 어머니께서는 돈 많이 벌어서 좋은 집에 살자 하십니다. 나는 우리 집이 다 쓰러져 가지만 그래도 우리 집이 제일 좋습니다. 학교 갔다 집에 오면 어머니가 밥도 주고 참 좋습니다. (1959. 2.)

· 3장 · 내가 어서 커야지

어머니

김정순 공검 2학년

오늘은 눈이 오는데 어머니 말씀이 나무하러 가신다고 하십니다. 그래서 내가 "눈이 오는데 나무하로 가여?" 하니까 어머니께서 "해야지 때지" 하시는 말씀을 들으니까 기가 막힙니다. 그래 어머니는 나무를 하러 가시고 나는 한참 있다가 마루에 나가서 어머니 나무하시는 것을 바라보면, 쳐다보니 어머니는 안 보이고 눈은 퍽퍽 내리고 멀리 있는 산들은 눈이 하얗게 쌓여 있습니다. (1958. 12.)

어머니

학교에 왔다 집에 가니까 언니가 아기를 업고 울고, 어머니는 정지
(부엌)에 저녁 하십니다. 그래 나는 어머니를 쳐다보니까 어머니도 울
은 것 같아서 나는 어머니 저녁 하시는 데 불을 때 주고 방에 들어가
서 언니에게 왜 우는가 물어보니까 아버지가 서울 가서서 아저씨를
못 만나서 인지(이제)는 우리 나락도 다 태종이네가 가지고 가고 우리
집도 인지는 팔고 우리 집을 팔아도 다 모지랜다고(모자란다고) 합니다.
나는 어머니가 저녁밥을 먹어라고 하셔도 저녁도 안 먹고 언니하고
울면서 있다가 저녁밥을 먹고 설거지를 하면서 또 언니에게 그만 나
는 학교에 못 당기겠네 하니까 모른다고 합니다. 그래 나는 울면서
설거지를 다 하고 방에 들어가니까 어머니께서 또 울라 하시길래 엄
마 울지 마라 하니까 "너 아저씨 때문에 우리 집 다 망했다"고 하십
니다. 그래 나는 누(누워) 자고 아침밥을 먹고 학교에 왔다 집에 가니
까 어머니하고 아기하고 웃으면서 놀고 있습니다. 나도 좋았습니다.
그래 나는 점심밥을 먹고 어머니하고 언니하고 아기하고 나하고 그
래 아기를 보고 놀았습니다. (1958. 12. 27.)

어머니가 됐으면

안순화 대곡분교 2학년

나는 어머니가 되면 좋겠다. 내가 그면(그러면) 밥도 해 먹고 좋겠다.
나는 학교에도 다니지 말고 어머니가 되면 좋겠다. 내가 어머니라면
야단도 안 치고 아이들이 방에서 뛰어도 안 머러 근다(뭐라 안 한다. 꾸중
을 안 한다). 나는 빨리 졸업을 하면 집에서 밥이라도 해 먹고 좋지 뭐.

(1969. 12. 5.)

겨울 공부

이명수 대곡분교 2학년

나는 방학이 되면 규필이하고 우리 집 상방에서 공부를 할라고 합니다. 규필이는 너 집에 우리 둘이만 공부하자고 말했습니다. 나는 규필이보고 겨울방학이 되면 그림도 그리고 시도 쓰고 하재 했습니다. 규필아, 우리 둘이 선생님 있는 데 편지도 하재, 나는 꼭 쓰자고 말했습니다. (1968. 12.)

수판 공부

김경화 대곡분교 3학년

나는 올겨울에 옥자네 집에 가서 수판 놓는 공부를 하겠습니다. 나는
옥자한테 배우겠습니다. 나는 수판을 놓을 줄 모릅니다. 지금부터 배
워서 5학년 2학기 때는 안 틀리게 잘 놓겠습니다. 선생님이 부르는
대로 다 하고 싶습니다. 나는 수판 놓는 공부를 열심히 배울 결심을
합니다. 옥자도 겨울에는 수판을 놓는다고 오라 합니다. 해마다 벼르
다가 딴 데 놀러 가서 못 배웠습니다. 올해는 암만 가라고 해도 수판
을 배우개네(배우니까) 하고 안 갈라고 작정합니다. (1968. 12.)

팽이와 낙하산

김장연 대곡분교 3학년

어제 준모네 마당에서 팽이를 치는데 준모가 탁구 친다고 팽이는 저리 가 하고 탁 집어 쳤습니다. 나는 그래 정연이네 집에 가서 쳤습니다. 정연이 집에서 보니 다른 아이가 치니까 또 칩니다. 내 마음에 마당 하나 있다고 유세하나 우리도 마당이 있지만 나빠서 못 치기 때문에 거기서 좀 친다고 집어 찬다. 저는 거기서 탁구만 치고 놀고 우리는 못 놀그러(놀게) 한다고 생각했습니다. 그러다가 탁구공을 잃어 버렸습니다. 또 내 마음에 고거 잘 잃었어, 우리 못 치라고 한 죄로, 하고 생각했습니다.

그러다가 점심을 먹고 팽이채와 팽이를 들고 가서 좀 치다가 보니 준모가 학교 갔기 때문에 우리는 거기 가서 시큰(실컷) 치고 마당을 홀 파 재꼈다. 마당을 파고 팽이를 치니 팽이채가 뿌러졌다. 또 집에 가서 팽이채를 만들어서 쳤다. 치다가 보니 팽이채 나무가 굵어서 잘 치지 못했습니다. 그래 팽이는 그만두고 낙하산을 만들어 날리니 잘 날았습니다. 그래 또 날리니 감나무 위로 올라갔습니다. 장대를 가지고 내루니(내리니) 내루키는 내라도(내리기는 내려도) 째져 뿌렸습니다(찢어져 버렸습니다). 낙하산은 그만두고 또 준모네 마당에 가서 팽이를 쳤습니다. (1968. 12. 10.)

나무

이성윤 대곡분교 2학년

나는 어제 나무를 했습니다. 한 짐 해 가지고 오다 보니 길옆에 굵은
나무가 두 개 있습니다. 나는 나무했는 것을 대번 꼴미때리고 굵은
나무 두 개 졌습니다. 두 개 지니 내 있는 데 마치맞게(맞춤하게) 되었
습니다. 그래서 집에 오니 어머니가 그클(그렇게) 굵은 걸 어얘(어떻게)
지고 왔나 하였습니다. (1968. 12. 9.)

* 꼴미때리고: 메어치고. 꼴미치고. 처박고.

나무하기

정부교 대곡분교 3학년

나는 어제 아버지와 나무를 하로 갔습니다. 뒷동산에 가서 나무를 반 짐 하였습니다. 그런데 점심을 먹을라고 하였습니다. 아버지가 한 짐 다 돼 간다 하니 동생이 빨리 오래요, 하고 소리를 질렀습니다. 그러 다니 어디선지 퍼두둥 꿩꿩 하는 소리가 들렸습니다. 소리 나는 데 보니 꿩이 있었습니다. 꿩이 날아갔습니다. 가는 걸 보니 아름다왔습 니다. 색갈도 아름다왔습니다. 그 넘에(너머에) 가 앉았습니다. 나는 아 버지와 나무를 한 짐 해서 지고 왔습니다. (1968. 12. 9.)

나무하기

배옥자 대곡분교 3학년

오늘은 나와 분자와 순이와 춘이와 그래 넷이가 나무를 하러 갔습니다. 제일 먼저 앞거리에 나와서 우리는 모두 갈 곳을 정했습니다. 내가 먼저 순이한테 "어디로 갈래?" 하니 순이는 한참 생각하다가 "앞산에 미 봉우리 있는 데 가자" 하였습니다. 그래서 내가 "그머(그럼) 거기 가 보자" 하였습니다. 우리는 모두 올라갔습니다. 조금 올라가다가 순이가 "이따 나무해 가지고 올 때 일로(이쪽으로) 못 내려오면 저쪽에 벤달(비탈)로 오자" 하였습니다. 내가 "저쪽 벤달로 오면 구불어진다" 하니 자꾸 저쪽으로 오자 합니다. 그래 올라가는 동안에 언젠가 하마(벌써) 옥속이네 밭이 보이고 산이 보였습니다. 그래 조금 올라가다가 순이가 나무 조그만한 것을 주우면서(주우면서) "이런 것도 많이 모으면 한 단 된다. 안 그래?" 합니다. 나는 "글타" 하며 올라가니 어느새 하마 글때(그때) 우리가 봄철에 진달래 꺾어 먹던 곳이 보였습니다.

다 올라가 가지고 분자가 나무를 주워서 춘이네 해(것)하고 한테(한곳에) 갖다 놓아서 그만 둘이 싸워서 분자가 울었습니다. 그래서 춘이 나무는 춘이 주고 우리 나무는 우리 하고 그래서 싸움을 말려서 둘씩 갈랐습니다. 분자와 나는 아래로 가고 순이와 춘이는 우리의 반대쪽으로 갔습니다.

나와 분자는 제일 첨에는 싸리를 비다가(베다가) 분자가 돌아다니며 나무를 줍고 하여서 한 자닥 주워서 분자가 날 보고 "옥자야, 여기 나무 있다. 낫 가지고 찍어라" 하며 부릅니다. 그래 싸리를 안 비고 가 보니 정말 나무가 수북이 있습니다. 그래서 그걸 다 찍으니 한 자닥 되었습니다. 내가 "야, 나무 많다" 하니 분자가 "그라머, 거짓말할까 봐" 합니다. 그래서 한 자닥 갖다 놓고 또 하러 갈라 하니 춘이가 저 위에서 부릅니다. 나는 안 갔습니다.

또 한 자닥 해 갖다 놓고 묶었습니다. 그러다가 보니 춘이네 아이들도 한 단씩 해 가지고 내려왔습니다. 우리는 넷이 모두 다 내려왔습니다. (1970. 1. 7.)

---

* 자닥: '아름'이 두 팔로 껴안은 둘레의 길이나 물건의 양이라면, '자닥'은 한 팔로 껴안은 것이다.

나무하기

김응환 대곡분교 3학년

나는 아침을 먹고 대환이와 대기와 인기와 나무하러 갔습니다. 승교네 밭 옆에 갔습니다. 거게 가니 나무가 많았습니다. 대기하고 대환이하고는 그 우에 가서 하고, 인기하고 나하고는 갈비(솔가리)를 끌었습니다(긁었습니다). 대환네 아이들은 뚱거리(장작)를 하였습니다. 우리는 빨리빨리 끌었습니다. 인기하고 나하고는 갈비를 크단하게(커다랗게) 무져(모아) 놓고, 나는 쟁이(갈퀴로 갈비를 차곡차곡 포개어 쌓는 것)를 했습니다. 쟁이를 하니 여섯 자닥이었습니다. 그리고 그 우에 가니 마구(모두) 알갈비(잘 마른 갈비)였습니다. 인기하고 나하고는 또 빨리 끌었습니다. 쪼매 무져 놓고 쟁이를 했습니다. 쟁이를 안고 내려와서 세어 보니 아홉 자닥이었습니다. 그리고 칠기(칡)를 끊어 가지고 펴 놓고 소깝(솔가지)을 쳐 가지고 지게 가 있는 데 걸쳐 놓았습니다. 그리고 쟁이를 소깝 우에 놓았습니다. 다 진가(짐구어, 짊어) 놓고 웃장(갈비 위에 묶기 좋게 덮는 솔가지)을 놓았습니다. 놓고 칠기를 매었습니다. 그래 일받아(일으켜) 가지고 그 옆에 진가(작대기로 꾀어) 놓았습니다. 진가 놓고 대기네 아이들 있는 데 가 보니 대환이가 나무 좀 아세(앗아) 달라 합니다. 다 아세 주고 있다니 대기가 집니다. 지다가 미끈(메는 끈) 떨어졌다 합니다. 그래 대기는 칠기를 끊어 가지고 맸습니다. 대기가 미끈 매면서 인기 해(것) 쟁이 해 가지고 짐빼(멜빵) 해 조라(줘라) 합니다. 그래서 내가 뛰어내려 가서 쟁이를 해 가지고 거게 놔두고 칠기를 끊으러 갔습니다. 칠기를 끊어 와서 재 가지고 땅바닥에 놓았습니다. 소깝을 놓고 갈비 쟁이를 해 났는 거 안아 가지고 소깝 우에 놓았습니다. 다 놓고 웃장을 놓아 가지고 칠기를 맸습니다. 또 칠기를 끊으러 갔습니다. 그래서 짐빠를 해 주고 있다니 대환이가 나보고 웅환이 어른 짐 같다 합니다. 그리고 사무(사뭇) 집으로 내려왔습니다. 올 때 대기가 또 지게 미끈 떨어졌다 합니다. 나는 목이 말라서 물을 먹고 왔습니다. "대기야, 지고 내려가까?" 하니 내려가라 합니다. 나와 인기는 집 가까이 다 와서, 인기는 둑에 놔두고 올라갔습니다. 내가 대기네 곰(고욤)을 주워 먹다니 인기가 지고 옵니다. 같이 주워 먹다가 집으로 내려왔습니다. (1969. 12. 21.)

* 자닥: '아름'이 두 팔로 껴안은 둘레의 길이나 물건의 양이라면, '자닥'은 한 팔로 껴안은 것이다.

아팠던 일

박귀봉 대곡분교 2학년

나는 11일에서 13일까지 아팠습니다. 제일 처음 앞가슴이 아팠습니다. 아침에 설거지를 하는데 그릇을 찬장에 넣다가 앞가슴이 아파서 울었습니다. 아버지가 나무를 지고 와서 내 앞가슴을 만져 보고, 많이 언쳤다고(얹혔다고, 체했다고) 하였습니다. 저기 문 앞에서 껑충 내리뛰라고 하였습니다. 나는 뛰었습니다. 머가 앞가슴에 붙었습니다. 손바닥 같은 기 붙었습니다. 고 앞가슴에 올라오고 있었습니다. 배 안에서 꿀꿀 하고 있었습니다. 배를 주물리기만 하면 배 안에서 자꾸 꿀꿀 하고 있습니다. 밤에 장물을 한 술 떠먹으니 올라와서 소구박지(쇠죽 푸는 바가지)에 게우니 거시(회충)가 한 마리 나오고 있었습니다. 또 장물을 먹어 보라고 하였습니다. 나는 안 먹을라고 해서 안 먹었습니다. (1970. 1.)

내가 파마 장사라면

김규필 대곡분교 3학년

내가 파마 장사라면 미장원에서 머리도 찌져(지져) 주고 돈도 벌이고
하겠다. 나 혼자 벌어 가지고 옷도 사 입고 양식도 받아먹고, 그래 돈
을 많이 벌어 가지고 집에도 주고 서울도 가서 공장에 들고 서울 구
경도 하고 참 좋을 것 같다. 공장도 잘되면 돈을 많이 벌어 가지고 우
리 집 식구들을 막 다 데리고 서울 가서 살면 얼마나 좋을까? 내 마
음엔 다른 사람들이 도시로 이사를 가는 것 보면 우리도 도시로 가
고 싶다. (1969. 12. 5.)

내가 운전수라면

이재흠 대곡분교 3학년

내가 어서 커서 운전수라면 어릴 때 학교에 같이 다니던 내 친구들 하고 같이 차에 타고 여행을 하면 얼마나 좋을까? 내가 운전질을 하고 내하고 성윤이하고 차 안에 타고 다리(다른 이)는 차 뒤에 타고 막 달리면 얼마나 기분이 날까? 지금도 내가 차를 만든다면 내가 가지고 싶은 차도 다 만들어 가지고 싶네. 얼른 어른이 되면 좋겠다. (1969. 12. 5.)

설날이 되면

이이교 공검 2학년

내일은 설날입니다. 다른 아이들은 설이 얼른 다(닿아) 오며는 좋다고 해도 나는 설이 다 와도 하나도 안 좋습니다. 다른 아이들은 옷을 좋은 것을 해 놓아서 좋다고 하지마는 나는 옷도 좋은 것을 안 해 놓아서 좋지도 않습니다. 다른 아이들은 나는 옷 해 놓았는데 나도 해 놓았는데 하는데 나는 옷을 좋은 것을 안 해 놓아서 아무 말도 못 하지요. 그러나 설날은 얼마나 즐겁겠습니까. 설날이 즐겁다 해도 나이가 더 먹으니까 마음이 덜 좋습니다. 나는 이렇게 어머니께 말했습니다. "떡국 안 먹으면 나이가 안 먹어여?" 하니까 어머니는 "떡국 안 먹는다고 나이가 안 먹을라고" 하십니다. 그래 나는 떡국을 안 먹으면 나이가 안 먹는다고 안 먹을라 했더니 떡국을 안 먹어도 나이를 먹는다 하니 나는 떡국을 먹을 터입니다. (1959. 1. 7.)

선생님께

권순교 대곡분교 2학년

선생님, 그동안 안녕하십니까?

나는 공부도 잘 하고 있습니다. 일도 합니다. 눈이 오나 비가 오나 신이 없어서 걱정하고 있습니다. 외가에 갈라 해도 못 갑니다. 신을 사달라 해도 안 사 줍니다. 암만 손이 틀어도 사무(사뭇) 밥만 해라 합니다. 손등이 곪아서 오동같이 부어서 한쪽 손은 쓰지도 못합니다. 연중에(거기에다 더욱) 오른쪽이 그래서 공부도 잘 못 합니다. 공부할 때매둥(때마다) 걱정을 합니다. 한쪽 손은 꼬굴리도(꼬부리지도) 못 합니다. 세수도 못 합니다. 그래도 숙제는 다 해 갑니다. 학교에 간다고 책보를 싸 놓고 보면 문득 학교에 안 가는 것이 생각합니다. 그러면 선생님 안녕히 계십시오.

1970년 1월 3일 토요일

2학년 권순교 올림

분이한테

김진순 공검 2학년

분이야, 네가 불쌍하다. 1학년에서 2학년까지 다니다가 갱께 네가 보고 싶다. 시방(지금)도 너들 집에서는 때로 밥을 안 먹을 때가 더 많다. 시방 분이 너들 아버지가 까질 장사 하고 있다. 분이야, 나는 네가 하도 보고 수와서(싶어서) 학교에 갔다 올 때마다 너들 집 앞에서 본다만 너들 오빠나 너들은 안 보이고, 나만 분이야 우찌(어찌) 와여, 내일 와여, 그카만(그렇게 말하면) 좋아서 내일 얼른 다 오만(오면) 생각이 난다. 분이야 와서 놀기도 하고 한번 다녀가거라. 네가 보고 싶다. (1959. 2.)

미술 시간

이이교 공검 2학년

미술 시간에 학교에 올 때 비가 왔는데 비 온 것을 미술 시간에 그릴
라 하니까 그릴 것은 있는 것 같은데 무엇인지 알 수가 없습니다. 암
만 생각을 해 보아도 알 수가 없습니다. 그러다가 생각을 못 해서 동
무들이 우산을 들고 가(가져)가는 것을 그릴라 해도 내가 우산을 들고
오지 않았으니까 우산을 들고 오는 것을 그릴 수 없습니다. 그래 나
는 우산 들고 오는 것을 안 그리고 그냥 책보만 들고 오는 것을 그릴
라고 하니까 또 그것만 그리면 빈 데가 많이 있을 게고 해서 이리저
리 암만 생각을 해 보아도 대구(자꾸) 우산 생각만 나고 속으로는 그
래도 답답하기만 합니다. 그렇다고 해서 안 그릴 수는 없습니다. 아
무따나(아무렇게나) 그린다 해도 그려야 하지 안 그려서는 안 됩니다.
그래 나는 무엇인지 자꾸 그리고 있는데 책보를 싸라고 해서 그만
시간을 보내고 말았습니다. (1959. 2. 14.)

학교 시간

이이교 공검 2학년

음력설 쉬고는(쇠고는) 나는 날마다 지각을 하였습니다. 아침에 다녀도 어쩐지 그렇게 지각을 합니다. 학교에 오면 날마다 아침 조회를 하고 줄을 지어서 교실로 들어갑니다. 지각은 나만 하는 것이 아니고 우리 마을 아이들이 모두 나하고 같이 지각을 합니다. 집에서는 아직 안 늦는 것 같아도 학교에 오면 지각을 합니다. 그래도 음력설 쉬고 나는 오늘 처음 지각을 하지 않았습니다. 나는 참 기뻤습니다. 오늘처럼 기쁜 날은 처음인 것 같았습니다. 나는 지각을 하면 좋지 못하다고 생각합니다. 나는 날마다 지각을 안 한다고 하여 집에서는 일찍 와도 학교에 오면 지각을 하기 쉽습니다. 나는 지각을 다시는 안 한다고 나 혼자서 중얼거리며 약속하여 놓았습니다. (1959. 2. 12.)

* '아침에 다녀도……' 한 것은 2부 수업으로 오전반 차례가 된 것을 말함.

밥 먹기

권상출 대곡분교 2학년

우리는 오늘 아버지가 장에 간다고 아침을 아주 일찍 하였습니다. 그래서 나는 붐할 때 일어나서 옷을 입고 세수를 하고 책보를 쌌습니다. 아버지는 나보다 일찍 먹고 가고 나는 뒤에 먹는데 밥은 보리밥이고 간(반찬)은 고기, 꼬치장, 된장, 콩나물이었습니다. 어머니가 고기는 나 혼자 주었습니다. 누나는 내 고기를 한 통배기 가만이 훔쳐 갔습니다. 그래서 내가 고기를 세아라(세어) 보니 세 통배기가지였습니다(통배기뿐이었습니다). 그래서 내가 "네 통배긴데 왜 세 통배기가지래?" 하니 누나는 암 말도 안 하였습니다. 그래서 내가 누나가 가지고 갔는 줄 알고 세 통배기 먹고 또 누나 해(것) 빼앗아 먹으니 누나가 "돼지 거튼(같은) 새끼" 하였습니다. 나는 그래도 암 말도 안 하고 다 먹고 학교로 왔습니다. (1970. 2. 19.)

아침밥 먹기

김대현 대곡분교 3학년

나는 아침밥을 먹으면서 이야기한다고 형님이 머라 캅니다(꾸중합니다). 밥 먹고 이야기하면 되 껜데(될 텐데) 하며 머라 칸다. 형님은 밥을 먹으며 어머니하고 이야기하면서 나는 못 하그러(하게) 한다. 어머니는 쫓아댕기는데 잊어부면(잊어버리면) 생각나면 이야기(이야기)하면 어타(어떠냐) 합니다. 니는 이얘기하면서 왜 다리(다른 사람)를 못 하그러 하노, 한다.

아침을 다 먹고 반(상)다리를 접어서 배름박(배름벽)에 세와 놓고 그릇을 정제(정지에, 부엌에) 내주고 책보를 들고 학교로 왔습니다. (1970. 2.)

아침밥

이재흠 대곡분교 3학년

아침에 나하고 동생하고 어머니하고 아버지하고 밥을 먹었습니다.
동생이 조밥을 먹어 보니 맛이 좋아서 맛있다 하며 먹었습니다. 나는
동생하고 이야기를 해 가며 먹었습니다. 내 동생이 나를 보고 이야
맛있다 하며 자꾸 맛있다 하며 먹는데 입이 조그만한 게 오물오물하
면서 먹는 걸 보니 불쌍한 생각이 들었습니다. 내가 어서 커야지 생
각하며 먹었습니다. (1970. 2. 19.)

조밥

정창교 대곡분교 2학년

나는 아침밥을 먹었습니다. 아버지는 상에 밥을 차려 주었습니다. 어머니하고 동생하고 누나하고 양재기에 담아 먹고, 나는 그릇에 담아 먹고, 밥을 먹는데 동생이 방구를 뿡 기었습니다. 조밥하고 두부하고 먹었습니다. 우리는 왜 산골짝에 들어왔나, 한실에 가서 논 부치고 쌀밥 먹자 하였습니다. (1970. 2. 19.)

밥 먹은 이야기

홍명자 대곡분교 3학년

오늘 아침에는 내 동생 새희 생일이었다. 그래서 달걀 찌지고 보한 이밥만 하고, 또 수르메(오징어)하고 호매이(양미리) 고기하고 무우 쪼가리하고 찌지고 묵나물하고 된장하고 짠지하고 들랐습니다(들어놓았습니다). 새희하고 아버지하고 진희하고 겸반(겸상) 채려 먹었습니다. 다른 날보다 밥맛이 더 있었습니다. 그래서 밥을 얼마나 먹었는지 배가 터지는 것 같다. (1970. 2. 19.)

밥 먹기

김순희 대곡분교 3학년

새형님이 어머니 앞에 외상 채리고 오빠 둘이 있는 데는 겸상 차렸
습니다. 새형님과 언니와 나와 둘레상에 채려 놓고 먹었습니다. 보리
쌀, 쌀, 감자가 섞인 밥입니다. 띠장(된장)에다가 달래 옃는(넣은) 것과
꼬치장(고추장)과 배초 짠지와 서구새 짠지와 고추 짠지와 공치하고
감자 싸래가(썰어 가지고) 찌졌는 것과 그래 먹었습니다. 새형님이 감자
를 구뎅이에 묻어가 먹으니 맛이 더 있다 하였습니다. 어머니가 참
글타(그렇다) 하였습니다. 내가 밥을 많이 먹어도 시간 마치고 집에 올
때 배고프다 하였습니다. (1970. 2. 19.)

밥과 고구마 먹기

김후남 대곡분교 3학년

오늘 아침에는 이밥을 해 먹었습니다. 썪했는(섞인) 거 없이 전 이밥만 먹었습니다. 다른 때는 조밥, 보리밥, 잔지, 된장, 곤지 잔지, 씨레기 국 그래 먹었습니다. 오늘 아침에는 이밥에다 닭국에다 먹었습니다. 밥을 먹다가 어머니요 왜 오늘 아침에는 이클(이렇게) 잘해 먹니껴(먹어 요) 하니 성주에 밥 떠 놓니라고 그렇다 합니다. 어머니가 남아, 물 한 그릇 떠 온나 해서 떠 왔습니다. 그러다가 내가 솥에 고구마 삶아 났 는 거 꺼내 와서 온 식구 다섯 개꿈(다섯 개씩) 먹었습니다. 먹으니 분 이가 얼마나 나는지 목이 막힙니다. 어머니가 가만히 있다가 오늘 아 침에는 밥 많이 먹어라, 점심 안 먹는 날이다 합니다. 내가 그머(그러 면) 저녁 일찌기 먹고 보리 짜들기 하나 하니 그래 합니다. 어머니가 얼른 갔다 와서 콩 볶아라 해서 내가 오야, 하고 고구마 하나 가지고 학교에 뛰어왔습니다. (1970. 2. 19.)

오늘 아침

이승영 대곡분교 2학년

오늘 아침에 내 동생이 밥을 하로 갔습니다. 나도 같이 불을 너(넣어)
주었습니다. 불을 한참 너니 보리쌀이 막 끓습니다. 네 번만 끓으면
밥이 다 됩니다. 불을 자꾸 너니 밥이 다 돼서 밥을 펐습니다. 상에다
가 밥을 놓고 간(반찬)도 놓고 상을 들고 상방에 갔습니다. 밥을 먹으
니 해(햇빛)가 뒷산에 내려왔습니다. 나는 책보를 얼른 싸 가지고 왔
습니다. (1970. 2. 19.)

필통

임순천 청리 3학년

나는 필통입니다. 나는 청리 시장 점방(가게)에 있습니다. 그런데 어느 날 복남이가 나를 사 쥐고 가면서 너무 좋아서 펄떡펄떡 뛰어가다가 돌에 걸려 자빠졌습니다. 복남이가 자빠질 때 나를 땅에 때리면서 자빠져서 나는 그만 한짝 코가 쑥 들어가 버렸습니다. 그래서 나는 그만 울상이 되었습니다. 복남이는 집에 가서 나를 고친다고 하면서 쇠망치라는 것을 가지고 내 코가 쑥 들어간 데를 막 탕탕 하고 때렸습니다. 나는 아파서 어쩔 줄을 몰랐습니다. 그래서 나는 다시 똑바로 되었기는 되었지만 지금 내 코가 떨어져 나갈라고 합니다. 그래도 복남이는 좋다고 나를 가지고 다닙니다. 어느 날 복남이가 나한테 나보다 더 큰 연필을 넣어서 나는 그 연필을 불겠습니다(부러뜨렸습니다).

(1963. 9.)

호랑이 얘기

서경희 김룡 2학년

옛날에 어떤 아이가 살고 있었습니다. 하루는 지게를 지고 갈비(솔가리)를 끌로(긁으러) 갔습니다. 갈비를 끌 때 호랑이 새끼 두 마리가 있었습니다. 그 아이는 호랑이와 숨바꼭질을 하다니까 나무 위에서 큰 호랑이가 어흥 그렸습니다. 그 아이는 무서워서 얼른 지게와 낫을 내두고(놔두고) 왔습니다. 그다음 날 큰 호랑이는 지게와 낫을 가지고 와서 그 아이 집에 갖다 났습니다(놨습니다). (1972.)

토끼와 고양이 이야기

이이교 공검 2학년

새벽에 고양이가 토끼를 찾아왔습니다. 고양이가 "토끼님, 놀러 왔네" 이렇게 말하니까 "아, 어서 들어와" 하고 대답했습니다. 그래 들어가서 서로 이야기했습니다. 토끼가 먼저 말했습니다. "고양아, 우리 둘이 이 집이 잘되도록 도와주자." "그래, 잘되도록 해서 이 집 주인에게 이야기도 해 보자"고 의논해 놓았습니다. 그 이튿날 토끼와 고양이는 집을 위해서 둘이 돈 벌로 나갔습니다. 나가면서도 걱정했습니다. "이 집 아주머니가 우리 도망갔다고 걱정할까 봐 걱정된다" 토끼가 이렇게 말했습니다. 이 집 주인한테 말하고 갈래도 못 가게 할까 봐 말도 하지 않고 갔습니다. 이 집 주인이 밥을 줄라고 보니까 토끼와 고양이가 없습니다. 주인은 깜짝 놀랐습니다. 웬일일까, 누가 가지고 갔는가 하며 걱정했습니다. 주인은 이렇게 말했습니다. "어젯밤에 꿈에 토끼와 고양이가 없더니 참말 없다" 하면서 걱정했습니다. 주인은 찾으러 떠났습니다. 토끼와 고양이는 먼 곳에 갔다가 할 수 없이 도로 집에 오는데 그 집 주인을 만났습니다. 그래 주인은 토끼와 고양이를 만났습니다. 주인은 기뻐서 "토끼야, 고양아" 하면서 품에 안았습니다. 토기와 고양이는 돈도 벌지 못했습니다. (1959. 3. 2.)

겨울 일기

박선용 청리 2학년

12월 27일 목요일

오늘 아침에 일어나서 이불에서 장난치다가 어머니가 보시고 장난
치지 마라고 하며 내 궁디를 한 차리(차례, 번) 때립니다.

12월 28일 금요일

나하고 홍수하고 마때를 하는데 희복이가 희창이를 니짜서(떨어뜨려서)
희복이네 어머니가 물을 떠 오시며 희복이를 기다란 작때기로 때리
서 희복이는 울면서 가만히 있습니다.

12월 29일 토요일

캄캄한 밤에 내 동생이 오줌을 눌려고 요강을 못 찾아서 불 써란(켜
란) 말을 가이고(가지고) 손자이 써 하길레 나는 무슨 소린 줄도 모르고
잠만 잤습니다.

12월 30일 일요일

아침에 일어나서 닭 문을 열으니 장닭이 다리를 짝 벌리고 죽었습니
다. 그래서 나는 불쌍해서 닭을 마당에 내놓고 놀았습니다.

12월 31일 월요일

감나무는 한 감나무래도 색이 안 같고 다 틀리고 또 감 열을 때도 어느 쪽은 많이 열리고 어느 쪽은 적기(적게) 열립니다. (1962.)

1월 1일 화요일

오늘 아침에 저 먼 산에는 눈이 많이 나뭇가지에 쌓있는데 햇볕이 나면 나뭇가지에 쌓여 있던 눈이 각중에(갑자기) 반짝반짝하는 기 개금 같습니다.

1월 2일 수요일

오늘 눈이 많이 왔는데 나하고 우리 형님하고 밖에 나와서 우리 형님은 종가래로 치고 나는 비짜루로 쓸으니 어머니가 밥을 더 많이 줍니다. (1963.)

* 종가래: 작은 가래. 가래는 흙을 파헤치는 기구.

불 때기와 아가 보기

박순남 김룡 1학년

12월 ○○일

나는 아침에 일찍 일어나서 엄마 불을 때어 주었습니다. 엄마가 불을 고만 때라고 하였습니다. 그래 나는 불을 고만 때었습니다. 그래 갖고 밥이 다 되었습니다. 엄마가 들어가서 밥을 먹어라 하였습니다. 그래 식구들이 모여서 밥을 다 먹고 나서 엄마가 나한테 설거지를 해라 하였습니다. 나는 예, 하고 설거지를 하였습니다.

12월 ○○일

나는 동생하고 나무를 해 갖고 집에 갖다 놓고 밥을 먹고 또 산에 나무를 하로 갔습니다.

12월 ○○일

아침에 일찍 일어나서 3페지 공부를 했습니다. 공부를 하다가 밥을 먹으로 오라 해 갖고 갔습니다. 또 엄마가 밥을 먹고 산에 나무를 하로 가라 하였습니다. 그래 나는 동생을 딜고(데리고) 산에 나무를 하로 갔습니다. 그래 나무를 해 갖고 오게 되었습니다.

12월 ○○일

일찍 일어나니 엄마에게 불을 때어 주었습니다. 아가가 울어서 내가 꺼나나서(끌어안아서) 제아(재워) 주었습니다. 동생들하고 마을에 놀러 갔다가 저녁에 돌아와서 엄마 밥하는 데 불을 때어 주었습니다. 저녁 에도 아기를 보았습니다.

12월 ○○일
아버지가 나무를 하로 가는데 나도 가까요 해 갖고 아버지가 오냐, 너도 가자 해 갖고 난도 따라나섰습니다. 나무를 많이 해 갖고 왔습 니다.

12월 ○○일
나는 비로 마당을 쓸었습니다. 엄마가 밥하는 데 불을 때어 주었습니 다. 내가 밥상을 채리(차려) 갖고 방에 딘나(들여놓아) 주었습니다. 나도 들어가서 밥을 먹었습니다.

12월 ○○일
우리 아가는 아침이나 낮이나 저녁이나 상구(사못) 우기 때문에 내가 아침이나 낮이나 저녁이나 보아줍니다.

12월 ○○일
오늘 아침에 내가 이불을 개었습니다. 방도 쓸고 마리(마루)도 쓸고 방도 닦았습니다. 공부를 하다가 아가가 깨 갖고 내가 꺼나나서(끌어

안아서) 재아(재워) 놓고 또 공부를 했습니다.

12월 ○○일

아가 기저구에 오줌이나 똥이나 싸면 내가 기저구를 씻어서 마당에 빨래줄에 널어서 놉니다. 또 기저구가 다 말라서 저녁에 가서 걷습니다.

오늘 아침에는 아가가 울어서 엄마 밥하는 데 불을 못 때 주었습니다. (1972.)

1월 ○○일

오늘 아침에는 엄마가 불을 때어 갖고 밥이 빨리 되었습니다. 나는 정지(부엌)로 하리(화로)를 가지고 갔습니다. 내가 불을 담아 방에 딜어 놓았습니다(들여놓았습니다).

1월 ○○일

오늘 아침에 일찍 일어나서 일기를 썼습니다. 쓰고 나서 머리를 좀 깜아야지 해 갖고 도랑물을 떠다가 솥에 부(부어) 놓고 불을 때었습니다. 때어 갖고 물이 뜨끈뜨끈해 갖고 고만 때었습니다. 나는 물을 시시때(세숫대야)에 부 갖고 머리를 깜았습니다. 머리를 깜고 나서 방에 들어와서 머리를 뻿었습니다. 뻿고 나서 마리(마루)에 햇빛이 있어 갖고 나는 머리를 말렀습니다.

1월 ○○일

아침에 공부를 하다가 아가가 울어서 공부를 못 하고 아가만 보았습
니다.

1월 ○○일

아버지가 담배를 사 가지고 온나 해서 나는 돈을 가지고 담배집으로
갔습니다. 담배를 사 가지고 왔습니다. (1973.)

나도 눈물이 났습니다

권두임 공검 2학년

12월 29일 월요일 맑음
학교에 갔다 와서 점심을 먹고 있다니까 어머니께서 아기 좀 보라고
하셔서 나는 아기를 업고 신작로에 나가서 보니까 미루나무 잎사기
가 하나도 안 달렸습니다.

12월 30일 화요일 맑음
아침때 언니가 함창 남의 집에 가는데 뻐스에 타면서 언니가 웁니다.
나도 눈물이 났습니다. 나는 언니가 함창 남의 집에 가는 기 안됐습
니다.

12월 31일 수요일 맑음
아침밥을 먹고 있다니까 순옥이가 우리 집에 놀로 옵니다. 나는 순
옥이하고 놀다 심심해서 신문에 글씨 찾기를 하는데 순옥이가 와이
샤쓰를 찾으라고 하니 나는 그것을 몰랐습니다. 또 순옥이가 "요 있
네!" 합니다. (1958.)

이오덕의 글쓰기 교육 ❾

우리도 크면 농부가 되겠지

1판 1쇄 발행 2018년 2월 2일   1판 3쇄 발행 2021년 12월 27일

엮은이 이오덕
펴낸이 조재은 | 펴낸곳 (주)양철북출판사 | 등록 제25100-2002-380호(2001년 11월 21일)
책임편집 이송희 이혜숙 | 편집 김명옥 박선주 | 디자인 오필민 하늘·민 육수정
마케팅 조희정 | 관리 정영주
주소 서울시 마포구 양화로8길 17-9 | 전화 02-335-6407 | 팩스 0505-335-6408
ISBN 978-89-6372-241-2 04810 | 값 15,000원

우리도 크면 농부가 되겠지, 청년사, 1979
우리도 크면 농부가 되겠지, 보리, 2005
방학이 몇 밤 남았나, 보리, 2005
꿀밤 줍기, 보리, 2005
내가 어서 커야지, 보리, 2005

어린이제품 안전특별법에 의한 기타표시사항

품명 아동 도서 | 제조자명 (주)양철북출판사 | 제조국명 대한민국 | 사용 연령 10세 이상